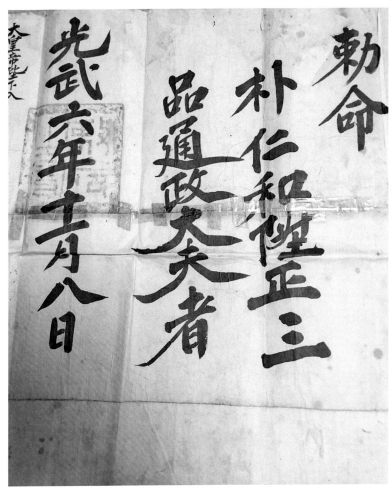

박인화 증조부님께서 광무 6년 11월 8일(1902년 11월 8일) 고종황제로부터 받은 정 삼품, 통정대부 승진 임명장이다.

1. 가문의 명예를 나타내려는 것이 아닌 과거 121년 전에 고종으로부터 받은 역사적 가치가 있는 것임을 나타내고 싶다.

2. 가보로 보관중인 것을 모르고 큰집의 사촌 큰형께서 한지라서 발로 차며 즐기는 제기를 만들려고 반쪽을 칼로 잘라내는 것을 이것의 역사와 가치를 아신 저의 부친께서 놀라서 빼앗아 원상 복구를 위하여 잘라진 부분을 테이프를 구하여 붙이고는 특별히 보관하시던 것을 내게 잘 보관하라 부탁하신 소중한 것이다.

제   호   **장학증서**

성명 박종완

년   월   일생

위 학생은 품행과 사상이 방정하고 학업성적이 우수하며 지역사회 발전과
향토개발에 기여할수있는 자로서 민족적 여망과 국가번영을 위하여 일
할수 있는 인재를 배양키 위하여 본 장학회 성관에 따라   제   회
제   차분 장학금을 자에 지급함

서기 1977 년 4 월 22 일

재단법인 **보령장학회** 이사장 **최 준 규**

제   호   **장학증서**

성명 朴 鐘完

1947 년 6 월 24 일 생

위 학생은 품행과 사상이 방정하고 학업성적이 우수하며 지역사회 발전과
향토개발에 기여할수있는 자로서 민족적 여망과 국가번영을 위하여 일
할수 있는 인재를 배양키 위하여 본 장학회 성관에 따라   제   회
제   차분 장학금을 자에 지급함

서기 1977 년 10 월 8 일

재단법인 **보령장학회** 이사장 **최 준**

재단법인 보령장학회에서 수여한 장학증서로 1977년 4월, 10월 2차례 서울
대 상대에 입학한 인재로 향토개발에 기여할 수 있는 학생으로 귀하게 여겨
서 장학증서와 학교 등록금의 5배를 넘는 장학금을 받았다. 향토 개발에 기
여해야하는 의무를 다짐을 하여본다.

글의 세계 2017년 가을호 수필부문 신인문학상 당선증과 상패를 올려본다.

2019년 12월에 수필부문 최우수상 상패

선 임 장

박 종 완 同門

귀하를 서울대학교총동창회

제29대 이사로 선임합니다.

2022년 9월

서울대학교총동창회 회 장 김 종

서울대학교 총동창회 이사 선임장 동창회 발전에 기여한 공로를 인정하여
2022년 9월에 받은 선임장이다.

제 63662 호

졸 업 증 서

朴 鍾 亮

서기 19**47**년 **6**월 **24**일생

위 사람은 본교 경영대학 **경영** 학과에서 소정의 과정을 이수하고 규정된 논문과 시험에 합격하여 **경영** 학사의 자격을 갖추었으므로 이를 인정함.

서기 1978년 **2**월 **27**일

서울대학교 경영대학장 경제학 박사 오 상 락

위의 인정에 의하여 본 증서를 수여함

서기 1978년 **2**월 **27**일

서울대학교 총장 법학박사 윤 천 주

위는 교육법 시행령 제125조의 규정에 의하여 등록하였음을 증명함.

서기 1978년 **2**월 **27**일

문 교 부 장 관

학위등록번호 : 77-1- 1174

제 4222 호

경영지도사 등록증

성   명: 박 종 완
지도분야: 인적자원관리
유효기간: 2017.01.01~2021.12.31

위 사람은 「중소기업진흥에 관한 법률」 제50조
제2항 및 같은 법 시행규칙 제20조제3항에 따라
지도사로 등록하였음을 증명합니다.

2017년 1월 1일

중소기업청장

WOORI
BANK

위 촉 장

대림에너지(주)

박 종 완

귀하를 우리은행 일산호수지점에서 이업종 교류
및 구성원 상호간 발전을 목적으로 운영하는
일산호수회의 회장으로 위촉합니다.

☐ 기간 : 1년

2011년 9월 20일

우리은행 경기북부영업본부장 박 영 모

기억의 향기

기억의 향기

2023년 2월 20일 제 1판 인쇄 발행

지 은 이 ㅣ 박종완
펴 낸 이 ㅣ 박종래
펴 낸 곳 ㅣ 도서출판 명성서림

등록번호 ㅣ 301-2014-013
주   소 ㅣ 04552 서울시 중구 삼일대로8길 17 3~4층(충무로 2가)
대표전화 ㅣ 02)2277-2800
팩   스 ㅣ 02)2277-8945
이 메 일 ㅣ ms8944@chol.com

값 15,000원
ISBN 979-11-92945-00-2

기억의 향기

박종완 수필집

도서출판 명성서림

머리말

지금까지 3년째 계속되는 역사상 초유의 코로나바이러스 감염증 19(COVID19)의 '팬데믹'으로 지구촌이 시달리고 있다. 세계 보건기구(WHO) 발표에 의하면 2022년 말까지는 확산세가 어느 정도 멈출 것 같다는 밝은 전망을 하고 있다.

그러나 반대로 선진국과는 달리 아프리카나, 동남아 후진국은 백신 접종률이 낮아 새로운 변이의 인큐베이터 역할을 해 세계로 계속 번질 수 있다는 사실이 우리들을 더욱더 우려케 하고 있다. 지금은 너나 할 것 없이 불경기에 어렵고 힘든 생활을 하고 있다.

중학교 시절에 조국통일을 주제로 한 글을 써서 제출하라는 국어 선생님의 지시가 있어서 정성을 기울여 쓴 결과 글쓰기에 재능이 있다는 칭찬을 들었던 추억이 있었다. 그 후로 공부와 직장 생활로 바쁜 세월을 보내는 동안 글쓰기를 잊어 버렸다.

그런 중에 교회 내에 시와 수필로 문단에 등단한 교우들이 이끄는 기독문학회가 있어서 회원으로 가입하였다.

문학회를 잘 이끌어 가던 동료 교우들의 격려와 지원에 힘입어 매월 모임에 수필을 써서 발표하고 일 년 후에 계간지 '글의 세계'의 회원으로 꾸준히 활동하여 수필가로 등단하였다. 그런 후에 시간상 어려운 가운데에도 글쓰기에 대한 어떤 사명을 가지고 수필을 꾸준히 써오다 보니 60여 편이 되었다.

내용이야 대부분 어릴 적 시골에서의 즐거운 추억을 회상하며 쓴 글이었으나 수필집으로 엮어 보고자 하는 욕심을 가져보게 되었다.

나는 글밭에 10년 가까운 동안 글 농사를 지었다. 글밭에는 해도 떴고 달도 떴으며 비바람도 불었다. 또한 꽃도 피고, 단풍이 들고, 눈도 내렸다.

　이제야 겨우 1권의 수필집을 상재上梓하고자 한다.

　책 한권을 내는 것이 결코 쉽지 않음을 느끼며 정성을 다하여 편집하였다.

　이 책이 나오기 까지 격려와 사랑으로 이끌어 주신 하나님께 영광을 돌립니다.

　한국문학협회와 산하단체의 활동으로 분망하신 중에도 흔쾌히 추천사를 써주신 박종래 회장께 진심으로 감사를 드린다.

　부족하지만 독자들께서 글 요기하는데 입맷거리 정도는 되길 바랍니다.

2022년 10월

방배동에서 저자 씀

기억의 샘터에 향기 모락모락

방주문학회 회장 박종완 수필가께서 주옥같은 수필집을 상재하게 되었다. 그동안 기억의 편린들을 틈틈이 기록해 가슴서랍에 넣어 두었던 수필 59편이다.

엮었던 내용은 '제1부 어릴 적 고향의 추억' '제2부 배우고 자라면서' '제3부 기행문(보고 들은 것들)' '제4부 모시어 우러름' '제5부 수상문'이다. 기승전결起承轉結의 필법으로 논리정연하게 정리해 한 인생행로를 독자로 하여금 공감대형성이 되고 감화시키게 하는 필치의 맛있게 꾸민 작품마다 진솔한 민낯이 드러나 있다.

수필은 소설과 달리 논픽션이라 하여 사실을 바탕으로 한 글발이다. 따라서 심상이나 지식을 사용하는 마음의 작용인 사색은 진실을 담아 쉽게 정리해 내놓으면 받아들이는 독자는 어떨까. 바로 가슴으로 들어와 자신들의 고향과 유년시절을 유추하며 공감하게 된다.

박종완 작가님은 명문고와 서울대를 나온 명사로서 대기업과 유수 중요기업에서 활약하셨음이 걸어온 길에서 알 수 있다.

흔히 글을 쓴다하는 이들의 글을 보면 외래문헌의 예와 미사여구를 늘어놓아 진부하고 쉽게 해득되지 않은 것을 볼 수 있다. 그러나 박종완 작가의 수필은 잘 쓰려고 미사여구를 늘어놓는 것을 완전 탈피해 순수하고 올바르며 겸손과 배려가 배어 쉽고 간결하며 정감이 녹아난 작품들로 수놓아 있다.

그의 작품 속에는 독실한 기독 신앙을 바탕으로 효와 사랑이 느껴지며 유년의 아름다운 추억이 새겨진 서정과 낭만이 있다. 더불어 예의와 배려가 자연스럽게 배어 있음을 볼 수 있다.

박 작가님의 '여백의 아름다움'의 내용을 살펴보면 '소유는 고통이며 욕심에서 비롯된 부질없는 것이다.'라고 했다.

온 세상이 더 많은 것, 더 좋은 것을 차지하려고 치열한 경쟁을 하고 있어도 욕심에서 벗어날 때 진짜 해방감을 즐긴다. 또한 자유로움을 만끽할 수 있다는 것을 경험을 통해 알게 되었다'고 했다. 소유를 줄이고 포기하면 민들레 홀씨처럼 어디든 날아가서 안주하는, 심신이 안정을 찾게 되는 원리를 설파했다. 작가는 글 속에서 틈틈이 사실을 생생히 기록하여 되새겨 읽고 관조하며 성찰한다. 이어 노련한 중년다운 면모는 많은 사람에게 이정표와 바른 길라잡이가 되고 있다.

이렇게 마음의 거울을 닦는 신선한 글발의 표현은 글 쓰는 작가의 바른 심상인 것이다. 바로 박 작가의 내포성인 근본이 그대로 온화하게 순정한 글발이 그려져 있다. 앞으로도 더 좋은 글을 많이 창작해 제2의 글모음집이 상재하게 될 것을 기대해 본다.

박종완 작가의 건강과 건필을 기원하며 추천의 글을 접는다.

2023년 1월
시인 문학평론가 박종래 절

▓ 차례

제1부 – 어릴 적 고향의 추억

제2부 – 배우고 자라면서

▨ 차례

제3부 – 기행문(보고 들은 것들)

제4부 – 모시어 우러름

제5부 – 수상문

제1부

어릴 적 고향의 추억

고향 나들이

고향은 꿈속에서도 그리워하는 태어나고 자란 곳이다. 또한 초등학교에서 기초 교육을 받았던 곳이기도 하다. 고향을 떠난 지 60여 년이 지난 지금은, 자주 찾아보는 의미의 고향은 태어나고 자란 마을에 더하여, 마을에서 약3km 떨어진 부모님과 선대 조상들의 산소가 있는 선산으로 그 의미가 확대되었다.

지금은 고속도로가 생겨서 차량으로 대체로 2시간10분이면 도착하는 멀지 않은 곳이기에 우리 형제자매들은 매년 부친께서 서거한 6월에 일정을 잡아서 산소를 찾아 성묘하고 부모님과 선대 조상들께 추모예배를 드린다.

그 후에 주변의 가볼만한 곳인 선산에서 보령 땜에 이르는 큰 도로변의 약1.5km의 벚꽃 길, 또는 서천군 마량의 동백장, 부여 낙화암 등의 명소를 찾아서 초여름의 정취를 느끼며 고향을 다녀온다. 그리고 9월 말경 가을에 부모님과 조상들의 묘소를 성묘하고 부친께서 30년 전에 심고 가꾼 3그루의 밤나무에서 떨어지는 알밤을 주울 겸하여 가을 나들이를 한다.

대개의 경우 고향을 찾는 것은 하루이기에 여행이라기보다는 나들이다. 반면에 일박 이상의 계획으로 떠나는 것을 여행이라고 생각한다.

고향 나들이 때는 주로 선산을 찾아 성묘하고는 주변의 명소를 찾지만 고향마을은 찾지 않는다. 우리 가족이 고향을 떠난 기간이 이미 오래 되었고 사촌 등 친척들도 일찍이 고향을 떠났고 이제는 노인들이나 젊은이들만 살고 있어서 아는 사람도 별로 없어서 오직 어릴 때 자란 추억만 남아 있기에 일반적으로 5년에 한번 정도 성묘 후에 잠깐 고향 마을을 찾아 돌아본다.

올해 6월에는 큰누님의 큰딸과 작은 누님의 둘째아들이 어렸을 때에 자주 찾았던 외갓집의 마을에 '추억의 발걸음'을 하자고 재촉하여 7년 만에 고향마을을 찾아보기로 하였다. 그리하여 80여년을 고향에 거주하시기에 명절 때나 행사시에나 전화하면서 안부를 묻고 가깝게 지내고 있는 정태준 형님, 이상원 형님께 전화하여 모처럼 금년 6월 6일에 찾아뵙겠다고 미리 약속을 하였다.

고향 마을에 우리가 경작하던 텃밭과 감나무가 아직도 있는지, 그리고 아무리 가물어도 마르지 않는 깨끗한 물이 솟아나는 대나무 숲 아래의 우물이 지금도 여전히 있는지, 우리가 살던 집이나 아니면 집터라도 있는지 등 많이 궁금하였다.

반갑게 전화 받으며 그날에 보자고 하였던 태준 형님이 처갓집 동서가 별세하여 상갓집에 참석하기에 만나지 못할 것 같다고 연락이 왔다. 상원 형님은 당일 10시경에 전화하여 언제쯤 도착할 것인지 확인하며 모처럼 당숙묘소를 성묘할 겸하여 산소에 가니 산소에서 만나자고 하였다.

우리의 남은 거리를 판단하건데 아무리 하여도 우리가 한 시간은 늦을 듯하다. 마침 차가 밀리지 않아서 예상대로 도착하여 풀 섶을 헤치고 산소에 도착하니 상원 형님은 산소에 이미 도착하여 성묘의 식을 마치고 기다리고 있었다.

더구나 지금 시기에 구하기 어려운 밤과 사과 그리고 명태포를 준비하여 아침에 일찍 먼 곳을 찾아 예의를 갖추고 성묘를 하셨구나! 생각하니 그 정성이 너무도 고마웠다.

이 형님은 아버지의 외갓집 가문의 조카다. 시골에서 그 당시 어렵게 중학교를 졸업하였고 농사를 열심히 하여 자녀들을 서울과 대전에서 교육을 시켜 잘 살고 있다.

우리는 산소 주변의 잡초를 뽑고 흙이 패인 곳을 메꾸고 꽃병에 준비한 밝고 화사한 꽃으로 갈아 꽂고, 돗자리를 펴고 준비해간 자료를 가지고 일행 모두가 추모예배를 드렸다. 반면에 막내 매제는 몇 일간 준비한 철근을 땅에 박고 나무를 잘라서 일부 사라져 버린 오르막 계단을 새롭게 보수했다.

이런 일정을 끝내고 아래 주차장에 기다리는 상원 형님과 만나서 그리운 고향 마을의 소식을 듣고 정담을 나눴다. 그 형님은 조심스럽게

"요즈음 코로나19로 인하여 마을 전체가 외부 출입도 자제하고, 사람 만나는 것도 피하며, 정부가 홍보하고 권장하는 것을 열심히 지키고 있다. 이런 상황이라서 우리 일행(10명)과 같은 많은 외지인이 동네를 방문하는 것을 꺼리고 있다. 그러니 다음에 올 때 마을을 방문하고 지금은 가지 않는 것이 좋겠다."

는 의견을 말하였다. 우리는 코로나로 인한 고향 마을의 사정을 이해하고 다른 곳에서 시간을 보낸 후에 서울로 가겠다고 생각하고 준비해간 선물을 이 형님께 드리고, 만나지 못하게 된 태준 형님의 선물도 대신 전해주길 부탁하였다.

고향마을에서 약3km 떨어진 우리 선산을 오토바이로 미리 와서

아침에 일찍 성묘를 한 것은 코로나로 걱정하고 있는 마을 상황을 설명하여 우리를 이해하도록 하였고, 마을이 걱정을 않게 하려는 배려였음을 깨닫게 되었다.

'코로나 19'가 이렇게 작은 시골 마을까지 큰 걱정을 하며 조심하고 있음을 실감하였다. 이런 심각한 시골상황을 모르면서 미리 형님들에게 방문을 예고한 것이 그나마 다행이었구나! 생각하였다. 그러나 오랜만에 조카들과 고향 마을을 찾아보기로 한 일정을 포기할 수는 없었다.

이곳에서 멀지않은 서천의 광어로 유명한 홍원항을 방문하여 점심 식사를 하고, 마량의 동백장을 찾아서 시원한 바닷바람을 한껏 마셨다.

오후 2시경에 고향 마을을 조용히 차로 돌면서 감나무와 텃밭이 있는지, 그리고 가뭄에도 줄지 않는 우물을 찾아보고, 옛날의 우리 집을 찾아보려고 그리던 고향 마을을 찾았다. 돌아보는 약 한 시간 동안 한 사람도 볼 수가 없는 적막한 마을이었다. 우리의 텃밭은 있으나 경작하는 사람이 없어서 잡초만 무성하였고 크고 오래된 감나무는 흔적도 없었다.

옛날의 우리 집은 없어지고 집터는 분간 할 수 없이 주변의 여러 집이 사라진 흔적만 있었다. 년 중 내내 깨끗하고 맑은 생수가 흘러 나오던 우물에 이르는 길은 차가 접근할 수 없을 정도로 길이 좁아져서 차에서 내려 걸어야만 하였다.

그래서 우물을 찾아보는 계획은 포기하고 우리가 마을을 찾은 흔적을 남기지 않기 위하여 마을을 조용히 빠져 나와야 하였다.

실로 10년여 만에 찾아간 그리던 고향, 옛날의 추억은 찾아 볼 수 없이 변하였고 정답던 거리를 걸어서 다녀보고자 하니, 이제는 마을 사람들이 꺼리는 외지인이 된 지금 마음을 자제하고 마을 곳곳을 차로만 둘러보고 떠났다.

많이 변하여 낯선 고향, 누구 하나 반겨주는 사람이 없어 마음 둘 곳이 없는 마을이었다. 코로나19가 종식되고, 벚꽃이 흐드러지게 피는 때가 오면 다시 찾아오겠다고 다짐을 하여 본다.

35년 전에 최갑석이 부른 "고향에 찾아와도"란 노랫말을 회상하며 허전함을 달랬다.

고향에 찾아와도 그리던 고향은 아니러뇨. 두견화 피는 언덕에 누워 풀피리 맞춰 불던 옛 동무여. 흰 구름 종달새에 그려보는 청운의 꿈을. 어이 지녀 가느냐. 어이 세워 가느냐.

산은 옛 산이로되 물은 옛 물이 아니로다. 실버들 향기 가슴에 안고 배 띄워 노래하던 옛 동무여. 흘러간 굽이굽이 적셔보던 야릇한 꿈을. 어이 지녀 가느냐. 어이 세워 가느냐.

감나무와 텃밭

고향 집 담장너머에 오래된 감나무가 있고 큰 길에 이르는 길을 따라서 탱자나무와 쥐똥나무로 울타리가 쳐진 밭이 있었다. 바로 우리 집 코앞에 있는 밭이다.

밭의 위쪽 동쪽으로는 감나무와 대추나무가 밭둑 경계를 이루고 아래쪽으로는 큰길이 논둑의 경계를 이루며 남쪽으로는 작은 길이 있는 사다리 모양의 700평정도 되는 큰 밭이었다.

그 밭의 주인은 우리 집과 8~900미터 떨어진 다른 동네에 살았다. 조상으로부터 유산으로 물려받은 산과 논밭이 많은 부유한 집이었다. 그는 우리 집 앞에 있는 밭이 자기 집과 멀어서 인지 그 밭에 뽕나무를 재배했고 한쪽에 보리를 조금 경작하였으나 잡초도 많고 관리를 제대로 하지 않아서 보리 수확도 부실했다.

가장자리에 있는 감나무나 대추나무도 거둘 무렵에 제대로 따지 않아서 가까이 사는 동네 형들이나 우리 또래들이 살금살금 몰래 따먹곤 하였다.

우리 집 대문을 열고 나가면 바로 볼 수 있는 그 감나무는 높이가 20m 정도 되는 큰 나무로 사방으로 가지가 풍성했다. 우리 대문 쪽으로 뻗은 가지는 크고 튼실하여 감이 많이 열렸으며 달고 맛이 좋았다.

감이 익을 무렵인 9월에는 빨간 홍시를 우리 집 마루에서 빤히 쳐다 볼 수 있었는데 어린 마음에 홍시가 먹고 싶어서 돌팔매질 하여 땅에 떨어진 홍시를 주어먹은 적이 많았다. 그러나 남의 감나무라서 긴 장대나 도구를 사용하여 떳떳하게 따 먹을 수는 없었다.

집에서 아주 가깝고 감나무 대추나무 등의 과일 나무도 있어서 어린 마음에 '우리 밭이면 얼마나 좋을까?'하고 부질없는 생각을 한 적이 여러 번 있었다.

감나무에 홍시가 많아지고 대추가 익어가는 가을에 그런 생각을 많이 했다. 철없는 나야 그랬지만 '아버지께서는 이 밭에 조금이라도 관심이 있을까?' '이 밭을 우리가 살 수 있으면 얼마나 좋을까' 하고 욕심을 가져 보았다.

하지만 주인은 부자인데 팔 까닭이 없겠지! 그리고 앞뜰 논으로 가는 길목에 우리도 큰 밭이 있는데 아버지께서 이 밭을 굳이 사려는 생각을 하실까! 그런 생각을 골몰히 하면서 우리 밭이 된 꿈을 꾸기도 하였다.

농토가 많으면 경작하기가 힘들기 때문에 적정면적의 전답을 소유하고 관리해야 한다. 그러나 그런 것을 모르는 어린 내가 바로 집 앞에 있는 감나무에서 가을에 홍시를 그리고 검붉게 익은 대추를 따먹고 싶은 단순한 생각으로 큰돈이 필요한 이 밭을 산다는 것은 나만의 소망일뿐이겠지 하며 잊어버리고 지냈다.

그런데 2년 후 겨울 방학이 끝날 무렵인 2월에 아버지께서 그 밭을 사셨다는 것이다. 얼마나 기뻤는지 수줍음 많던 내가 바로 뛰쳐나가 감나무를 안고 팔짝팔짝 뛰던 기억이 새롭다. 시골에서 논이나 밭의 매매는 언제나 가을 추수가 끝나고 농사철이 시작되기 전에 이루어진다는 사실은 내가 자라서야 알게 되었다.

사실 밭은 작물과 같이 자라는 잡초를 제때에 뽑아주고 적어도 일 년에 한번은 쟁기질하여 밭갈이를 해주어야 지력을 유지하여 농작물이 결실을 잘하게 된다.

그 밭의 경우는 전답과 임야가 많은 집의 땅이었고 자기 집에서 멀리 떨어진 밭이라서 그런지 관리가 허술했다. 다년생인 뽕나무를 심어 일 년에 두세 차례 기르는 누에의 먹이인 뽕잎을 따서 누에 기르는 일을 했다. 그러나 소규모 잠사업이 60년대 이후에는 사양 산업으로 수익이 저조하여 뽕나무 관리조차도 방치하였다.

그러던 차에 아버지께서 집에서 가깝고 제법 넓은 면적이기에 매입하여 활용하면 쓸모가 있겠다고 판단하고 밭의 주인과 여러 차례 타협해서 사게 되었다는 것이다.

부친께서는 밭을 사던 그해 4~5월 두 달 동안 밭의 네 귀퉁이에 쌓여 있는 돌무덤의 큰 돌과 자갈 그리고 거기서 자생하여 자라고 있는 잡목을 모두 파내고 정리하였다. 어린 동생 둘을 제외한 나를 비롯한 전 식구가 아침저녁으로 거의 보름 동안 대단한 작업을 했다.

쟁기질을 잘 하는 마을 어른께 부탁하여 며칠간 전 면적을 밭갈이 하며 뽕나무 뿌리를 뽑아내고 경계 울타리를 보강하는 등 전면적인 개간을 한 결과 경작 면적이 10%정도가 넓어졌으며 보기 좋고 비옥한 밭으로 완전히 바뀌어 졌다. 부지런한 새 주인을 만난 관계로 밭의 생산성이 현저히 높아진 것이다.

나는 오로지 감나무가 탐이 나고 우리 밭이 된 것이 기뻐서 날마다 계속되는 고된 작업에도 불만 없이 따라 했지만 난생 처음으로 힘든 시간이었다.

나뿐아니라 가족 모두도 몸은 힘들지만 기쁜 마음으로 손발을 맞추어 열심히 일했다.

온 식구가 참여한 개간이 끝나니 부친께서는 집에서 약간 떨어져 있는 기존의 밭에는 콩과 팥 옥수수 및 수수 등의 작물을 경작하고 새로 구입한 가까운 밭에는 파 상추 오이와 감자 등 수시로 반찬거리로 이용할 수 있는 것으로 구별하여 심었다.

여름에는 참외나 수박을 재배하고 원두막도 지어서 무더운 여름 방학에 낮에는 시원한 원두막에서 가족이나 친구들과 참외와 수박을 따 먹으면서 별장 같이 지냈다.

그런가 하면 가을이 되면 크고 결실이 좋은 감나무에서 맛있는 감을 우리 것이니 수시로 아무 거리낌 없이 돌팔매로 또는 기다란 장대에 망을 달아서 따먹었다.

실로 15여년을 보고 자라온 감나무, 아침엔 까치가 찾아와서 아침 인사하던 나무, 술에 취하여 모처럼 찾아오신 외삼촌을 나무 밑에 방석을 깔고 감나무 잎을 덮어서 곤한 잠을 주무시게 하여 숙취에서 빨리 회복되게도 했던 감나무였다.

이렇게 여러 추억이 있는 감나무와 텃밭이 우리의 것이라는 사실이 어린 나에게는 얼마나 큰 기쁨이며 자랑이었는지 모른다. 50여년이 지난 지금도 변함없이 봄에는 잎을 피우고 가을에는 빨간 감을 매달고 서있는 감나무와 너른 텃밭은 그리운 고향 그 자체였다.

농촌의 여름 저녁

농촌은 겨울을 제외한 세 철엔 논이나 밭, 집주변의 상황으로 언제나 일거리가 일손을 부르고 있어서 부지런히 일하는 사람은 어느 때나 쉴 틈이 없는 반면, 그저 음주나 노는 것 좋아하는 사람들에게는 적당히 게으름 피우며 살 수 있는 곳이다.

가을 추수 때를 보면 이 논과 밭의 주인이 부지런한지 게으른 사람인지 대략 알 수 있다. 농촌은 봄에 씨앗을 뿌리고 여름에 잡초를 뽑고 약을 뿌리며 부지런히 가꾸고, 가을에 추수하기 때문에 철 따라서 적절히 할 일이 있다.

여름철엔 너무 무덥지만 할 일이 시간을 다투는 상황은 아니라서 한더위 때는 점심 후에 느티나무 아래나 기타 쉴만한 곳에서 한 시간쯤 낮잠을 즐기다가 논이나 밭으로 나가서 해 질 무렵까지 일한다.

긴 여름날 해가 진후에 들일을 마치고 부친께서 귀가하시면 온 식구가 모여 저녁을 먹게 된다. 모친과 두 누님은 저녁 준비를, 나와 동생들은 마당에 멍석을 깔고 짚이나 마른풀에 불을 붙이고는 그 위에다 집주변에서 베어온 풀을 덮으면 푸른 풀이 타면서 매캐한 연기가 집주변을 덮는다. 여름철에 극성을 부리는 모기를 멀리 쫓아버리는 모깃불이다. 이 시간은 비단 우리 집만의 행사가 아닌 온 동네의 풍경으로 저녁 하늘은 모깃불 연기로 온 마을이 뒤덮인다.

그 시간에 부친은 씻으신 후에 방들 곳곳에 입으로 부는 방식으로 모기약을 뿌리고 방문을 닫아놓는다. 농촌은 주변에 풀 섶이나 나무들이 많고 집마다 대개 소나 돼지의 축사가 있어서 모기가 유난히 많다. 그래서 모기약이나 모깃불 없이 밤을 보내기가 매우 어렵다.

살성이 약한 어린 여동생은 모기에 물리면 주변이 붉게 부어오르고 가려워서 고통스러워했다.

여름에 농촌은 모기 파리 등의 해충들이 극성을 부린다. 특히 모기는 인류가 지구상에 나타나기 이전부터 공룡의 피도 빨아 산란하면서 진화해 왔다고 한다.

사실 여름철의 모기는 얼마나 집요한지 밤에 잘 때에 나타나서 사람의 피 맛을 본 후에야 사라지기 때문에 귓가에서 앵앵거리는 소리를 들으면 칼이라도 휘두르고 싶은 심정이다.

매캐한 모깃불이 모기를 쫓아내면 풍성한 수제비가 저녁상에 오른다. 밀가루를 잘 반죽하여 먹기 좋은 크기로 썰어서 호박과 새우젓을 가미하여 끓인 것인데 숟가락을 꽂아도 움직이지 않을 정도로 되직하며 맛이 얼마나 좋던지 요즈음 음식점에선 그때 그 맛을 찾을 수 없다.

저녁을 마치고 상을 치운 후에 모기약을 분사한 방의 독한 기운을 없애기 위해 30분 이상 문을 열고 환기한다. 환기가 되어 잠잘 수 있을 때까지는 우리들은 한 시간 이상을 누어서 별빛 현란한 여름 하늘을 보면서 별자리에 대하여 학교에서 배운 것을 확인하여 본다.

북쪽 하늘의 7개의 별이 마치 국을 푸는 국자 모양을 한 별자리는 북두칠성이고 국자의 손잡이 모양의 반대편의 마지막 두별 사이 간

격의 5배쯤 되는 위치의 별은 북극성이요, 북두칠성의 반대쪽 W자
모양의 밝은 5개의 별은 카시오페아 별자리며, 서쪽 하늘의 밝은 별
은 금성이란다.

학교에서 배운 대로 고학년 누님 둘이 설명하면 듣고 신기하여
한참을 바라보던 생각이 난다. 실로 여름철 농촌의 저녁 하늘은 별
빛이 어찌나 밝고 초롱초롱하던지 오랫동안 쳐다보고 있으면 별들
이 우수수 떨어질 것 같아서 한눈도 팔지 못하던 기억이 새롭다. 하
늘과 우주가 너무 신비하여 위의 세 남매는 한참을 하늘 여기저기
를 바라보며 소곤거리다 보면 아래의 삼남매는 잘 모르고 재미가
없는지 잠들곤 했다.

멍석은 볏짚으로 촘촘히 엮은 것이기 때문에 깔고 누우면 약간의
탄력이 있어 포근하고 땅의 찬 기운도 차단되기에 편안해서 어머니
와 동생들은 하늘의 별을 보다가 어느새 소롯이 잠이 든다.

그때쯤 아버지께서는 백여 미터 떨어진 큰댁에 할머니와 큰아버
지께 저녁 문안을 드리고 오셔서 멍석에서 곤한 잠을 자는 자녀들
을 보시고는 방에 뿌린 모기약의 냄새가 사라졌는지 확인하신 후
깨워

"방에 들어가서 자라."

하면 그제 서야 각자 방으로 들면서 하루를 마감한다.

지금도 가끔 어렸을 때를 생각하며 여름철에 저녁을 먹고 맑은
날 하늘을 바라보면서 옛날의 추억을 회상하고자 하지만 시멘트와
아스팔트로 뒤덮인 서울에서는 편히 누워서 하늘을 바라볼 수 있는
공간이 없다.

간혹 그런 장소가 있다고 해도 밤에는 가로등과 네온사인이 대낮

비슷하게 밝아서 맑고 조용한 시골과 같이 쏟아질 것 같은 하늘의 맑고 영롱한 별빛을 보기가 쉽지 않다. 사실 서울 생활은 여름 밤하늘의 별자리는 고사하고 연중 한 번만 볼 수 있는 추석 한가위 보름달도 무심히 지나쳐버리는 경우도 많다.

여름철에는 도시나 시골이나 곤충과 각종의 벌레들이 극성을 부린다. 그 중 사람을 괴롭히는 것은 모기가 유독 심하다. 모기에 물리면 뇌염을 앓을 수 있고 학질에 걸릴 수도 있다고 알려져서 모기의 퇴치는 큰 골칫거리였다. 대도시의 경우는 모기 등 벌레의 서식 환경이 열악하고 소독을 자주하여 벌레들이 적지만, 그래도 모기는 번식을 위해 집요하게 사람의 피를 노림으로 해마다 방충망을 보수하고 점검하지만 도시에서의 여름나기도 쉽지 않다.

모기를 쫓기 위해 피우던 모깃불, 그리고 여름날의 자주 먹던 저녁 특식 수제비, 멍석에 누워서 극성스런 모깃소리도 잊고 바라보면 청명한 하늘에서 유독 밝게 빛나던 초롱초롱하던 큰 별들, 그리고 강줄기 같이 줄지어 있던 은하수들을 생각하며 천체의 신비함에 젖어보던 어린 시절의 여름저녁이 마냥 그립다.

보리밭

한해를 보내고 새해를 맞이하면서 눈보라와 혹한의 매서운 추위 와중에 맞이하는 명절인 설이 지나면 얼었던 강물이 서서히 녹아서 흐르는 약한 물소리를 듣노라면 우리는 자연스레 봄을 기다리게 된다.

나는 어려서부터 봄의 확실한 전령은 보리밭의 푸른 물결이라 생각했었다. 그러나 지금은 보리의 재배는 유휴지 활용 정도로 인식될 만큼 현저히 줄어서 진달래와 개나리가 피어야만 진정으로 봄을 노래하고 즐긴다.

봄의 향기인 보리밭에 대한 추억이 점점 사라져 가는 현실이 매년 봄을 기다릴 즈음이면 나를 매우 안타깝게 한다.

가을에 뿌려놓은 보리의 씨앗은 뿌리를 내리고 싹을 틔울라 치면 매섭게 찾아오는 한파와 짓궂게 쏟아지는 눈 세례에 생육을 중단하고 월동 상태로 들어간다.

월동직후 성장을 시작하여 보리 싹이 눈 사이로 파란기운이 보일 듯 말듯 하다가

3월이 오면 제법 자란 파란 보리 잎이 바람결에 힘없이 흔들리는 모습을 보게 된다.

눈이 많이 오면 눈이 이불과 같은 역할을 하여 모진 한파 강한 찬 바람에도 잘 견디고 자란 보상으로 영양이 풍성한 보리는 우리의 여름 밥상을 알차고 풍성하게 하는 주요한 곡식이다.

보리는 서남아시아에서 많이 재배하며 우리나라를 비롯하여 동아시아에서도 재배를 한다. 10월 상.중순에 씨를 뿌리고 이듬해 초여름 6월 상.중순에 수확하는 가을보리가 대부분이지만 동아시아에서는 봄에 파종하고 가을에 수확하는 봄보리도 있다.

우리민족의 주요한 곡식으로 사용할 만큼 예전에는 많이 재배하였다.

그러나 보리는 가난한 사람들이 주로 먹는다는 잘못된 인식과 보리밥 기피 심리로 요즘은 재배가 급격히 줄어들어서 맥주보리를 제외하면 식량으로 사용하는 보리 재배는 매우 드물다. 보리는 주로 밭에서, 쌀은 논에서 경작하므로 보리는 쌀 보다 생산량이 훨씬 적다. 논이 많은 농가는 부유하고 논이 없거나 적은 농가는 상대적으로 가난하여 쌀이 부족한 춘궁기에 어려운 사람들은 보리가 많은 보리밥이나 아예 보리만 있는 꽁보리밥을 먹게 되기에, 보리밥은 가난한 사람이 먹는 식량이라는 인식이 많았다.

60년대 우리가 초등학교 시절에 점심을 집에서 싸가지고 학교에서 먹었는데 보리가 많은 도시락을 가져온 학생은 부끄러워서 몰래 살짝 감추며 먹고, 쌀밥을 싸온 학생은 떳떳하고 자연스럽게 먹은 사실을 지금 60대 이상의 사람들은 생생히 기억한다.

경제 공부에서도 재화의 우등재와 열등재의 분류에서 쌀은 우등재요, 보리는 열등재 라고 설명하면 모두가 쉽게 이해한다.

사실 새하얀 낟알과 먹기 부드러운 쌀밥에 비하여 누르스름한 색에 씹기에 약간 껄끄러운 보리밥이 좋을 수가 없겠기에 어린이들이나 넉넉한 집은 보리밥 기피현상이 있었다.

우리가 어렸던 시절에 보리에 대한 인식은 소화가 잘되고 차가운

성질을 갖고 있어 쌀이 더 귀한 여름철의 식량이었다. 다만 각기병 환자는 쌀밥보다 보리밥을 먹어야 한다는 정도의 음식으로만 알았다.

하지만 쌀에는 없는 풍부한 식이섬유 등의 몸에 좋은 영양분이 보리에는 많다는 사실을 알게 되면서 보리밥 기피 현상은 이제는 철없던 어린 시절의 생각일 뿐이다.

요즈음은 보리의 효능이 많이 밝혀지면서 건강을 생각하여 보리 현미 콩 등의 잡곡밥을 선호한다. 또한 보리밥을 나물과 함께 비벼 먹으면 영양가도 풍부하고 맛도 좋아서 여름철의 특식으로 찾는 사람이 많다.

보리에는 섬유질이 풍부하여 변비예방과 다이어트에 효과가 크고, 혈관 질환개선 성인병예방 피로회복, 간 기능개선 등, 쌀밥에서 찾을 수 없는 많은 효능이 있어 보리밥에 대한 인식이 많이 개선되고 있다. 보리는 쌀에 비교하여 결코 열등재가 아니다

보리는 쌀에 비하여 경작하기 매우 수월하다. 가을에 씨를 뿌리고는 초봄에 보리밭을 밟아 주고, 늦은 봄에 잡초를 뽑아주며 이삭이 나서 익을 무렵에 병충해인 깜부기 이삭만 잘라내면 된다. 사람의 손길이 벼농사에 비하여 훨씬 적게 든다.

그중 보리밭 밟기는 어린이들의 몫이다.

초봄의 낮에는 따뜻하여 얼음이 녹고, 밤에는 추워서 땅의 물기가 얼어서 날카롭고 뾰족한 서릿발이 돋아 보리의 뿌리를 땅에서 들어 올려 그대로 방치하면 시들어 죽게 되기 때문에 발로 파란 보리 싹을 밟아 주는 것이다.

친구들 몇이 오늘은 이집, 내일은 저 집, 보리밥을 밟아 주는데 힘도 안 들고 재미도 있어서 초등학교 봄 방학 때는 어른들 농사일을 돕는 다는 기쁨으로 열심히 보리밭 밟기를 하였던 기억이 새롭다.

뛰거나 힘들이지 않고 가볍게 골고루 밟아야 했다.

　지루한 생각이 들면 뛰어 다니고 누어서 굴러 보기도 하다가 어른들한테 야단을 맞은 경우도 많았다.

　보리는 벼나 밀과 달리 이삭이 누렇게 익으면 강하고 매우 껄끄러운 가시가 보리나락을 감싸듯 사방으로 줄지어 돋아있다.

　가시의 역방향으로 살에 긁히면 상처가 나기도할 정도로 날카롭다. 잘못하다가 가시의 일부라도 입으로 들어가면 혀를 움직이는 대로 자꾸 목구멍 안쪽으로 들어가게 되기에 어린이들은 익은 보리밭에는 절대로 따라오지 못하게 한다.

　내가 초등학교 5학년, 6월경으로 기억되는데 군 복무하는 큰 집의 형님이 휴가차 집에 왔으니 건빵 한 봉지를 가져다 먹으라고 연락이 왔다.

　가까이 있는 큰집에 가다가 보리밭을 지나가는 도중에 이삭을 손에 건드리면서 갔는데 잘못하여 가시가 입에 들어가서 혀를 움직이니 목구멍으로 자꾸 기어들어가는 것이었다.

　건빵은 고사하고 병원으로 실려 가야 될지도 모를 상황이 되었다. 어린 마음에 얼마나 겁을 먹었던지 길에 맥없이 주저 앉아서 입에서 침만 흘리고 혀를 움직이지 않고 가만히 있다가 이렇게 있으면 어쩌지 생각하다가 입을 벌리고 손가락을 살며시 입에 넣어 보니 가시가 잡혀지는 것이다.

　손가락으로 가는 가시를 잡고 살짝 잡아당기니 혀에 침이 많아서 그런지 가시가 혀에서 잘 빠져나와서 다행스럽게도 위험한 고비를 넘기게 되었다.

　눈물을 닦고 큰집에 가서 건빵 한 봉지를 받아 집으로 달려와서 거울 앞에서 입을 벌리고 쳐다보니 입안에 아무것도 없기에 안심하고 물을 마시고는 가족들과 건빵을 맛있게 먹던 기억이 아직도 생생하다. 너무도 무서웠던 기억이라 그 순간을 잊을 수 없다. 그 당시 건빵은 군 복무자들이 휴가 나올 때에 가져오는 좋은 선물이었다.

건빵 먹고 싶은 간절한 소망이 어려웠던 순간을 견디어 냈다고 생각해 본다.

논은 집에서 약간 떨어져 있지만 밭은 집 부근 있기 때문에 학교에 오가는 길이나 친구 집에 놀러 가다가 수시로 밭에서 자라는 작물을 보게 된다.

그 중에서 겨울 방학 끝나고 학교에 갈 때면 눈 속에 덮여 있던 벌판에 파란 보리가 어느덧 자라서 바람결에 이리 저리 흔들리던 모습을 보면서 자랐다.

요즈음은 이때쯤 고향을 찾아도 예전의 그런 모습은 전혀 찾아 볼 수 없다.

몇 해 전에 여수 석유화학 단지를 방문할 기회가 있어서 호남 고속도로를 왕복하는 도중에 우리나라 곡창지역인 전라도를 지날 때 어릴 적 3~4월에 보고 자랐던 파란 잎의 보리가 바람결에 이리저리 휘날리는 신선한 모습을 보며 얼마나 반가웠는지 모른다.

사라져 버린 줄 알았던 파란 보리가 의연히 바람결에 나부끼고 있는 모습에서 어릴 적의 추억을 떠올리면서 내가 이 땅에 여전히 살아 있음에 감사를 했다.

올해는 꼭 한번 곡창 지역의 보리밭을 탐방 하여 보자고 다짐하여 본다.

장미꽃

　6~7월은 장미의 계절이다. 오가는 길목 주로 개인 주택의 담벼락에 담 밖으로 고개를 내밀고 군락으로 피어있는 빨강, 하얀, 노란색의 아름답고 정열적인 장미꽃을 보면 저절로 발길을 멈추게 하는데 실로 장미꽃은 꽃 중의 꽃이란 생각을 하게 된다.

　사실 요즈음이니까 그렇지 내가 어렸을 때에는 '꽃'하면 진달래, 개나리와 주로 과일나무인 배, 복숭아, 살구꽃 등을 떠올렸다.

　장미꽃은 아름다운 정원을 가꾸던 우리 마을로 낙향한 서울 양반 댁 '서울 집'을 찾아가야 볼 수 있는 예쁘지만 보기 드문 꽃으로 기억하며, 드물고 아름다운 꽃이니 서양문물이 들어올 때에 수입된 서양 꽃이겠거니 생각하였다.

　그러나 장미의 원산지는 대부분이 아시아라는 것을 최근에야 알게 되었다.

　꽃이 아름답기 때문에 18세기 말에 아시아의 각 원종이 유럽에 도입되어 유럽과 아시아 원종 간에 교배가 이루어져 여러 종류의 꽃 모양은 물론 개화 시기도 각각 다른 생태적으로 많은 품종들이 만들어 졌다.

　그리하여 18세기 이전의 장미를 '고대장미' 19세기 이후의 장미를 '현대장미'라고 한다.

장미는 장미과에 속하는 식물이며 장미속, 아속이 있고 아속에는 모두 150여종이 있는데 이들은 지구 북반구의 열대에서 한대에 이르기 까지 넓게 분포되어 있어 장미의 원산지를 정확하게 말하기는 매우 어렵다고 한다.

우리나라는 '장미속' 중에 찔레꽃 해당화 등을 포함하여 12종이 분포 되어 있다.

장미꽃은 흰색, 노란색, 붉은색, 오렌지색, 분홍색 등 다양한 색깔이 있다. 줄기에는 강하고 날카로운 가시가 있고 잎은 마주나는데 깃털모양으로 갈라진 겹잎과 약간 넓은 타원형의 잎에는 톱니가 있다. 다육질의 열매는 때때로 먹을 수도 있다지만 그 존재는 잘 모르겠다.

장미꽃은 실로 아름다운 꽃이다. 곱고 부드러운 수많은 꽃잎이 겹겹이 모여서 여러 크기로 매우 탐스럽고 예쁜 꽃 뭉치가 많은 가지에 붙어 있다. 한 개의 꽃도 아름답지만 여러 줄기 끝까지에 달려 있는 꽃다발이 장미꽃의 진수인 것 같다.

고대 이집트의 미인 클레오파트라의 마음을 얻기 위해 안토니우스는 궁전바닥에 장미를 뿌렸다고 전해지고, 중세 유럽에서는 장미꽃을 그리스도를 상징하는 꽃으로 매우 소중하게 여겼다고 한다. 현재 선물로 하는 꽃 중에 장미꽃이 단연 으뜸이다.

장미꽃이 예쁘고 아름답기에 장미를 국화로 하는 루마니아, 룩셈부르크, 불가리아, 사우디아라비아, 이란, 이라크, 영국(잉글랜드) 등 여러 나라가 있는데 특히 불가리아는 장미의 나라라고 할 정도로 장미가 유명하다.

꽃 중의 꽃이라고 하는 장미꽃은 도도하고 거만하여 사람을 똑바로 쳐다보지 않으며 줄기에는 날카로운 가시가 있다. 꽃이 질 때는 많은 꽃잎을 하나씩 떨어뜨리며 오랜 기간을 꽃으로 남아 있다.

많은 꽃잎이 떨어져도 꽃은 그다지 추하게 보이지 않는다. 새삼 느끼지만 장미는 꽃이 떨어지거나 지는 모습을 보이지 않는 품위가 있는 꽃인 것 같다. 전성기 때에 아름다운 꽃일지라도 시들면 꽃 자체가 떨어지는 개나리 진달래 무궁화꽃 등은 낙엽과 다를 바 없지만, 장미꽃은 그런 모양을 보이지 않는다.

그 가시는 예리하고 단단하여 울타리나 담벼락에 거추장스럽게 뻗어 있는 줄기를 낫이나 톱으로 베어 버리고자 하면 때로는 베는 손을 찔러서 상처를 보게 하는 나무다.

장미꽃하면 흔히는 체코 출신 독일의 시인 릴케(Rainer Maria Rilke 1875~1926)를 연상케 된다. 장미꽃을 좋아해서 장미를 기르며 시를 많이 지었던 그는 집을 방문한 이집트의 여인(니메 엘르이)에게 장미꽃을 주기위하여 황급히 꺾다가 가시에 찔리면서 파상풍균에 감염되어서 결국은 패혈증으로 죽었다는데, 장미꽃에 찔려 죽었다고 전해지는 유명한 시인으로 인하여 장미는 아름다우나 가시가 있다고 하는 장미꽃의 오만을 경계하는 내용이 담긴 아름다운 꽃이다.

어린 시절을 시골에서 자랐기 때문인지 좋은 것은 서양 것이고, 서양 것은 무조건 좋은 것이라고 생각하는 습성이 있었다. 그래서 미국인이나 서양 사람을 보면 주눅이 들고 호기심이 생겼다. 서양 사람뿐이 아니라 부잣집 사람을 보거나 피부색이 희고 깨끗하게 보이는 사람에게는 일단 기가 죽는 소심하고 용기 없는 성격이다.

그 후에 서울에서 공부하고 살면서 나이가 들고 세월이 지나다 보니 내가 동경하고 좋게만 보였던 서양도, 이제는 우리의 동양에 비하여 그리 대단한 세상도 아니요, 서양인이나 희고 말쑥한 사람도 알고 보니 대단한 존재는 아니라는 느낌을 가지게 되었다. 이것은 아마도 내 속에 숨겨있던 교만이 슬며시 고개를 들었기 때문이 아닌가 생각 된다.

장미꽃을 주제로 한 글을 쓰고자 하니 장미꽃을 다시 생각하게 되었고, 오가는 길에 넝쿨 장미가 많이 피어있는 집 앞을 자주 지나며 장미꽃을 관찰하였다.

어느 날인가 이른 아침 어른 키를 훌쩍 넘는 높은 초등학교의 담 벼락에 아름답게 피어있는 장미꽃을 보며 길을 가는데, 소복하게 떨어져 빨간 색과 흰색이 조화를 이룬 부드럽고 가냘픈 꽃잎이 만든 꽃길을 걸으며 나는 절로 김소월의 시 진달래꽃을 연상하였다.

장미꽃의 꽃잎이 얼마나 많기에 이토록 고운 꽃길을 만들까 생각하며 꽃 몇 송이를 따서 한 개의 꽃에 몇 개의 꽃잎이 달려 있는지를 세어 보니 한 개의 꽃에 6~9겹, 한 겹에 5개의 꽃잎, 말단 줄기에 너댓개의 꽃과 한 그루의 나무에 스무 개 정도의 줄기 이것을 계산하여 보니 한 개의 나무에 약 2,000개의 꽃잎이 달려 있는 셈이다.

30미터 길이의 담벼락 약60여개의 나무에서 대략 12만개의 꽃잎이 떨어지면 며칠간은 이 길을 장미꽃잎으로 꽃길을 만들겠구나!

과일과 같이 꽃잎도 새벽에 많이 떨어지니 아침 일찍 이곳을 찾아 꽃눈을 맞으며 붉고 흰 꽃길을 걸어보자고 이른 아침에 일어나 수선도 떨어 보았다.

장미꽃은 꽃 모양새나 빛깔이 아름답고, 꽃송이 채로 떨어져 추한 꼴을 보이지 않는 품위 있는 꽃이지만, 날카로운 가시가 있고 소담하고 예쁜 꽃에 비하여 그 열매는 보잘 것 없어서 대부분의 사람들은 열매가 있는지도 모른다.

작은 꽃에 크고 맛있는 열매를 맺는 사과, 배 복숭아를 보라! 천지 만물은 나름의 사명을 가지고 이 세상에 생명체로 존재하는 것이 아니겠는가.

　장미꽃은 아름답지만 줄기엔 가시가 있고 열매는 보잘것없다고 생각하며 오묘한 창조의 섭리에 머리를 숙이게 된다.

낙엽을 쓸며

봄철에는 온갖 색상의 꽃을 연상하듯이 가을이 오면 산야를 각종의 색상으로 물들이는 단풍을 생각하게 된다. 꽃과 단풍은 삶의 애환에 울고 웃는 많은 사람들이 발길을 멈추고 바라보며 잠시라도 고뇌를 잊게 하는 관심의 대상으로 우리에게 주어진 자연의 혜택이다.

봄철에 아름다운 꽃들이 사라지면서 초여름부터 찾아오는 신록의 무성함은 우리에게 시원한 그늘을 제공하고 대도시의 차량 소음과 매연을 다스리며 의연히 그 존재를 드러낸다. 그런가 하면 어느새 가을이 찾아와 시원한 바람이 불면 푸른 기운은 서서히 사라지고 울긋불긋 고운 빛깔로 변하여 존재하다가 소슬히 불어오는 시원한 바람에 한잎 두잎 떨어지기 시작한다.

어김없이 찾아오는 가을 단풍이요 낙엽이다. 이러한 가을 낙엽은 각종의 나무를 가꾸는 도시의 주택이나 아파트 단지들, 그리고 큰 길의 가로수를 돌보는 사람들에게는 낙엽처리에 대하여 고심하며 나름의 준비를 해야 한다.

시골의 산과 들판의 낙엽은 적당한 곳에 떨어진 후에 말라서 가랑잎이 되거나 바람에 날려서 이리저리 굴러다니다가 썩어서 자연으로 돌아간다. 떨어져 굴러다니거나 모여서 쌓이거나 그것은 자연의 일부요, 썩으면 남아 있는 생명체의 자양분이 되기에 결코 쓸거나 치워야할 대상은 아니다.

반면에 도시에서의 낙엽은 비로 쓸어서 나무 주변에 모아 두거나 또는 적당한 방법으로 보관한 후에 수집차량에 실어 보내야하는 담배꽁초나 폐 종이류와 같이 치워야할 일종의 잡쓰레기이다.

보통 10월 중순부터 11월 하순까지 지속적으로 떨어지는 낙엽은 농촌이 아닌 도시에서는 이것을 처리하는 것이 매우 힘들고 어려운 일이다.

낙엽은 가로수로 많이 심겨진 플라타너스 및 오동나무, 감나무 잎과 같이 큰 것이 있고, 도시에서도 흔히 볼 수 있는 벚나무나 은행나무 잎, 작지만 다닥다닥 많이 달린 느티나무 잎이 가을 낙엽의 대표적인 것이다.

특히 느티나무 잎은 아침저녁으로 아파트나 집주변의 길이나 바닥을 연노랑 색으로 온통 뒤덮어서 모른 체하고 방치할 수 없는 귀찮은 존재다.

시간이 지나서 자연스레 떨어지는 낙엽의 경우는 대나무 빗자루로 쓸면 잘 쓸어진다. 하지만 떨어질 때가 아닌데 거친 바람으로 인하여 떨어진 낙엽은 아직 마르지 않고 엽록소가 남아 있어서인지 땅에 쩍 달라붙어서 빗자루로 모질게 쓸어야 하고 때로는 손으로 떼어야 치울 수 있는 것이 있다.

이런 낙엽을 볼 때면 마치 생을 연장하기에 악을 쓰는 생명체를 보는 것 같아서 순간적으로 손으로 떼어내면서까지 모질게 쓸고 치우기를 잠시 멈춘 경우도 있다.

무더운 여름에 쉴만한 그늘과 깨끗한 공기를 선물로 주던 고마운 것들인데 시간이 지나 거리의 낙엽으로 어지럽게 떨어져서 치워야

할 쓰레기가 되었다고 하여 귀찮게 취급을 해야만 하는가?

반면 힘들다고 낙엽 치우기를 외면해 버린다면 무거운 차바퀴에 깔려서 앙상한 잎줄기만 남거나 수많은 사람들의 발자국에 밟혀서 만신창이가 될 것이란 생각도 든다.

기왕에 쓸 바엔 봄과 여름동안 푸른 잎이나 그늘로 제 할일을 감당했던 고마운 낙엽을 잘 쓸어 담아서 길에서 짓이겨지지 않도록 한 잎도 남김없이 처리해야겠다고 생각했다.

모든 생명체는 나름의 삶을 유지하며 이 세상에 존재하다가 때가 되면 삶의 끝에서 떨어져 나간다. 살아가는 동안에 삶을 유지하기 위한 수단으로 몸통은 필요한 지체를 만들어 내고 유지하다가 버리게 된다. 동물들의 털이 대표적이라 할 수 있다. 나무들은 꽃이나 이파리를 유지하다가 필요할 때 이것들을 떨군다. 일부 식물들은 잎이나 줄기를 유지하다가 때가 되면 뿌리만 남겨서 연명하고 잎이나 줄기를 버리기도 한다. 이렇게 부득불 버리게 되어 떨어져 나간 지체도 일정한 시간과 과정을 거쳐서 생명의 끈을 이어가는 것이 아닌가 생각된다.

땅속에서 캐낸 고구마와 감자는 일정한 기간이 지나야 더욱 맛이 나고, 나무에 달린 과일도 나무에서 따거나 떨어진 후 일정한 시간이 지나야 제 맛이 있다고 한다.

사람들은 이것을 숙성기간이라고 말하는데 그것은 고구마와 과일 등 먹거리를 잣대로 하는 인간들의 표현이며 사실은 떨어져 나온 지체인 먹거리 들이 삶을 완전히 내려놓는 일종의 과도기가 아닐까?

생생하던 여름철의 무성함을 잃어버리고 형형색색으로 변하여 나무에 붙어 있는 나뭇잎, 가을의 진객이 어찌 단풍과 낙엽뿐이겠는가! 가을은 또한 결실의 계절로 황금물결의 들판, 아름드리 익어가는 밤과 사과 감 등 각종의 과실, 국화 코스모스 등의 가을꽃들, 높고 푸른 하늘은 실로 우리를 즐겁게 하는 가을의 정취다. 그런가 하면 늦가을 서늘한 바람에 우수수 떨어지는 낙엽은 고독과 우울함을 느끼게도 한다.

가을은 좋은 계절이라서 가을에 가지게 되는 여러 상념들과 우리를 즐겁게 하는 정취들이 많지만 그래도 가을을 가을답게 하는 것은 역시 단풍과 낙엽이 아닌가!

낙엽은 타는 냄새도 좋아서 갓 볶아 낸 커피 냄새에 비유한 이효석의 수필을 생각하며 낙엽이 사라지고 가을이 가기 전에 고운 나뭇잎 몇 개라도 주워서 책갈피에 잘 보관하며 의미 있는 계절을 보내고 싶다.

함박눈

　추운 겨울에 내리는 눈에는 함박눈, 싸락눈, 진눈깨비, 우박 등이 있다.

　싸락눈, 진눈깨비와 우박은 추울 때 빗방울이 찬바람을 만나서 일부가 얼어서 떨어지는 눈이다. 반면에 함박눈은 기온이 비교적 포근할 때에 다수의 눈의 결정이 서로 달라붙어 눈송이를 형성하여 내리는 눈이다. 겨울의 눈으로 대표되며 켜켜이 쌓이는 눈은 함박눈이다.

　요즈음 서울의 겨울은 눈다운 눈이 내리지 않고 겨울이 싱겁게 지나가는 경우가 많았다. 그런데 올 겨울은 예년에 비하여 눈다운 눈이 제법 내린 겨울로 기억된다.

　지난 1월 11일 전날부터 새벽에 내린 눈과 18일 아침에 내린 눈은 첫눈이면서 제법 많은 함박눈이 쌓인 날로 기억된다. 18일 오후에는 태풍급 바람이 불고 눈이 많이 내리니 퇴근길 미끄럼에 조심하고 차량으로 퇴근할 자는 일찍 퇴근하라는 안내 문자가 전달되기도 한 2021년 1~2월은 모처럼 겨울다운 겨울이었다.

　1월11일 오후 1시경에 내리던 눈은 겨울의 진면목을 보이려는 듯 하늘에서 함박눈이 펑펑 쏟아져 내렸다.

길거리에 쌓이는 눈을 쓸려하니 내 머리에도 많은 눈이 떨어져서 모자를 쓰고 쓸어야 할 상황이었고 문득 사진으로 남기고 싶은 광경이었다.

그야말로 어릴 적 고향에서 눈을 맞으며 뛰놀던 생각이 생생하게 떠올라 눈 쓸기를 멈추고 하늘 높은 곳에서 내려오는 눈을 두 손 벌려서 반기고 있었다.

빗자루로 쓸어 보았으나 쓸면서 뒤를 돌아보면 쓸어내린 흔적이 별로 없고 쓸면서 만들어진 발자국도 덮어 버릴 정도였다.

그런 상황을 보면서 고 정주영 회장이

"눈이 많이 내릴 때는 눈을 쓸지 않는 법이다."

라고 직원들에게 말했다는 그 말이 떠올랐다.

그분이 한 말의 의미는 '실속 없는 일은 하지 말라' 또는 '원성이 자자하거나 비난이 빗발칠 때는 하던 일을 멈추고 잠시 뒤를 돌아보는 여유를 가지며, 때로는 반성하고 다시 생각해보는 마음가짐이 필요함'을 갈파한 명언이 아닐까 생각된다.

1960~70년대 서울에는 눈이 많이 내리고 춥고 한강이 꽁꽁 얼어서 우마차로 건너기도 하였으나 최근 들어서는 겨울에 눈이 많이 내려서 눈길에 미끄러져 다쳤다거나, 눈을 쓸어내야 할 고통을 느껴본 적이 별로 없이 지내왔다.

사실 춥지 않은 겨울 낮에 함박눈이 많이 내리는 모습을 보게 되면 어릴 적에 나는 묘한 기쁨이 솟아나서 눈을 맞으며 미끄럼을 타고 하얀 눈 위에 벌렁 누워서 하늘을 바라보며 계속 내리는 눈을 즐겼던 기억이 많다.

내 고향은 충남의 시골 마을로 서해가 가깝고 산도 많아서 그런지 겨울에 눈이 많이 내리는 곳이었다. 겨울 방학이 끝나고 학교 다

닐 2월에도

"눈이 많이 내렸으니 오늘과 내일은 등교하지 말고 집에서 공부하기 바란다."

는 학교장의 부탁을 동네 이장이 대신 전하는 유선 안내 방송을 듣는 경우가 종종 있었다. 그 후 60여년이 지난 지금은, 눈이 많이 내리면 눈을 치워야 하는 입장이지만 하얀 함박눈이 많이 내리면 걱정하거나 귀찮은 마음은 사라지고, 내리는 눈을 반기며 즐거운 마음이 찾아들어 철없던 아이로 되돌아간다.

함박눈은 벚꽃이 만개 후에 바람이 불면, 꽃잎이 우수수 떨어지는 모습이나 능금 꽃이 바람에 날려서 주변으로 떨어지는 모습을 연상케 한다.

겨울에 내리는 싸락눈과 진눈깨비는 추운 날에 내려서 쓸기도 어렵고 손도 많이 시려서 고달프지만, 함박눈은 비교적 포근할 때 내리기 때문에 쓸기가 쉽고 손이 덜 시려 즐겁기만 하다.

장마철에 비가 쏟아질 때는 우산을 써도 감당할 수 없이 내리다가도 한고비가 지나면 서서히 비가 멈추듯이, '함박눈 쓰는 것이 헛되구나!' 생각될 정도로 펑펑 내릴 때도 낮 동안에 내리는 눈은 그리 오래지 않아 그치게 된다.

아마도 수고하고 애쓰는 사람들을 위한 하늘의 배려가 아닐까 하고 생각해본다. 흔히 눈이 많이 내려서 비닐하우스가 폭삭 가라앉을 정도의 폭설은 대부분 밤사이에 내린다. 아무리 큰 폭설이라도 여름철의 폭우가 많은 지역에 피해를 주는 것과 같이 우리에게 광범위하게 피해를 주는 일은 별로 없다. 이와 같이 함박눈은 우리를 감싸고 배려해주는 정감어린 겨울의 진객이다. 함박눈이 연출하는 경이롭고 신비한 설경은 대 자연의 웅대한 걸작품이다.

어느 시인은
"겨울이 겨울다운 서정은 흰 눈이 내리는 것이다."
라고 말한 바 있다.

냉혹하고 추운 겨울에 추위와 얼음, 미끄럼을 야기하여 우리를
괴롭히는 싸락눈, 진눈깨비, 우박 등을 밀쳐내고 나타나는 함박눈은
우리에게 친밀히 찾아오는 포근하고 너그러운 겨울의 선물이다.
한 낮에 속절없이 내려 쌓여 우리를 당황하게 하고 무섭게 쌓이
던 눈더미는 회색빛 눈구름 사이에 숨죽이며 숨어있던 햇볕이 나타
나면 아무런 저항 없이 녹아내린다. '햇볕'이라는 대자연 앞에서는
단숨에 흔적만 남기고 사라지게 된다. 자연 질서의 위대함을 느끼
면서 나는 새삼 겸손한 마음을 갖게 된다.

첫눈 내리면 생각나는 것들

우리나라와 같이 사계절이 확실한 온대지역에서는 사계절과 그에 따른 변화를 기뻐하고 즐기며 시간을 보내는 행운을 갖게 된다. 온대지역의 겨울은 별로 익숙하지 아니한 추위에 움츠리며 지내지만 겨울의 진객인 눈과 더불어 즐거움이 많고 어려움도 있는 시간을 보낸다. 북반구에 속한 우리나라의 첫눈은 보편적으로 11월 하순경에 내린다. 자료에 의하면 2016년 11월 26일, 2017년 11월 24일, 2018년엔 11월 24일에 첫눈이 내렸다.

이 첫눈은 겨울의 전령으로 겨울준비인 김장을 빨리 마감하고 문풍지를 바르며 창문에 커튼을 갈아 달고 연탄 등의 땔감을 충분히 준비하라는 신호다.

내 오랜 경험으로 미루어 볼 때 첫눈은 간밤에 소리 없이 내리지 않으며, 많이 쌓이지도 않고 주로 낮에 맛보기로 약간만 내린다. 우리가 활동하는 비교적 덜 추운 낮 동안 내리고 쉬이 녹아버려 우리에게 별다른 불편을 주지 않고 어느새 사라진다.

추운 겨울 약 넉 달간 여러 차례 내리는 눈 가운데서 첫눈은 반가움을 남기고, 크리스마스 전날 밤에 조용히 내려 쌓인 눈은 우리에게 기쁨을 주고 사랑을 많이 받는 눈이란 생각을 갖게 한다. 우리에게 비교적 우호적으로 때 맞춰 찾아오는 첫눈과 관련하여 꼭 기억을 하며 마음에 새겨 두고자 하는 풍습이 있거나 적절한 행사를 하면서 반가운 손님으로 환대한다.

12월부터 다음해 3월까지 지속되는 눈보라 휘날리는 추운겨울에는 대개 어른들은 머리가 아픈 경험을 하는데 첫눈을 먹으면 두통의 어려움에서 벗어날 수 있다는 풍습이 있어 어른들이 깨끗한 첫눈을 듬뿍 먹는 모습을 어렸을 때에 많이 보았다.

처음이란 새롭고 귀하고 반가운 것이기에 첫눈을 반기며 어른들도 가까운 문밖출입을 하시고 어린이들은 모두가 집 밖으로 나와서 법석을 떨며 시간을 보내고 심지어 개들도 뛰어 다니며 흥분된 모습을 보인다. 이를 놓칠세라 도시의 상가에서는 '첫 눈 맞이' 특별한 행사도 한다.

올해는 11월 24일에 서울에 첫눈이 내렸는데 첫눈치고는 눈치도 없이 제법 많이 내렸다. 밖에 세워놓은 차의 차창과 지붕에 수북이 쌓여서 쓸어내리지 않고 바라만 볼 상황이 아니었다.

그렇게 제법 내렸지만 오후에는 모두가 녹아내리는 모습을 보고 '첫눈! 많이 내려보았자 첫눈의 운명은 그런 것'이라는 생각을 확인해주고는 흔적 없이 사라졌다.

나는 첫눈에 대한 애잔한 기억을 갖고 있다. 고교 동기며 서로 다른 회사에서 파견되어 해외에서 같이 근무한 인연으로 매우 가깝게 지내는 한 친구가 있다.

그 친구는 아내를 서울에 두고 주로 혼자만 해외 근무를 여러 번 해서 그랬는지 부부간에 금슬이 별로 좋지 않은 것 같았다. 그래서 우리 둘이 만나면 가정에 대한 이야기는 자제하여 왔다.

그런데 하루는 갑자기 자기 아내에 대하여 진지하고 약간 겸연

쩍은 생각을 가지고 말을 시작하기에 나는 속으로 반기며 들었다.

첫눈이 내리는 11월 하순에 그의 아내로부터 '반가운 첫눈이 내리는데 당신도 첫눈을 보고 계시면 느낌을 보내주세요' 라는 메시지가 왔단다. 평소와는 전혀 달리 첫눈이 오니 당신이 그립고 보고 싶다는 내용이 함축되어 있는 그런 내용이었다.

아침에 서로 안 좋은 기분으로 집에서 나왔는데 문자 메시지를 보고는 갑자기 아내에 대한 미안함과 그리움이 생겨서 좋은 내용으로 즉시 답장을 하였다고 했다.

그날 근무를 끝내고 군밤을 사들고 집으로 들어가니 평소와는 달리 매우 기분 좋아 하면서 문자 메시지의 사연을 말하더란다.

그의 아내가 친밀히 자주 만나는 자기 친구들 5명과
"오늘 마침 내리는 첫눈을 보면서 각자 남편들에게 첫눈과 관련하여 감상적인 내용의 문자를 보내자. 그런 후에 제일 먼저 회신이 오는 친구한테 가장 멋있는 남편을 만나서 행복한 사람이라고 꽃다발을 선물로 주자."
라고 결정하고는 모두가 동시에 문자를 보냈는데 내 친구가 제일 먼저 회신을 하였다는 것이다.

"친구들로 부터 부러움의 찬사를 받았어요. 그러나 그것보다도 나에 대하여 무관심하고 늘 불만이 가득한 모습이던 당신이 그런 뜻 깊은 생각이 있다는 것을 느끼게되고 그 동안 당신에 대한 원망이 일순간에 사라지고 나에게 문제가 많았구나! 많이 반성을 했어요."
하면서 눈물을 글썽이는 모습을 보고는 자기도 내심으로 아내에게 미안한 생각이 들고 아내가 몹시 측은하게 여겨지더라는 것이다.

그의 말을 듣고는 나는 그동안 친구의 말만 듣고 그 아내가 문제가 있는 여성이라고 생각해 왔던 나의 경솔함과, 나 자신은 아내에게 잘못이 없고 도리를 다하고 있는 사람인가에 대하여 많이 생각을 해보았다.

사실 부부사이의 관계는 그 둘만 알뿐이며 부모 형제나 가까운 친구인들 알 수가 없다. 부부간에 때로는 마음과는 다른 말을 함부로 하는 경우가 있다. 그래서 작은 오해가 쌓일 수 있다. 그러나 친구 부부가 별 것 아닌 첫눈의 사연으로 그랬던 것 같이 오래 쌓인 오해와 원망도 어떤 계기가 되면 쉽사리 오해가 풀리고 원망도 사라지는 것이 부부간의 관계가 아닌가 생각된다.

친구의 말을 듣고는 내 자신에게 다짐하는 심정으로 친구에게

"모두가 네 잘못 인듯하니 앞으로는 허튼 소리 삼가고 마누라를 아끼면서 잘 지내라"

며 우정 어린 충고를 하였다. 그 후 친구부부는 첫눈의 사연으로 사랑과 믿음을 되찾고 지금까지 건강히 잘 지내고 있다.

나는 첫 눈이 내릴 때면 반가운 첫 눈이야 말로 위험에 빠진 친구의 부부 관계에 화합을 찾게 하여준 하늘에서 내려주는 축복이구나! 라고 생각했던 그때가 떠오르곤 한다. 그래서 첫눈은 나에겐 반갑고 의미심장한 것임을 기억하며 감사한다.

굴뚝

고향을 생각하면 떠오르는 것 중의 하나가 때가 되면 어김없이 하얀 연기가 피어오르던 초가집의 높은 굴뚝이다.

굴뚝은 집 뒤쪽에 처마보다 높게, 연기 나가는 주변을 돌과 흙으로 쌓고 눈비를 막기 위해 끝은 모자 같은 갓을 씌우고 양방향으로 큰 연기 구멍을 내고는 그 위에 벼 타작 후 볏 집을 엮어 두른 집의 구조물의 하나다.

주요 기능은 아궁이에서 나오는 연기를 내보내는 통풍장치다. 이 굴뚝이 있어야 아궁이의 불이 잘 타오르며 아궁이에서 불이 잘 타야만 밥이나 국을 끓이고 반찬도 만들 수 있었다.

오늘날 특색 있는 대부분의 굴뚝 모양은 중세의 북부유럽에서 기원했다고 하는데 우리나라의 굴뚝도 북부유럽을 것을 모방하였는지 모르나 매우 정교한 구조다.

굴뚝은 부엌이라는 공간에서 시작되는 아궁이, 부뚜막 그리고 불길이나 온기가 지나는 구들과, 마지막으로 연기가 배출되는 굴뚝 이렇게 연결되는 일연의 통로다.

아궁이에서 구들 그리고 굴뚝까지 이르는 통로는 약간 경사를 유지하면서 높아지다가 굴뚝에 이르러 밖으로 배출된다. 아궁이에는 문짝이 있어 땔감을 태운 후에 닫아 놓으면 공기가 차단되어 솥의 열기와 방바닥의 온기가 오래 유지된다.

통로에 경사가 있고 굴뚝이 높아야 아궁이의 불이 잘 탄다. 또한 굴뚝에 갓을 씌우고 연기가 옆으로 나오도록 양방에 연기 배출구가 있어서 눈비가 올 때 물이 굴뚝으로 스며들지 않고 연기도 잘 빠져나가도록 연소공학이 잘 깃들어 있어서 선조들의 지혜를 느낄 수 있는 것이 우리의 굴뚝이다.

아궁이는 연소 장치의 시작점이다. 보통은 크고 작은 두 개가 있는데 볏짚과 장작을 사용하여 불을 피우는 곳으로 더운 여름철을 제외하곤 하루에 두세 차례 불을 피우게 된다. 쪼그리고 앉아서 부지깽이를 사용하여 불을 피우는데, 앉아서 따뜻한 불을 피움으로 부엌에서 불을 피우는 여성들은 그 때는 부인병이 적었다는 말도 있다.

부뚜막은 정결한 곳이다. 그래서 유리같이 매끄럽고 깔끔하게 미장처리가 되어있다. 사람이 함부로 앉지 못하도록 되어있고, 쥐나 고양이가 올라오지 않도록 냄새가 나지 않게 청결하게 유지한다.

부엌은 약간 넓은 공간으로 적정량의 땔감을 보관하고, 한쪽 귀퉁이에는 바닥을 파서 무, 고구마, 밤 등을 묻기도 하고 김칫독과 물통을 묻는 지하 저장고다. 추운 겨울 동안 얼지 않게 보관하였다가 필요시 꺼내서 찌거나 반찬을 만들어 먹었다.

물통의 물은 여름에는 시원하고 그리고 겨울에는 차지 않아서 언제든 마시기에 좋았다. 또한 3단의 개방된 살강에는 각종 그릇과 음식물, 밥상을 보관하는 요즘의 싱크대다. 부엌은 집안 살림을 주관하는 어머니와 누님들이 소통하는 공간이며 집안의 먹거리를 책임지는 주방이다.

눈보라 휘날리는 때에 물기 묻은 손으로 문고리를 잡으면 쩍쩍 달라붙던 엄동설한에도 부엌문을 닫고 아궁이 불을 피우면 온실같이 따뜻하며 안전한 쉴 곳이 된다.

또 부지깽이를 붓 삼아 바닥에 그림을 그리고 공부도 하던 공부방이며, 팽이를 깎고 방패연을 만들던 공방이기도 하였다.

겨울철엔 함지박에 더운물을 부으면 간이 목욕탕이 되기도 하였다. 지금보다 옛날의 부엌은 쓰임이 다양하여 중요한 삶의 공간이었다.

사철 가운데 굴뚝에서 하얀 연기가 유독 많이 나는 때는 추운겨울이다. 반면 여름철에는 아궁이 등의 굴뚝 장치는 잠시 쉬게 된다. 이동식 화덕을 마당에 설치하여 부엌 역할을 대략 한두 달 동안 대체한다.

겨울 방학 동안에 낮에는 건너 마을의 '서울 집'이라 일컫던 친구 집이나, 또는 딸이 많고 외동아들인 친구 집에 자주 놀러 가곤 했다.

시간가는 줄 모르고 놀다 보면 고개 마루에서 바로 밑의 여동생이의

"오빠~, 밥 먹어~."

라는 큰소리를 듣고 저녁밥 먹을 생각에 단숨에 언덕을 달려서 집에 가던 생각이 지금도 눈에 선하다.

딸 많던 집안에 맏아들로 태어나 온종일 놀이에 빠져 실컷 놀다가도 끼니때가 되면 나무라지 않고 으레 동생을 보내어 함께 밥 먹게 하신 부모님과 형제들이 있어서 좋았다.

그때 집집마다의 굴뚝에서 저녁밥을 짓느라고 경쟁적으로 하얀

연기가 뿜어나는 모습은 흡사 지금의 산업단지 높은 굴뚝 여기저기서 연기를 뿜어내는 그런 모습이었다.

봄가을에도 그렇지만 특히 낮 시간이 짧은 겨울철에는 추위를 피하여 아랫목에서 함께 모여 길쌈 등의 일을 하던 누나들과 동네 며느리들이 시간 가는 줄 모르고 있다가 옆집의 굴뚝에서 나오는 하얀 연기를 보고는 부랴부랴 아궁이 불을 피우고 저녁밥을 짓느라고 바빠진다.

온 동네 굴뚝의 하얀 연기가 저녁노을을 흐리게 했다.

이제 고향집에는 굴뚝도 굴뚝연기도 많이 사라져 버렸다. 취사와 난방, 얼마간의 조명역할까지도 담당하던 아궁이가 없어졌기 때문이다.

난방은 보일러로, 취사는 가스레인지나 전기레인지로 대체된 편한 세상이 되었다.

굴뚝연기를 보면서 끼니때를 알고 자라온 내게 굴뚝 없는 고향마을은 얼마나 허전하고 낯 선지 모른다. 내가 살아온 짧은 세월동안 너무나 많은 것이 없어지고 잊혀지고 있다.

세월이 지날수록 따뜻했던 옛 고향의 의미는 퇴색되고 사라져 갈 것이다.

어떤 모습의 집이든 부엌은 존재하고 우물 등은 변형된 모습이라도 존재하지만 굴뚝은 이제 보기 어렵게 되었다.

늘 내편이 되어주고 다정하시던 어머니가 부엌에서 분주하시던 그 시절을 다시금 되돌아 볼 뿐이다.

문풍지

나이가 들면 추억을 먹고 산다고 한다. 과거에 대한 회상을 하며 즐거웠던 일들을 생각하면 절로 기분이 좋아지고 혼자 미소를 짓는 경우가 종종 있다.

내가 가끔씩 떠올리는 좋은 추억은 고향에서의 어린 시절의 일들이다. 중학교 이후의 시절은 공부 때문에 치열한 경쟁의 시절이었고 주로 서울에서 보낸 시간들이었다.

그때의 기억은 그저 담담한 회상일 뿐이다. 그립고 아련하여 생각만 해도 즐거운 것은 늘 어린 시절의 기억이다. 많은 추억들 중에서 추운 겨울바람에 애타게 울어대던 문풍지 소리를 잊을 수 없다.

나의 고향은 충청도 중에서도 남부 지역으로 해안과 그리 멀지 않은 농촌 마을이다. 논과 밭이 넓게 펼쳐져있어서 먹을거리가 풍성했고, 겨울엔 한가했지만 다른 계절은 바쁘고 사계절이 무척 아름다웠다.

여름철엔 장맛비가 많이 내려서 무덥고 겨울엔 눈이 자주 많이 내리고 매서운 찬바람이 몰아치던 날이 많았다. 이런 기후에 적응하기 위하여 집은 목재로 골격을 하고는 벽과 지붕은 대나무와 새끼줄로 엮고 흙을 두텁게 바른다.

지붕은 볏짚으로 엮거나 땋아서 덮는데 2년에 한번 추수 후에 새

것으로 지붕 갈이를 한다. 방은 온돌방이라 아궁이에 불을 땔 때에 불길이 지나는 골을 만들고 방바닥은 넓적하고 두툼한 돌판을 깔아서 덮고는 흙으로 마감한다. 집을 지은 재료는 나무, 흙, 돌, 볏짚, 대나무 등 대부분이 자연물이다.

이런 구조라서 여름은 시원하고 겨울엔 모진 추위와 바람에도 외풍이 적고 방바닥은 비교적 따뜻한 온기가 유지된다. 방은 보통은 마당에서 1.5m 정도 높게 있어서 더울 때의 열기나 추울 때의 냉기를 최대한 차단한다. 방에 들어가려면 토방과 마루를 통하여 문을 열고 간다.

우리 집의 안팎을 연결하는 유일한 출구는 문이다. 문은 목재로 만든 문틀에 문짝을 연결하여 여닫게 되어 있다. 문은 안방과 건너 방에 안팎을 드나드는 용도로 한 개씩 있고 환기를 위하여 작은 문이 방의 뒤편에 있었다. 문짝은 문살이 가로와 세로에 여러 개가 있는데 세로의 문살은 비슷한 간격으로 되어 있으나, 가로의 경우 3군데에는 보통 5개의 문살이 촘촘히 모여 있고 다른 곳은 성글게 박혀 있다. 문살이 있어서 문틀을 유지하는 힘이 되고 문틀과 함께 창호지 바를 지주가 되어 준다.

또한 앉아서 밖을 보기 편한 위치의 문살이 성근 곳에 유리를 붙이고는 창호지로 문을 바르는데 이것은 방문을 여닫지 않아도 방안에서 밖에 눈이 오는지, 쌓였는지, 바람이 어느 정도 세찬지를 가늠하는 렌즈 역할을 해줬다.

보통은 가을 추수가 끝날 무렵에 낡은 창호지를 뜯어내고 다시 바른다. 이때에 문과 문틀사이에 있는 틈을 막기 위해 약 3cm 정도 폭인 창호지를 문 가장자리의 사면에 붙이는데 이것이 바로 문풍지다.

찬바람이 많이 불어대는 겨울에는 문틀과 문짝사이에 틈이 있어서 찬바람이 많이 들어오기 때문에 이 문풍지는 찬바람을 막기 위한 목적으로 쓰여지는 앙증맞은 부착물이다. 가을걷이를 마치고는 늦은 봄에 뜯어냈던 문풍지를 다시 바르는데 이것은 겨울 내내 그 쓰임새가 중요하기 때문에 주로 경험이 많으신 부모님들의 몫이다.

도회지의 집은 주변에 건물이나 집이 있어서 거센 바람을 어느 정도 막아 준다. 반면 대개의 시골집은 이웃집들이 띄엄띄엄 떨어져 있어서 나무나 언덕 정도가 약간의 바람막이를 할 수 있을 뿐이다. 한해의 농사가 끝난 황량한 넓은 벌판을 통하여 치닫는 거센 겨울바람이 휘몰아칠 때에는 집 주변의 담장과 문풍지이외는 그 위세를 차단할 방법이 없다.

긴긴 겨울밤에 저녁밥을 짓기 위해 지폈던 장작불로 달구어진 구들의 온기가 사그라지고 시린 바람이 계속 불어대면, 윗목에 떠다 놓은 숭늉대접에 살얼음이 끼고 이불 위를 떠다니는 웃풍에 얼굴은 늘 이불아래 묻어야만 했다.

행여 잠을 설치게 되는 날엔 그 긴 겨울밤에 밤새껏 울어 대던 문풍지 소리는 무섭기까지 하였다.

나는 아들이라는 혜택으로 부모님들과 같이 안방에서 비교적 따뜻한 잠을 잤다. 하지만 윗방에서 지낸 두 누님은 시린 바람과 사나운 문풍지 소리를 어떻게 견뎠을까 생각하니 늘 미안한 마음이 든다. 팔순을 바라보는 누님들이 건강히 잘 지내고 계시니 새삼 고맙다.

가을 추수를 끝내면 지붕이나 담장은 타작하고 모아둔 볏짚을 활용하여 새 옷으로 갈아입히고, 문짝은 창호지를 다시 바르는데 왜 문풍지까지 붙여야만 했을까?

문풍지는 문틀과 문이 꽉 들어맞지 않기 때문에 반드시 덧붙여야 하는 필수적인 겨울 채비인 것을 철이 들고서야 알았다. 이는 문과 문틀을 만들 때 꼭 맞도록 한 것이 아니라 얼마간의 틈을 두었기 때문이다. 그것은 목수들의 실력이 부족해서가 아닐 것이다. 문은 안과 밖을 통하는 유일한 통로다. 만약에 문틀과 문을 꼭 맞게 하여 얼마간의 틈도 두지 않았으면 여닫는데 불편하고 연결 장치가 어긋나거나 문틀이 뒤틀려 문제가 발생할 수 있어서 이것을 방지하기 위해 약간의 여지를 둔 조상의 지혜가 아닐까?

이 여유로운 문틈은 가을과 봄철에는 바깥의 공기와 실내의 공기를 온 종일 환기시키며 수시로 여닫을 때 문의 여닫이를 무리 없이 매끄럽게 하는 역할을 하였던 것이다.

문을 바르는 창호지는 희고 질기기 때문에 눈보라나 거센 북풍에 쉽게 찢어지거나 물에 젖지도 않는다. 하얀 색상으로 약간의 빛을 투과시켜서 낮 동안에는 방안을 밝고 환하게 한다. 문은 안과 밖 그리고 빛과 어둠의 경계다.

만약에 문에 틈이 없다면 문은 닫히는 순간 벽이 되고, 창호지가 아니라면 빛과 어둠이 차단되며, 문풍지가 없다면 방까지 비집고 들어오는 차가운 위세로 대드는 바람을 막기 어려웠을 것이다.

긴긴 겨울밤에 불어대는 매서운 북풍, 휘몰아치는 눈보라, 밤새껏 울어대던 문풍지 소리, 모두가 시골 옛집에서의 아련하던 겨울의 정취였다.

이제 대부분의 시골집들도 현대식의 주택과 이중 창문으로 개조된 지금, 문풍지에 대한 추억은 물론 그 '문풍지'란 이름조차 사라져 버릴까 애처롭다.

설날의 단상

    설날은 추석과 더불어 우리 민족 최대의 명절로 국민 모두는 바쁜 일 어려운 일을 모두 내려놓고 즐기면서 떡국이라는 고유의 음식을 먹고 윷놀이 등 고유의 놀이를 즐기며 휴일을 보내는 명절이다.

    한국의 설날은 신라시대에 유래되어 고려와 조선까지 이어져 오다가 1896년 을미개혁으로 새해 첫날의 기능은 양력설에 내주고 1910년 한일합방이후에는 일제의 탄압과 박해로 명절의 명맥만 유지되다가 광복 후에도 40여 년간 이중과세라는 이유로 양력설을 권장하여 서울 등 대도시의 일부 가정에서는 양력설을 쇠는 풍토가 생겼다.

    그 후에 전통을 존중해야 한다는 의견이 대두되어 1985년부터 민속의 날이라는 이름으로 음력1월1일 하루를 공휴일로 지정하였다.

    1989년부터는 민족고유의 설날을 부활시켜야 한다는 여론을 받아들여 음력설을 설날로 하고 3일간을 공휴일로 지정하여 오늘에 이르고 있다. 북한에서도 1967년부터 음력설을 공휴일로 하고 2003년부터 설날을 3일간 연휴로 하고 있다고 한다.

    설날은 나라를 잃은 설움으로 수난을 받은 명절이다.

    내가 어렸던 해방이후에도 시골에서는 음력 1월1일을 설날이라고 전통적으로 내려오던 풍습을 그대로 지키면서 지냈다. 떡국을 먹고 세배를 하고 제기차기, 윷놀이, 연날리기, 널뛰기 등을 즐겼던 추억이 많은 명절이다.

이때는 시골은 농한기로 별로 바쁜 일이 없고, 추위는 막바지 맹추위가 계속되고 학교는 대개는 겨울방학이거나 학년말 방학이라서 어른들도 어린 학생들도 마음을 놓고 즐겁게 놀 수 있는 황금의 기간이다. 그때의 설날의 풍습을 기억해 본다.

설날엔 떡국이란 별식을 배불리 먹고는 세배를 한다. 설 이틀 전에 쌀을 물에 씻어서 방앗간으로 가져가 가래떡을 빼서는 무럭무럭 김이 나는 따뜻한 가래떡을 조청에 찍어서 먹으면 1년 중 이때나 먹을 수 있는 특식이기에 단숨에 약 50cm 정도 긴 것을 3개를 먹고 나면 배가 불러서 밥 먹을 생각이 없었다.

그런 후 하루나 이틀이 지나면 설날이다. 차례를 지낸 후에 아침 식사로 먹게 되는 떡국은 적당히 쫀득거려서 씹을 맛이 있는 떡, 우유 빛의 끈끈한 국물, 계란과 김으로 만든 고명 등이 어우러진 떡국은 어린 아이도 두 사발은 기본인 별미의 음식이다.

떡국이 소화될 시간인 아침 10시 이후에는 동네의 어른들 아마도 65세 이상이 된 분들에게 세배를 다니게 된다. 초등학생 때에는 부친을 따라 다녔지만 중학교 이상이 되면 부친께서 어디 어디를 가서 어른께 세배를 드리고 오라고 하면 사촌 형들과 같이 다녔다.

우리들 세배객을 맞는 집에서는 형편이 어렵더라도 식혜를 만들어서 찾아오는 세배객들에게 꼭 식혜와 시원한 물김치로 대접한다. 반면에 형편이 넉넉한 집은 바삭바삭하고 맛있는 한과도 제공한다.

이렇게 세배를 하러 일곱여 댁을 방문하여 달콤한 식혜를 먹고 나면 배불리 먹었던 떡국은 어느새 소화가 되어서 배 고품을 느꼈던 기억이 바로 얼마 전이었던 것 같다.

　설날 다음날 점심 무렵이 되면 풍악단의 꽹과리와 장구, 북과 징
소리가 들리는데 이때부터 온 동네가 축제의 장이 된다.
　고깔을 쓰고 솜바지 저고리에 홍색 청색의 띠를 두르고 흥겹게 풍
악을 울려대는 풍물놀이에 동네의 어린이들은 호기심에 합세하여
따라 다닌다. 풍물패와 구경삼아 따르는 일행이 긴 행렬을 이루어 동
네 곳곳을 다니다 보면 짧은 해는 어느덧 서산으로 기울어 간다.
　풍물놀이는 마을의 액운을 물리치고 새 기운을 돋운다고 하여 집
집마다 풍물패를 반갑게 맞이하고 적당한 양의 쌀로서 보답한다.

　이런 시간이 지나면 여자들은 널뛰기 남자들은 연 날리기를 하게
된다. 그런가 하면 어른들은 마당에 멍석을 깔아 놓고 윷놀이가 시
작된다. 나는 어렸을 적에 추운 날에 장갑도 없이 연을 날렸는데 어
떤 경우는 즐겨 날리던 방패연이 적당한 겨울바람을 타고 창공 속
멀리서 꼿꼿이 늠름하게 떠 있게 된다.
　이때는 나 자신도 하늘 높이 올라서 삭막한 겨울 들판을 떠나서
새로운 세상에 날고 있는 착각을 하다가 얼레의 실이 풀려서 연이
중심을 잃고 날아가 가슴을 쓸어내린　기억이 있는가 하면 갑자기
불어대는 거센 바람에 연줄이 끊어져서 연이 멀리 날아가 버린 날
도 있었다.
　사촌 형이 정성스레 만들어준 연이 날려보자 말자 큰 감나무에
걸려서 망가져 버린 일, 바람이 불지 않아서 계속 땅으로 곤두박질
하여 부서져 버린 일 등, 춥고 속상했던 경험도 있었다.
　연놀이를 하려면 적당한 바람이 불어야하는데 바람은 대개는 오
후에 불곤 하였다.

어른들의 흥겹고 떠들썩하던 윷놀이는 대보름까지 계속되다가 그 무렵이 지나면 왜 그랬던지 조용히 사라져서 이상하구나 하고 생각도 하였다.

설날은 음식도 풍성하고 각종 놀거리도 많았고 어머니와 누나들이 밤잠을 설치며 미리 준비한 설 옷을 입는 즐거움도 있었다.

손꼽아 기다리던 아이들과 설맞이를 위해 바쁘시던 어른들 할 것 없이 큰 명절인데 복잡한 도회지에서는 떡국, 세배, 씨름, 윷놀이 등의 풍습은 점점 사라지고 잊혀가고 있다.

명절이라도 연휴에는 어김없이 국제공항만 북적대는 이때에 농촌이라도 연 날리기, 널뛰기, 윷놀이 등의 놀이가 명맥이라도 유지되었으면 하고 아쉬워하며 설날에 우리 고유의 세시 풍속만은 지속되기를 바라는 마음 간절하다.

동지 팥죽

겨울이 약간 깊어가는 즈음에 우린 동지를 맞이하게 된다. 동지는 매달 두 번씩 있는 24절기 중의 하나로 대설과 소한 사이의 절기이며 북반구에서는 태양이 남쪽에 이르러 남중고도가 가장 낮아 밤이 제일 긴 날이다.

반면에 남반구에서는 낮이 가장 길고 밤이 제일 짧은 하지가 된다. 이러한 천문학적인 24절기라면 시간과 더불어 지나는 그런 시기로 다가올 추위에 움츠려 드는 음력 11월 중순이며 양력으로는 12월 22일 쯤 일 뿐이다.

그러나 동지는 무심코 지나버릴 수 없는 별다른 세시 풍속을 가지는 그런 절기로 기억된다.

고대 문물을 자랑하던 페르시아나 로마 등에서는 동지를 중요한 축제일로 삼았고, 우리나라에서도 동지를 '작은 설' 이라 해서 크게 축하하는 풍속이 있었다. 궁중에서는 이날을 새해 원단元旦과 함께 으뜸 되는 축일로 여겨 군신과 왕세자가 모여 회례연會禮宴을 베풀었고 중국에게는 예물을 갖추어 동지사冬至使를 파견 하였고 지방의 관원들은 국왕에 전문箋文을 올려 축하드렸으며 민가에서는 붉은 팥으로 죽을 쑤어 찹쌀로 만든 새알심을 넣은 팥죽을 즐겁게 먹었다.

또한 음력 11월에 동지가 있다고 하여 11월을 동짓달이라 불렀던 그런 뜻 깊은 절기이다.

　이와 같이 의미 깊은 동지이지만 그래도 나의 기억에 남아 있는 것은 동지팥죽과 함박눈이다. 내가 어릴 적 고향 충청도에서는 매년 동지가 되면 어김없이 모친께서 뜨끈한 팥죽을 쑤어서 우리 식구들은 물론 큰집 작은집의 모든 식구들이 함께 우리 집에 모여서 팥죽을 먹는 것이 되풀이 되는 겨울맞이 큰 행사였다.

　그러다 보니 큰집, 작은집 여러 식구들은 동지 팥죽을 먹는 동짓날을 달력에 표시 해두고 그 날을 기다리며 으스스한 추위를 견딜 수 있었다.

　찹쌀로 만든 새알심(옹심이)이가 많이 들어 있는 되직한 팥죽은 어린 우리들에게는 겨울철 최고의 별식이었다.

　농촌은 늦은 봄부터 10월까지는 매우 바쁘지만 추수를 하고 김장을 마친 겨울철에 여유가 있고 그렇게 편할 수 없다. 눈이 내리고 추우면 아궁이에 불을 많이 피우고 따뜻한 온돌방에서 화로에 고구마를 구어 먹으며 지내면 하루해가 후딱 지나간다.

　대부분의 농촌은 주로 벼농사를 짓고 보리, 콩, 감자 등의 밭농사는 식구들이 일 년간 먹기 위해서 경작하고 벼농사를 지은 쌀을 팔아서 자녀들 교육비나 생활비를 마련한다.

　팥의 경우는 밭의 자투리땅이나 밭둑에 심어도 잘 자란다. 아버지께서는 매년 어김없이 팥 농사를 지셨는데 아마도 동지 팥죽 때문이었으리라 생각되었다.

　대개 동지 때는 많은 함박눈이 내린다. 양력 11월 하순경에 맛보기로 약간 내리다가 12월 들어서는 제법 내리고 12월 하순인 동지 무렵에는 수시로 함박눈이 내려서 들이나 산 그리고 온 동네가 눈에 덮인다.

나의 고향땅 보령은 서해가 가까워서 그런지 겨울에 눈이 많이 내리는 지역이다.

초등학교 시절에 폭설로 인하여 겨울 방학이 일찍 시작될 때도 있었고 어떤 경우에는 학교 부근의 유선방송에서 보내는

"오늘은 폭설로 인하여 휴교 한다"

는 방송을 듣고는 '잘 되었다' 하며 책가방을 내던지고 동네 친구들과 물을 담아 놓은 가까운 논에 가서 눈을 쓸고 종일토록 눈썰매를 타다가 젖은 옷을 입은 채로 저녁 무렵에야 집에 간 경우도 있었다.

이제는 세월이 지나 바쁜 산업사회가 되어 세시풍속도 많이 사라졌다. 따라서 동지 팥죽의 추억도 멀어져가고 지금은 년 중 언제나 먹을 수 있는 간식으로 마켓이나 죽 전문점에서 필요시 쉽게 먹을 수 있게 되었다.

눈에 보이듯 선연한 고향의 산과 들은 추운 거리에 인적도 적어져서 종일토록 펄펄 내리던 함박눈이 쌓이면 그야말로 동화속의 마을이 된다.

어느 시인의 시 '겨울이 겨울다운 서정시'는 바로 이런 눈 쌓인 경관을 보고 읊었으리라!

그러나 지금은 자동차 운전하는 사람들과 길거리 청소하는 사람들, 그리고 나이 많은 어르신에게 눈은 매우 귀찮은 불청객이 되고 있는 이때에, 기억에서도 멀어져가는

그리운 어릴 적의 동짓달을 떠올려 본다.

우물

　나에게 아련하고 정겹게 떠오르는 것 중에 하나가 고향의 우물에 대한 추억이다.

　언제나 맑고 깨끗한 물이 흘러넘치는 그리 깊지도 크지도 않은 우물이었다.

　약간 언덕인 500여 평 되는 큰 대나무 숲을 배경으로 아랫부분 대나무 숲이 끝나는 곳에 깊이 1.5m, 지름은 2m 정도 크기로 주변은 큰 둘레석이 있고 바닥은 깨끗한 굵은 모래로 되어 있는 천연 우물이다. 몇 가지 특징적인 것이 있어서 마을 여러 개의 우물 중에 가장 좋은 우물로 사랑을 받았기에 지금도 찾아가 마시고 싶은 우물이다.

　이 우물은 내가 자라던 60여 년 전이나 지금이나 한 번도 물이 줄거나 마른 적이 없다고 한다. 여름에는 얼음물 같이 시원하고 추운 겨울에는 보일 듯 말듯 한 김이 날 정도로 가까이 흐르는 차가운 개울물과는 다른 미지근한 깨끗한 물이었다.

　그 좋은 물의 이유를 마을 사람들은 뿌리가 길고 넓게 퍼지는 큰 대나무 숲 때문일 것이라 생각하였다.

　1950~60년대에는 대나무가 잘 자라서 년 중 늘 푸른 대나무 숲이 있었기에 그런 생각이 옳다고 여겼다. 그러나 1970년대 이후에 우물 주변의 대나무를 비롯하여 마을의 곳곳에 많던 신우대와 왕대

나무가 꽃이 피고 푸른 잎이 마르더니 3~4년 사이에 전멸되었다.

우물 주변의 왕성하던 왕대나무 밭은 언덕진 바닥만 드러나고 결국은 우물만 덩그러니 자리하고 있는데도 여전히 여름에 시원하고 겨울에 차지 않은 물이 흘러나오고 있다. 어린 시절부터 몇 년 전까지도 왜 그럴까 의문점이 있었다.

집에서 음용수나 설거지 등 물의 쓰임이 많아 날마다 아침저녁으로 물을 길어다 큰 물통에 보관해서 사용한다.

집에서 우물까지가 비탈이 있고 멀어서 매일 수시로 길어다 먹기에 힘들고 불편하여 선친께서 수맥을 예측하여 집안 마당에 5m 깊이의 우물을 파서 1년 정도 사용하였다. 그 후에 건기가 되니 물이 마르고 수질이 나빠져서 결국은 우물을 메우고 공동우물을 이용하게 되었다. 그런 경험을 하니 깨끗하고 마르지 않는 그 공동우물의 가치와 신비한 의문점은 잊을 수 없는 추억으로 남아 있었다.

우리의 몸은 단백질, 지방, 무기질, 수분으로 구성되어 있는데 그 중의 65~70%가 수분으로 우리가 매일 마시는 물로써 필요한 수분을 유지한다. 사람들은 오염된 물을 마심에 따라서 수명이 단축되지만 항상 깨끗한 생수를 마시면 천수, 120세까지 건강히 살 수 있다고 한다.

년 중에 비슷한 량의 깨끗한 물이 꾸준히 흘러나오는 이 우물물이야 말로 천수를 누릴 수 있는 생수가 아닐까 생각된다.

우물은 마을 사람들의 만남의 장소이기도 하였다. 얼마간은 흘러버릴 줄 알면서도 물동이를 가득 채워 고샅길을 물지게로 져 나르던 아버지나 청년들이 농사일의 일정과 품앗이 등의 농사일을 의논하고, 어른들은 아들 며느리 자랑을 하는 곳이다.

그런가 하면 흐르는 물을 수건으로 닦으면서 물동이를 머리에 이고 언덕바지를 오르내리던 어머니들이나 새색시들이 만나서 서방 흉을 보거나, 모진 시집살이의 어려움을 토로하고 깔깔대며 울분을 해소하는 곳인 우물은 추운 겨울날의 수증기처럼 수다가 피어오르던 곳이다.

우물은 정신적이나 육체적인 갈증을 해소 해주는 시원하고 여유로운 곳이다. 갈증의 해소는 안정감 신선함과 정겹고 여유로움을 주기 때문에 우물에서의 만남은 소중한 인연이 되는 경우가 많다.

이씨 조선을 세운 이성계와 둘째 부인 강 씨의 만남, 아브라함과 하나님의 약속의 자녀인 이삭의 배필이 될 리브가의 만남, 그리고 인류를 구원하신 예수님과 사마리아 여인의 만남은 매우 소중한 인연으로 이어졌다.

이런 만남의 사연은 동서양을 막론하고 우물로 인한 인연이나 추억은 신선하고 정겨운 것임을 알 수 있다.

몇 해 전에 친구 다섯 명이 피서 휴가차 태백을 다녀 온 적이 있다.

지질학자인 한 친구의 안내에 따라서 한강의 발원지인 검룡소와, 낙동강의 발원지인 황지연못을 찾아 차갑고 깨끗한 엄청 많은 물이 계속 흘러나오는 것을 보았다.

특수한 지질 구조로 계절과 관계없이 비교적 일정한 물이 년 중 꾸준히 흘러나온다는 설명을 들었다. 특히 검룡소의 물은 어찌나 차가운지 흐르는 물에 30초 이상 손을 넣고 견딜 수가 없었다.

한 여름인데도 손이 너무 시려서 얼 것 같았다. 이것은 고생대 때에 생긴 변성암 구조대에서 발생될 수 있는 현상으로 우리나라에는 충청남북도와 강원도 태백에 이르는 옥천지구대가 있는데 이 지질 구조와 관련된 지역에서 계절과 관계없이 깨끗하고 맑은 물이 꾸준히 흘러나오는 샘물이 있다고 한다.

검룡소를 가보고, 지질 구조에 대한 설명을 듣고서야 깨끗하고 시원한 물이 년 간 꾸준히 샘솟아 나는 내 고향 우물에 대한 의문점이 풀리게 되었다.

물 좋고 공기 좋은 곳에서 태어나 좋은 우물물을 마시면서 자란 것이 새삼 축복이라고 생각하며 일 년에 한 두 차례 고향을 찾아보지만 짧은 시간동안 필요한 곳만 둘러본다. 작년에는 마음먹고 그리던 우물을 찾아 가보니 이제는 주변을 둥근 콘크리트로 쌓고 뚜껑은 나무 판으로 씌워서 수중 펌프를 넣고 배관을 하여 각 가정에서 도시의 수돗물과 같이 사용하고 있는 것을 보았다.

편리함만을 추구하는 세태로 인하여 이제는 정겨운 우물이 아니라 오로지 수돗물의 공급지로 되어 버린 지금, 시원한 물을 마시며 웃고 수다를 떨던 만남의 우물터는 이제 사람의 발길조차도 사라지고 말았다. 바람만 불어 대는 쓸쓸한 모퉁이는 펌프의 모터 소리만 들려오고 오가던 닳고 닳은 길엔 바람소리만 남아 있었다.

비록 예전 우물의 사진 한 장도 남아 있지 않지만 추억만은 진하게 간직하고 싶다.

꽃샘추위

　겨울의 추위를 오랫동안 견디다가 봄을 느끼기 시작하는 3월이 되면 이따금 며칠간씩 찾아오는 기습추위에 사람들은 움츠려 들고 방송에선 꽃샘추위가 찾아 왔다고 떠들어 댄다.

　'꽃샘추위'는 꽃이 피는 것을 시샘하는 추위라 하여 붙여진 이름이다.

　기상학적으로는 봄이 되면 겨울 내내 우리나라를 지배하던 시베리아 기단의 세력이 약화되면서 기온이 상승하다가 갑자기 이 기단이 일시적으로 강화되면서 발생하는 이상 저온 현상이라고 한다.

　우리에게 익숙한 꽃샘추위도 지구 온난화 현상 때문에 그 현상이 점점 줄어드는 추세로 1990년대 이맘때는 10회 정도 있었는데 최근에는 5회 정도 라고 하니 꽃샘추위도 이제는 옛날의 기억에 머물지 모른다는 아쉬움이 있게 될 날이 오진 않을까?

　꽃샘추위, 우리에게 너무 익숙한 기상 현상이지만 이를 가지고 우리나라의 훌륭한 시인 묵객들이 아름다운 시를 짓고 글을 써서 이제는 조금 진부한 주제 인듯하나 바로 지금은 곁에 있지만 곧 우리 곁을 떠날 것 같아서 사진이라도 남겨 보려는 심정에서 써본다.

사실 우리에게 겨울과 추위는 해마다 계속되는 일이요, 자연 현상이지만 겨울이 길다보니 지루하고 싫다. 그러다 보면 우리 마음은 벌써 따뜻하고 꽃이 피는 봄을 그리워하는 마음을 갖는다.

입춘 때면 아직 봄이 멀리 있건만 대문에 '입춘대길立春大吉'을 크게 써서 봄이 빨리 들어오라고 문을 활짝 열어두었던 풍습이 전래되고 있다.

그래서 인지 3월이 되면 그토록 매섭던 바람결도 그리 춥지 아니하고 견딜만하다고 느껴지면 은연중에 봄을 기다리며 방송에선 남녘의 매화 소식을 전해준다.

그런 몇 날을 보내면 물러 난듯했던 추위가 다시 찾아와서 우리는 넣어두었던 목도리를 다시 꺼내서 두르고 종종 걸음을 걷고 집에는 난방을, 음식점엔 난로를 펴대고 관심을 가지고 들어보는 일기 예보는 내일 아침 날씨는 영하의 날씨가 예상되니 옷차림에 신경을 쓰라고 하며, 이 꽃샘추위는 2, 3일 계속 될 것이라 하는 두툼한 옷을 입은 기상캐스터가 주목을 받는다.

이럴 때 몸과 마음이 움츠려들어 한 겨울의 추위보다도 더욱 춥고 짜증스럽다. 언제 추위가 사라질까 기대하면서 몇 날을 지내다 보면 서서히 봄기운이 다시 찾아든다.

그래서인지 우리의 선조들은 '봄이 왔건마는 도무지 봄이 온 것 같지 않다春來不似春'라며 꽃샘추위에 대하여 볼멘소리를 하였던 것 같다.

사람이야 추워지면 외투라도 입고 지내면 되련만 이른 시기에 꽃을 피우려는 나무들은 어떨까? 새싹과 꽃 피울 준비를 한껏 하였는데 다시 움츠려 들고 고통을 받아야 하지 않을까?

그렇다. 고통도 받고 아픔도 있겠지만 이 꽃샘추위는 생명체를 연단시키고 매사는 여건이 무르익고 때가 이르러야 한다는 이치를 깨닫게 하려는 자연의 작은 섭리라고 생각하자.

기다림 끝에 찾아오는 봄이 더욱 소중하고 따뜻하며 추위와 된서리를 견디고 피는 꽃이 더 향기롭고 아름답지 않은가!

무더운 열대 지역에서 피는 꽃들은 향기도 적고 덜 아름답다.

이제 보내면 내년에나 찾아올 이 손님을 손수건이라도 흔들어 뒤돌아보도록 환호하며 보내자. 그러면 어느샌가 싱그러운 새싹과 꽃봉오리가 우리 곁으로 살짜기 찾아오지 않겠는가.

서울집

우리는 가끔씩은 기뻤던 어린 시절을 생각하고 미소를 지으며 현실의 어려움을 잊어버리고 미래의 꿈을 꾸면서 새로운 발걸음을 내딛는다. 그러나 나이가 들면서 미래에 대한 꿈보다는 자꾸만 과거에 대한 회상에 무게를 두면서 살아가는 것이 아닌가 생각한다.

그러나 과거는 이미 지나간 역사이고 미래는 알 수 없는 미스터리지만 현재는 선물과도 같으니 현실에 감사하고 최선을 다해야 한다고 자주 읽고 듣는다.

나는 글을 읽거나 조용히 무언가를 생각할라치면 나의 마음은 이미 60년도 훨씬 지난 어린 시절의 고향 마을로 달려가서는 그때를 회상하는 경우가 많다.

많은 회상 중에도 자주 떠오르는 것은 '서울집'에 대한 기억이다.

'서울집'이란 서울의 명문 양반집이었던 3형제 가족이 구한말에 조용한 시골을 찾아서 정착한 곳이 나의 고향 마을이다.

왜, 그리고 언제 낙향을 하였는지는 알 수 없지만 그분들의 지식이나 인품을 보건데 도저히 이런 시골에 살 분들이 아니었다. 첫째와 둘째인 두 형제들은 내가 사는 마을에 살았고, 셋째 번(막내)의 가족은 2km쯤 떨어진 다른 마을에 살았다.

내가 말하는 서울 집은 첫째 맏형 가족이 살던 그 집을 말한다.

서울 집은 남서향의 본체와 양쪽의 2개의 별채로 ㄷ자 모양의 집에 본체의 뒤쪽은 무성한 대나무 숲이고, 본체의 남쪽 정원은 계단식으로 다섯 개의 정원 중에서 아래쪽에 있던 두 개의 정원엔 각종 꽃들이 세 계절 내내 꽃을 피우고, 위쪽 세 개 정원에는 석류, 사과, 배 등의 과일 나무들이 많아서 가을에는 풍성한 과실이 익어 갔다. 아늑하고 품위 있는 저택과 정원이 다른 집들과는 다른 차원의 파노라마를 이루고 있지만 무엇보다도 거기에 걸맞는 가족의 면면이 나에게 서울 집에 대한 회상의 깊고 선명한 각인을 남기고 있다.

　곱고 품위 있는 선비 모습인 주인아저씨와 그리고 현숙하고 예쁜 아주머니는 슬하에 아들 둘에 딸 다섯을 두었는데 어쩌면 하나같이 예쁘고 공부를 잘 하였는지 또한 미술과 음악에 대한 재능도 뛰어나서 지역 사회에서 독보적일 정도였다.

　아저씨 내외분은 자녀들과 때로는 선생님처럼 때로는 친구같이 조용히 대화하는 모습을 나는 많이 보았다.

　자녀들은 우리지역에서 중학교까지를 마치고 딸들은 공주사범학교를 나와서 우리 지역이나 인근 지역에서 교편생활을 하였고, 큰아들은 서울의 최고의 명문고와 서울대 경제학과를 다녔고 둘째 아들은 공주고를 나와서 미국으로 이민 가서는 현재까지 미국 뉴욕에 살고 있다.

　그 때 공주라는 도시는 우리지역에서 가까운 훌륭한 교육도시였으며 공주 사범은 우수한 인재들만 갈 수 있다는 학교였다.

　이런 명문 댁에 나의 부친과 백부께서는 마을에서 비교적 걸맞아서 자식들이 아플 때 찾아가서 자문을 받고 농사일 등 집안의 대소사를 의논하며 친분을 쌓아 갔다. 나는 서울집의 이종식이라 하는 둘째 아들과 같은 나이로 어릴 적부터 같이 자라고 학교에서는 같은 반에서 공부하니 서로 가까운 친구가 되어 서울 집에 자주 찾아가게 되어 그 집의 분위기를 알 수 있었다.

그런 연유 때문인지 나는 은연중에 서울집 가족들이 나의 선망의 대상이 되었으며 특히 공부를 잘 한다던 큰 아들은 나의 롤모델이었다.

그러나 8년 차이의 선배 형님이다 보니 한 차례도 마주하며 학업에 대한 조언이나 직업에 대한 충고를 들을 기회는 없었다.

그래도 그분의 길을 따라 가려고 은연중 많은 노력을 하였다. 사람은 소망하는 목표가 있으면 그것이 큰 힘이 되어 어려움을 극복하는 중요한 계기가 된다.

그토록 선망하던 그 분을 가까이 만나서 처음으로 마음으로의 대화를 한 것은 학업을 마치고 사회인이 된 후 현숙하고 아름다웠던 그 분의 모친 빈소에서였다.

실로 오랫동안 멀리서 선망했기에 학업에 큰 목표와 자극이 되었음을 토로하면서 바쁜 중에도 소중한 시간을 가졌다.

이제는 그 아름답던 고택과 정원은 그 가족들이 모두 떠나서 마을의 누구도 감당하지 못하여 지금은 안타깝게 폐가가 되어버렸다. 그리고 형제들 중에 공부에 열의가 적고 다른 야망이 있던 내 친구인 작은 아들은 미국 이민을 떠나더니 여자 형제들 네 명과 사촌들도 대부분 이민을 떠나 뉴욕과 L.A에서 거주하고 가장 재주가 있던 큰 아들과 다른 딸 하나만이 한국에 살면서 가문을 이어가고 있다.

그 호화로운 명문의 고택은 세월과 더불어 실체가 사라지고 선망의 형님도 이제는 팔순을 바라보지만 그 고택과 훌륭했던 가족이 살던 그 서울 집은 나에게는 여전히 고향에 대한 그리움과 더불어 아름다운 추억으로 남아있다.

밤은 좋은 과일이다

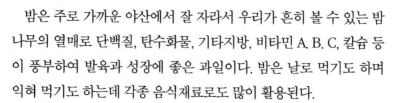

밤은 주로 가까운 야산에서 잘 자라서 우리가 흔히 볼 수 있는 밤나무의 열매로 단백질, 탄수화물, 기타지방, 비타민 A. B. C, 칼슘 등이 풍부하여 발육과 성장에 좋은 과일이다. 밤은 날로 먹기도 하며 익혀 먹기도 하는데 각종 음식재료로도 많이 활용된다.

밤은 아시아. 유럽. 북아메리카. 북부아프리카 등이 원산지로 우리나라에서 재배하는 품종은 재래종가운데의 우량종과 일본 밤을 개량한 품종으로 지름이 2.5-4cm크기로 윤기 나는 짙은 갈색의 껍질을 가진 과일이다. 나는 작고 단단하지만 맛있는 밤을 매우 좋아해서 가을에 주변의 산에 익어서 떨어진 알밤을 줍기도 하고, 해마다 10월 초순에 고향에 가족들과 밤을 주으러 간다.

밤은 맛이 좋다. 밤은 생밤으로 먹기도 하고, 화롯불이나 연탄불에 구워서 먹거나 압력밥솥 등에 쪄서 먹기도 하는데, 생밤의 경우 씹기에 적당하여 오도독하고 씹으면 혓속의 침이 우르르 몰려나와서 달면서도 약간 떫지만 담백한 맛을 한껏 느끼게 하는데 알밤의 겉껍질과 속의 얇은 껍질을 벗겨내면 미인의 살결 같은 연노랑색이 아주 깨끗하게 보인다.

잘 구은 군밤을 먹을 경우에는 고소한 그 맛은 씹기도 전에 목구멍으로 넘어가 버리는 경험을 갖게 하고, 찐 밤의 경우에는 단물이 없으면서 적당히 단맛이 있고 물기가 없는데도 팍팍하지 않고 달콤하여 치아가 약하신 어른들도 부담 없이 즐겨 먹을 수 있다.

이렇게 밤의 맛이 좋기에 밤 맛을 가진 밤고구마를 개발하였고 밤빵도 개발하여 만든 것이 아닌가. 다만 그 크기가 고구마나 다른 과일에 비하여 작고 단단한 껍질을 한 개씩 벗겨야 먹을 수 있기 때문에 그 좋은 맛을 한꺼번에 즐길 수가 없다. 한 번에 많이 먹어야 직성이 풀리는 성질이 급한 분들은 그 맛의 진가를 잘 모를 것 같은 아쉬움이 있다.

밤에는 여러 가지 효능이 있다.

옛말에 '밤 세 톨만 먹으면 보약이 따로 없다.' 했듯이 밤은 모든 영양소를 골고루 함유한 천연 영양제라고 할 수 있다.

주로 9월과 10월에 수확하는 햇밤은 탄수화물, 지방, 단백질, 비타민, 미네랄, 등 5대 영양소를 고루 가진 완전식품이라고 한다. 장과 위를 튼튼하게 하며 신기를 보충하여 배고프지 않게 하는 효능이 있어서 한의학에서는 위장과 신장이 허약한 사람, 걷지 못하거나 식욕부진인 자에게 '회복식'으로도 밤을 처방 한다고 한다.

밤은 껍질이 두껍고 겉의 전분이 영양분을 둘러싸고 있어서 가열해도 영양 손실이 적으므로 겨울철 영양 간식으로 적합하다. 비타민C의 함유량은 토마토와 맞먹을 만큼 풍부한데 대보름날 생밤을 오도독 씹어 먹고 부스럼이 나지 않기를 기원했던 풍습은 겨우내 부족했던 영양분과 비타민C를 보충하는 의미도 있었다고 한다.

밤은 쓰임이 많은 과일이다. 밤은 관혼상제의 필수 과일로 사용된다.

폐백 할 때 아들을 많이 낳으라는 뜻에서 며느리에게 밤을 던져주는 풍습이 있다. 며느리는 그 것을 받아 신방에서 먹는다고 한다.

그리고 밤은 제사상에 대추 다음으로 두 번째 놓이는 제물祭物로 한 밤송이에 보통 3개의 알밤이 들어있는데 이것은 조선의 의정부 3정승을 상징한다고 하여 제사상 진설에 필수로 갖추게 되는 귀한 과일로 대접을 받았다. 또한 밤은 밤 영양밥, 밤 수프, 밤 탕 등의 음식물에 두루 쓰이고 서양에서는 빵과 케이크 등에도 밤이 많이 사용 된다.

밤꽃은 특이 하다. 밤꽃은 여러 가지 꽃들이 지고 잎이 무성한 6월에 핀다. 사실 밤꽃을 꽃의 반열에 올리기에는 그 모양이나 색깔이 매우 단순하고 보잘 것 없다. 그래서 그런지 진달래, 개나리, 벚꽃, 아카시아꽃 등이 지고 난 한참 후에야 핀다.

화려한 색상이나 자태로는 안 되는지 냄새로 자기를 과시하려는 듯이 품어 나는 독특한 향기로 인하여 옛날에 부녀자들은 밤꽃 필 때에는 외출을 삼가고 과부는 근신하였다는 속설이 있다.

밤꽃이 사랑의 묘약이라는 속설 때문인지 사랑하는 사람들은 밤꽃 필 때 사랑을 고백하면 좋다는 말이 전해오는 이 특이한 밤꽃은 곱게 머리를 땋아 놓은 것도 같고, 옥수수 같기도 하며, 새순이 긴 새 가지에 돋아 있는 것 같기도 하고, 여우 꼬리 같이 길게 뻗어서 특이한 모습을 한, 꽃도 아닌 것이 꽃 행세를 하는 것 같지만 한창 꽃이 필 때 그 특이한 꽃향기는 산의 모든 지역을 점령한 것 같다.

밤꽃은 한 나무에 수꽃과 암꽃이 함께 핀다. 암꽃은 작고 동그랗게 얌전히 줄기 안쪽에 위치하여 꽃술이 하나 달린 것이며, 수꽃은 길고 꽃술이 많이 달린 것이다.

여우 꼬리 같이 길게 핀 것이 수꽃인 것이다. 사실 밤나무는 산기슭에 숨어 있다가 꽃이 피는 6월이나, 밤송이가 영그는 구시월에야 모습을 보게 되는 야산이나 밭둑에서 자라는 나무다.

밤을 좋아하는 나는 6월에 탐스럽게 꽃이 필 때에 밤나무 많은 곳을 잘 기억하였다가 알밤을 줍는 철이 오면 주으러 가겠다고 밤꽃 볼 때마다 다짐하지만 바쁜 일상에서 실행하여 본적은 별로 없다

밤나무는 우리 가족을 단단히 이어주는 가교 역할을 하고 있다.

15년 전쯤에 선친께서 크고 단단한 공주 밤을 사다가 6개를 집에서 큼직한 화분에 심어 싹을 틔운 후 3개월을 기르고 식목일 즈음에 고향 선산아래 400여 평의 텃밭 가장자리에 여섯 그루를 심으셨는데 그중에 네그루가 잘 자라더니 6년 전부터 가을이면 소담스럽게 알밤이 익어 떨어져서 우리 형제자매들은 매년 시월 초순에 부모님의 묘소를 찾아 성묘를 하고 아래쪽 텃밭에서 밤을 줍는 것을 연례행사로 하고 있다.

형제들 7~8명이 2시간 정도를 떨어진 알밤을 줍고, 나무에 붙어 있는 밤송이를 털어서 열심히 밤을 발라내다보면 약 두말은 된다.

여기 저기 떨어진 알밤을 줍는 것이 얼마나 즐거운지 나중에는 허리가 굳어서 펴지지 않을 지경이지만 그래도 마음은 부요하다.

모두들 비슷하게 나누면 각자 한보따리를 갖게 되는데 내 몫을 받아 여러 차례 구워 먹거나 솥에 삶으면 한 동안은 실컷 먹게 된다.

이때는 형제들 모두가 바쁜 중에도 빠지지 않고 참여하여 부모님 성묘도하고 탐스런 알밤도 주으면서 즐거운 하루를 보내게 된다.

선견지명이 있으신 선친은 이렇게 하여 자식들 간에 우애를 갖게 하시고, 당신도 생각나게 하고 그리워하게 하셨구나 하는 생각이 든다.

이제는 가을이면 밤 따러 고향을 찾는 일이 중요한 일정이 되었다. 전에는 가을에 우연한 기회가 있으면 알밤을 줍고 당장 몇 개를 먹어보는 정도로 밤의 진가를 몰랐는데 요즈음 매년 가을에 고향을 찾아 알밤을 줍고 이것을 즐겨 먹다보니 밤은 맛이 좋은 귀한 과일이라는 것을 새삼 알게 되었다.

늦가을 이후에는 동네를 찾아오는 밤 장수한테 한두 되를 사서 생밤으로든 구워서든 자주 먹게 되었다. 가을철이 되면 고향을 찾아 성묘하고 알밤 줍기는 지난 수년간 계속되었고 앞으로도 계속될 것이다. 고향의 밤나무를 생각하면 언제나 기쁘다.

철없던 여덟 살에 있었던 일

　우리에게는 나이를 계산하는 방법에 차이가 있어서 소위 모친의 자궁에 잉태된 때를 기준으로 하는 나이와, 세상에 태어난 날을 기준으로 하는 나이가 있어 한 살의 차이가 있다. 그래서 몇 살이라고 하면 만 몇 살 이구만! 하는 경우가 있다.

　이런 관계로 상황의 유. 불리에 따라 한 살이 적거나 한 살이 많게 하는 일도 있을 수 있다.

　우리가 어릴 때에 보통 여덟살에 초등학교에 입학하였다. 나의 입학식이 있던 날에 모친께서 어린 아들이 학교에 입학하게 되었다는 대견함과 기쁨을 갖고 나를 데리고 학교에 가서서 입학식을 지켜보고 계셨다.

　생활이 어려운 선비가문에 시집오셔서 내리 세 딸을 낳으시고 넷째로 태어난 아들이어서 특히 정성을 기울여 기른 아들이었다. 위의 두 딸을 보낼 때는 입학식에 참석하였는지 모르지만, 내 입학식엔 아침부터 일찍 서둘러서 참석하였다. 부친은 농사일로 바빠서 참석 못하시고 모친만 대신 참석하셨다.

　입학식이 끝나고 선생님께서는

　"오늘은 이만 집에 가라. 집에 가서 쉬고 내일 부터는 날마다 학교에 와서 선생님과 같이 공부를 한다."

라고 하셨다. 이 말을 듣고 입학식에 참석한 모두가 집으로 향하고 나도 역시 집을 향하여 떠났다.

집에서 학교까지는 약2km 정도 되는 거리인데 면소재지라서 초등학교와 중학교도 있고 닷새마다 열리는 오일장도 있어서 어머니와 함께 여러 번 장에 와서 찐빵을 사먹기도 하고 과자와 사탕을 사먹은 경험이 있어서 집에 가는 길을 어느 정도 알고 있었다.

나 혼자서도 집에 갈 수 있다는 자신감으로

"오늘은 이만 집에 가라." 하시는

선생님 말씀을 듣고는 다른 아이들과 같이 열심히 걸어서 집에 무난히 도착하였다.

그런데, 아들과 함께 학교에 와서 아들의 입학식을 기뻐하시던 모친과 함께 집에 와야 하는데 철없던 나는 혼자서 집에 온 것만 자랑스럽게 생각하고 있었다.

얼마가 지났는지 모친께서 입술이 바짝 마른 모습으로 집에 오셨다. 나를 보시더니 얼싸 않으시고는 펑펑 눈물을 흘리시는 것이 아닌가!

엄마와 함께 와야 되는데 소중한 아들이 간데없이 사라졌으니 얼마나 걱정을 하셨을지… 걱정하실 엄마 생각은 잊고 혼자 집에 올 수 있다는 철없는 생각만 하였음을 알고

"엄마, 잘못했어요. 나도 집에 오는 길을 알아서 다른 애들과 같이 왔어요."

하니 엄마께서도

"됐다. 너를 이렇게 보게 되니 얼마나 다행이냐."

하며 힘껏 안아 주셨다.

엄마는 걱정을 하면서 6학년인 큰 누님과 4학년인 둘째 누님에게 함께 학교 구석구석을 찾아보고 심지어는 학교의 모든 변소(농촌의 옛 변소와 비슷함)의 똥통을 긴 막대기로 휘저어 보았으나 찾을 길이 없었다고 하셨다.

선생님을 찾아가, 아들이 입학식을 끝낸 후 사라져 학교의 각 교실, 심지어 변소까지 찾아보아도 행방을 모릅니다. 걱정하니 선생님은 아마도 친구들과 같이 집에 갔겠지요. 염려 마시고 집에 가보세요. 태연히 말하기에 그럴 수도 있겠구나 생각하고 두 누님들에게

"다시 한 번 찾아봐라."

말한 후 그래도 아들 걱정을 내려놓지 못하고 급히 집에 왔다고 하셨다. 그 때 그런 일로 엄마께 걱정을 끼친 것을 생각하며 지금도 그 때의 기억이 너무나도 선명하게 떠오른다.

언제나 아침이면 깨끗한 물을 떠다가 자식들을 위해 기도하시던 모친의 모습을 기억하며 가족을 위해 최선을 다하시던 모친을 떠올리곤 한다.

나도 혼자 할 수 있다는 철없는 생각을 하던 여덟 살 때 이야기입니다.

어느 여름방학에 있었던 사연

　우리의 학창 시절엔 여름방학과 겨울방학이 있었다.

　더운 여름과 추운 겨울에 집에서 쉬면서 공부도 하고, 부모님의 일을 도와드리며, 같이 자라는 형제들과 사랑을 나누면서 가족의 소중함을 느끼도록 하는 등의 여러 목적에서 초등학교에서 대학까지 모든 학생들에게 주어지는 소중하고 즐거운 시간이었다.

　나는 고등학교 시절부터 고향과 부모 형제들을 떠나 서울에서 공부하는 행운을 가졌지만 진한 외로움이 있었다.

　사촌 형님이 서울에서 좋은 직장에 근무하여 넓은 한옥에서 사셨기 때문에 수도서울에서 고교를 다닐 수 있는 것은 큰 행운이었으나, 수줍은 성격과 열일곱 살 어린 나이에 부모 곁을 떠난 생활은 기를 펴지 못하는 외로움의 시간이었다.

　이런 사유로 인하여 여름과 겨울철의 방학은 나에게는 매우 소중하고 즐거운 시간이었다. 몇 개월 만에 보게 된 부모님의 아낌없는 사랑과, 함께 자란 누님들과 동생들의 양보와 도움은 그 동안 서울에서 기가 죽어서 움츠려 들었던 사기가 충천하여지는 좋은 시간이 되었다.

　그뿐 아니라 동네에서 친근하게 자라고 같이 공부하였던 친구들과도 많은 시간을 함께할 수 있는 매우 좋은 기회였다.

한번은 우리 마을의 부유한 양조장집 막내 여동생과 그 집의 큰 딸(둘 사이는 고모와 조카다)과 같이 이웃면에 있는 웅천 장에 시장 구경을 나갔다.

한참동안 셋이서 구경을 하는데 내 또래쯤 되는 남자 셋이서 길을 막으며 자기들을 따라 오라고 한다.

"왜 그러느냐 나는 지금 바쁘다." 하니 그 중에 한아이가 손에 장갑을 끼고는 따라오지 않으면 주먹질을 할 자세다.

"왜 어디로 가자는 것이냐?"

물으며

"나는 바쁘니 여기서 이유를 말해라."

하니 세 아이들이 나를 둘러서며 협박 하는 것이다.

시장에 함께 온 두 여자도 같이 따라오니 너희들은 따라올 필요가 없으니 가라고 위협을 준다. 고향에 와서 깡패 같은 녀석들에게 봉변을 당하게 되었구나! 걱정을 하며 따라가니 시장 외곽의 넓은 밭이었다.

다섯 명이 나를 둘러싸더니

"이 자식아 OO고등학교면 대단한 줄 알고 여자들을 데리고 다니면서 시골이라고 깔보고 설치는데 매운맛을 보여줄까?"

하면서 폭행을 가할 자세다.

그 중에 한 녀석이

"서울 놈이라고 여자를 데리고 다니는 꼴사나운 짓을 하면 안 되는 것쯤은 알아야 하지 않겠나?"

하기에 이때다 생각하고

"나는 서울 사람이 아닌 고향이 주산이다. 방학이라 집에 왔고 같이 다닌 여자들은 서울에서 학교 다니는 우리 동네 친척들이다."

"그래! 그러면 임국빈 이를 아느냐?"

"국빈이는 축구를 잘하는 주산중학교 시절의 같은 반 친구다."

라고 하니 태도가 변하더니

"우리는 국빈이와 같이 서울에서 학교 다니는 친구들이다. 미안하구나. 서울 놈이 좋은 고등학교 다닌다고 여자들과 같이 우리 고향에서 설치고 다니는 모습이 보기 싫어서 쓴 맛을 보여줄까 하였는데 같은 고향 친구네! 국빈이 만나면 웅천에 있는 애들을 만났다고 안부나 전하라."

하면서 모두 사라졌다.

겁이 많던 나는 고향에 와서 큰 봉변을 당하게 될 상황이 되자 체념한 상태로 입이 마르고 정신이 없었다. 곤경에 처하였을 때 축구선수 국빈이가 상황을 해결해 주다니! 그리운 고향은 나를 버리지 않는구나 생각하며 국빈이와 통화라도 해야지, 같이 웅천 장에 온 양조장집 딸들에게 걱정 말라고 연락해야지.

왠지 죄를 짓고 경찰서에 다녀온 것 같은 묘한 기분이었다.

내가 살던 주산면은 주민들이 온순하고 공부 잘하는 학생들이 많은 곳으로 주민들의 교육열이 높고 일찍부터 철도교통이 발달 된 곳이다. 반면에 웅천읍은 바다가 가까운 관계로 해산물이 풍성하였고 해수욕장 등 볼거리가 많아 관광지로 발전하고 주민들의 기질은 약간 드센 지역이었다.

어린 날의 추억

누구나 즐겁고 그리운 어린 시절의 추억은 있을 것이다. 추억이란 그립고 아름다운 것이기에 '나이가 들면 사람들은 추억을 먹고 산다.'는 말이 있다. 나에게도 즐겁던 어린 시절의 추억이 많다.

내 고향은 충남의 산골 마을로 적당히 높은 뒷산이 병풍처럼 둘러 있고 산자락과 평지가 시작되는 넓은 밭 사이엔 마을이 학의 날개 같이 수평으로 길게 자리 잡고, 밭을 지나면 그 앞으로는 넓은 들판이 전개 되어 있는 그림 같은 마을이다.

산골이지만 2km쯤 가면 기차역도 있어서 아침과 저녁으로는 기적소리가 아련하게 들려오는 마을로 250여 세대에 마을 주민 1,200여 명이 살고 있었는데 그 중에 어린이들도 제법 많았다.

내 또래의 어린아이들이 30여 명에 남자들이 15명 정도 되었다. 그래서 일요일이나 방학 때엔 언제나 10여 명 정도는 모이기 때문에 계절 따라 재밌는 놀이를 하며 지냈다.

얼음이 녹고 따스한 봄철이 찾아오는 4월 초순이 되어 뒷산의 진달래가 피고 보리 싹이 파랗게 돋아나며 쪽파가 제법 커질 무렵이면 동네는 어른들을 중심으로 청년들, 고등학생, 중학생, 초등학생 등의 대여섯 그룹이 적당한 날에 밥솥과 반찬거리를 장만하여 뒷산으로 화전花煎놀이('화류놀이'라고도 했다)를 떠나서 하루 종일 노래도 부르며 즐기다가 해질 무렵 집에 온다.

어른들은 동네의 장구, 북, 꽹가리 등을 가지고 가서 풍물놀이를 하면서 즐기고 청년들과 중, 고등학교 형들은 산에서 칡뿌리를 캐어 씹어 먹으면서 시간을 보내며, 우리 같은 초등학생들은 산에서 흐르는 개울에서 가재를 잡거나 각자 집에서 가져온 달걀과 파를 넣고 산기슭 밭에서 캐온 달래를 넣어서 된장국을 끓이고, 진달래 꽃을 넣어서 꽃 밥을 지어 맛도 모르고 먹으면서 재밌게 마음껏 놀다 보면 짧은 봄날은 쉽게 지나간다.

뒷산의 골이 깊어 개울은 언제나 깨끗한 물이 흘러서 큰 돌 밑에 숨어 있는 거무스름한 가재는 끓이면 빨갛게 변하여 된장국의 맛을 단번에 바꾸어 놓는다. 이때가 되면 우리 어린이들은 밥 짓는 방법 그리고 국이나 찌개를 끓이는 요령을 각자 어머니나 누나한테 배워서 대충 흉내는 내보는 것이다.

맛이야 집에서 먹는 것과 비교 될 수가 없지만 따뜻한 봄날에 모처럼 동네 친구들과 산에 와서 즐겁게 가재도 잡고 진달래꽃도 따던 추억은 지금 생각해도 즐거웠고 그립다. 이 화전놀이는 마을에 오랫동안 전래되어 오던 풍습이었다.

7월 하순이면 고대하던 여름 방학이 시작된다.

방학은 무조건 좋았다. 방학 숙제가 있고 부모님들의 심부름이 있지만 학교생활이란 규칙적이고 묶인 일상에서 해방 되었으니 얼마나 자유롭고 편한가!

학교 다닐 때도 하루의 수업이 끝나고 집으로 올 때는 친구들과 책보를 허리나 어깨에 둘러매고 달리기 경쟁이라도 하듯이 약 2km 되는 거리를 쉬지 않고 뛰어서 마을에 도착하곤 하였는데 장난치며 함께 놀던 친구와 집으로 가는 게 좋았기 때문이었다.

7월 하순에서 8월말까지 이어지는 방학기간은 년 중 가장 무더운 때다.

그래서 12시에서 오후 2시까지는 가장 무덥기에 어른들도 일손을 멈추고 그늘에서 쉬면서 낮잠을 자다가 2시 이후에 일터로 나가는데, 방학을 맞은 어린이들도 이 시간에는 적당히 쉬다가 2시경부터는 이쪽저쪽에서 나타나 마을 가운데 있는 느티나무 아래에 모였다가 가까이 있는 저수지로 달려가서 마구잡이로 수영을 한다.

저수지 가운데는 깊어서 접근할 엄두를 못 내고 둑 가까운 얕은 곳에서 수영을 하고 물장구도 치면서 지내면 더위는 멀리 떠나버린다.

그런데 우리보다 너 댓살 위인 짓궂은 형이 있었는데 어느 샌가 다가와서는 수영을 배운다고 허우적거리는 우리 머리를 양손으로 눌러서 물속으로 집어넣곤 했다 (이것을 물꼬잡이라고 불렀다).

기절할 것 같아 소리 지르며 발버둥 칠 때야 물속에서 꺼내준다. 얼마나 그 형이 밉고 겁이 나는지 대부분의 친구들은 물놀이를 허겁지겁 끝내고 밖으로 나오지만, 어떤 녀석은 요리조리 그 형의 못된 짓을 피하면서도 수영을 계속한다.

그 짓을 당해보지 않은 친구가 없었고 나도 몇 차례 곤혹을 치렀는데 사실은 그 때문에 물에 대한 무서움이 적게 되었고 초등학교 때 수영을 배우게 되었다.

물 밑바닥에는 진흙이 있고 물이 고여 있어 깨끗하지 않은 물이라 쑥을 비벼서 귀를 막고 물놀이를 하였지만 방학이 끝날 무렵에는 귓병으로 고생하며 읍내에 있는 병원을 다니며 치료를 받기 일쑤였다.

여름 방학을 마치고도 하교 때엔 여전히 집을 향하여 달리기를 하면서 얼마동안을 보내면 들판의 벼 이삭은 익어 가고 산에는 단풍이 물들고 감나무엔 홍시가, 밤나무에서 알밤이 떨어질 무렵이면 추석명절이 찾아온다.

이때부터 벼 타작이 시작되는데 달이 밝으면 우리 또래 10여명은 동네의 넓은 마당에 모여서 공놀이, 숨바꼭질 등을 하면서 집 밖에서 서성댄다.

이런 모습을 보고서는 우리들 보다는 일곱, 여덟 살 나이 많은 형들이 나타나서

"애들아, 선물 줄게 씨름 한판 하자."

하고는 두 줄로 서게 하여 편을 만들어 주고 씨름 심판을 해 준다. 1등~3등까지 주는 상품은 크고 잘 익은 알밤이다. 그들은 계획적으로 씨름을 시키려고 마을에서 굵은 알밤을 주어온 것 같았다.

우리는 선물 받을 욕심으로 있는 힘을 다해 씨름을 했는데 구경꾼이나 씨름을 하는 우리들이나 생각 이상으로 재미가 있었다.

어린 나이에도 나는 읍내의 씨름 시합에서 봤던 "시작"소리와 동시에 재빨리 상대방의 뒷부분 혁대를 잡고 어깨로 등을 누르는 '소꼬리 작전'을 생각하여 2차례나 우승하여 큰 알밤을 받아 집 식구들에게 보이며 자랑했던 기억이 새롭다.

알밤이야 아침 일찍 마을 어귀 밤나무 밑을 찾으면 제법 주울 수가 있지만 시합하여 힘들게 얻은 알밤은 유난히 크고 맛있어 보였다. 그 형들이 주선하였던 씨름 시합이 가을 이때쯤 몇 차례 있었다고 기억된다.

11월 첫눈이 내리고 12월 하순이 되면 긴 겨울 방학이 시작된다.

나의 고향 마을은 서해가 가까운 곳이라서 눈이 자주 내렸고 한

번 내리기 시작하면 다닐 수 없을 만큼 큰 눈이 내리는 경우가 많아서 심지어 방학이 며칠 더 연장된 경우도 있었다.

여름 방학은 주로 밖에서 시간을 보내지만 겨울 방학은 실내에서 시간을 보낸다.

겨울 방학엔 동네친구 십여 명이 주로 두 친구 집에서 놀며 시간을 보냈는데 그 집들은 식구가 적거나, 또는 방이 많거나, 친구의 어머니가 인자하시고 너그러운 집이었다.

우리는 아침을 먹고 열시쯤 되면 하나 둘씩 모여들기 시작하여 대개는 7~8명이 모이는데 성원이 되면 점심을 건너뛰며 전반전에는 윷놀이를 하다가 오후에는 성냥개비 따먹기 화투치기를 한다.

그때에는 라이터도 없어서 아궁이에 불을 지피거나 어른들이 담배 필 때 성냥개비가 요긴하게 쓰여서 성냥개비는 가치 있는 상품이었다.

추운 날이나 눈이 내리는 날에는 실내에서 보내고, 날씨가 약간 풀리거나 맑은 날이면 썰매 타기도 하였다. 동네 가까운 논에 병충해를 예방하기 위해 겨울철 논에 물을 담아 놓는데 이곳은 얼음이 깨지는 경우도 없고 물이 깊지 않아서 위험하지도 않다. 그런 반면에 얼음이 매끄럽지는 않지만 썰매 타기에는 그런대로 좋았다. 정신없이 놀다가 저녁때가 되어 끝날 무렵에는 옷이 젖고, 미끄러지고 넘어져서 발이 아프고 손이 시려서 매우 춥지만 그래도 친구들과 헤어짐이 아쉬웠다.

큰 마을이라서 연령대 별로 또래들이 많아서 어울려서 즐길 수 있었던 것이 얼마나 큰 혜택이었던지 새삼 느낀다. 지금도 가끔 찾아보는 고향엔 어린이나 젊은이는 보이지 않고 60~80대의 노인들만 살고 있을 뿐 많은 집들이 빈집으로 남아 있다. 그마저 허물어져서 빈터만 남아 있는 곳도 많다.

　어김없이 사계절은 찾아오고 이제는 인적이 사라진 대지에 찬바람만 불고 잡초만 무성하여 썰렁한 마을이 되었지만 산모퉁이에서 은은히 들려오던 어른들의 풍악소리를 시작으로 계절에 따라서 즐겼던 그 시절의 추억은 지금도 머릿속에 생생하다.

겨울 산

나는 겨울 산을 좋아한다. 미련 곰탱이 같은 우직함이 있지만 꾸밈과 가식이 없기 때문이다. 삐죽한 바위덩어리와 마른 풀잎과 그루터기를 있는 그대로의 모습을 내놓고 나목의 아픔까지 끌어안고 묵묵히 눈보라를 녹여내는 겨울산은 그러길래 정겹고 마음이 가는가 보다.

겨울은 눈의 계절이다. 추운 겨울에 호숫가나 고산지대에 나무에 서리가 잔뜩 붙어서 눈꽃을 이루는 상고대를 볼 수 있다. 나무 잎이 없는 가지에 눈이 잔뜩 쌓여 있는 모습 같은 상고대는 겨울 산, 겨울 나무에서만 볼 수 있는 장관壯觀이다.

겨울 산에는 숨어 있는 보물들이 많이 있다. 한 그루당 몇 천 만원까지 호가하는 산삼을 발견할 수 있는 것도 겨울 산이다. 은사시 나무 버섯, 상황버섯은 간 기능의 향상에 도움을 준다고 한다. 바위에 붙어있는 석이버섯은 바위에서 습기를 먹고 자란다고 하는데 혈관질환 예방, 위장강화에 좋다고 한다. 그리고 나무 끝가지에 자라는 겨울에도 초록빛을 가진 식물인 겨우살이는 암세포의 증식을 억제하여 항암효능이 있다고 한다.

겨울 산에서만 할 수 있는 일들이 있다. 멧돼지를 포획하고, 또 산을 황폐케 하는 칡을 캐는 일이다. 추운 겨울에는 멧돼지의 먹이 감이 적기 때문에 땅속을 파헤치는 두더지가 좋은 사냥감이다. 묘지 주변을 파헤쳐 두더지나 다람쥐를 잡아먹고 산비탈의 밭에 남아 있는 배추나 무를 먹기 위해 밭을 파헤치는 멧돼지를 포획 하는 멧돼지 포획단이 년 중 유일하게 총포를 사용할 수 있는 계절이 겨울 산이다.

또한 산의 황폐화를 막기 위해 활동해야 하는 것도 겨울 산이다. 칡은 성장력이 빠르고 강하여 주변의 나무 들을 감아 죽여서 산을 황폐케 하는 유해 식물이다. 나무를 휘감고 있는 줄기를 찾아서 삽과 곡괭이로 깊게 내려간 칡뿌리를 캐내야 한다.

민낯 그대로의 모습인 겨울 산으로 인하여 삶의 위협을 가지며 살아가는 산의 동물이 있으니 바로 귀여운 산토끼다.

산토끼는 바위 밑에 굴을 파서 겨울을 지낸다. 봄에서 가을까지는 나무와 풀이 무성하여 토끼 굴을 찾기가 힘들지만, 겨울에는 비교적 쉽게 찾을 수 있다. 굴 입구에 불을 피우면 토기들이 굴에서 나와 도망을 친다.

늦가을이나 겨울철에 산비탈 오르막에 길게 그물을 치고는 산 아래서부터 길게 한 줄로 서서 장대나 긴 막대기로 땅을 치면서 큰소리를 지르면 굴에 숨어있던 토끼가 겁을 먹고 도망을 친다. 산 위쪽으로 급히 도망치다가 그물에 걸려서 바둥대다가 몰이꾼의 막대기 세례를 받아 잡힌다.

토끼는 앞다리가 짧고 뒷다리가 길어서 산 위로 도망갈 수는 있지만 산위에서 쫓겨, 산 아래로 도망할 경우는 몸을 가누지 못하고 굴러 떨어져서 힘이 빠져 사람 손에 쉽게 잡힌다.

내 고향 마을은 뒷산이 병풍같이 길고 높게 둘려져 있어서 봄철에는 달걀보다 약간 작은 꿩알을 쉽게 주울 수 있고, 늦은 가을이나 겨울철에 토끼 몰이하기에 매우 좋은 지형이다. 마을에 같은 또래되는 친구 열댓 명이 있었고 또한 열 살 정도 나이가 많은 형들이 여럿 있었다.

그들은 늦가을이 되면 뒷산의 산등성이에 그물을 길게 쳐서 지키며 우리 또래 친구들에게는 산 아래서 긴 나무 작대기로 '우~우' 하면서 바위나 땅바닥을 치며 토끼몰이를 하라고 시킨다.

우리들은 신이 나서 소리를 지르며 토끼몰이를 한다. 힘차게 몰이를 하며 그물이 있는 곳까지 올라가면 그물에 토끼가 걸려서 형들의 손에 기진한 상태로 잡혀 있다. 보통은 한차례 몰이에 1~3마리까지 잡힌다.

그들은 즉석에서 화재가 날 수 없는 큰 바위 틈에 불을 펴서 산토끼 바베큐를 하여 참여한 인원들 모두가 즐겨 먹는다. 집에서 기른 토끼고기 보다 쫄깃하고 맛이 있어서 즐겁게 먹고 산을 내려와 집에 오면 저녁때가 된다.

나이 많은 형들이 그물을 쳐서 하는 산토끼 몰이를 즐기는 것은 늦가을부터 이른 겨울이다(10월~11월). 하루 한 차례 토끼몰이를 하면 보통 1~2마리를 때로는 3~4마리까지 잡아서는 참석자 모두 실컷 먹고 나누어 집에까지 가져간다. 매년 여러 차례 토끼몰이를 하던 기억이 새롭다.

지금은 고향에 젊은이가 없고 나이 많으신 노인들이 살고 있기에 열정적이고 즐거웠던 토끼몰이도 이제는 까마득한 옛 이야기 일 뿐이다. 또 산에 산림이 울창하여 함부로 산에 들어갈 수 없는 상황인

지라 어릴 적에 즐기던 토끼몰이가 사라져서 지금은 산토끼들의 천국이 되고 있을 것이라 생각한다. 이제는 토끼몰이는 생각도 못하고 할 수도 없지만 계곡의 맑은 물소리라도 들을 수 있기를 소망하며 아련히 즐기던 방학 골의 겨울 산을 그려본다.

제2부

배우고 자라면서

2월의 애환

　2월은 일 년 열두 달 중에서 가장 홀대 받는 만만하고 애처로운 달이다.

　나머지 달들은 고정적으로 30일이거나 31일인데 왜 유독 2월만 28일, 그것도 특별히 배려한 듯 4년에 한번은 29일로 변동을 주고 있으니 말이다.

　도대체 왜 그런가? 지구의 공전 자전 등 태양계의 원리에 따른 과학적인 원리가 있겠거니 생각하고 달력의 기원을 찾아보니 2월도 원래는 30일이었으나 로마의 정치가 '율리우스 카이사르'의 이름을 딴 Julius(-July)에서 하루를 빼앗겨 29일이 되고 또한 로마의 초대 황제 '아우구스투스(August)'가 2월에서 하루를 더 빼앗아 28일이 되었다고 한다. 권력자의 부당한 욕심의 발로에서 초래된 어처구니없는 결정이 2천여 년을 이어오고 있으니 실로 2월은 애처로운 달이다.

　새로운 한 해를 맞이하여 새해에 대한 관심을 가지고 새 달력을 보면서 일 년의 계획을 세우고 년 중 행사 일정을 표시하며 새로운 다짐을 하여 보는 1월을 보낸 후에 찾아오는 2월은 새로운 것에 대한 기대와 관심도 조금 사라지는 가엾은 달이다.

　따뜻한 봄을 바라며 봄이 들어선다는 '입춘' 이요, 겨우내 단단히 얼어붙었던 대동강의 얼음도 녹는다는 '우수' 다 하며 봄을 기다려

보지만 이따금씩 갑자기 다가오는 모진 한파에 움츠려 들며 봄에 대한 작은 기대마저 버려야 하는 야속한 달이다.

늦추위를 잊어버리고 3월에 대한 성급한 기대를 하여보지만 옛 권력자들의 욕심과 오만으로 다른 달들에 비하여 2~3일의 시간의 꼬리가 절단된 상처를 가진 달이다.

인정이 많고 낙천적인 우리 한민족과 이웃나라 중국인들은 이 추운 날씨에도 설명절과 춘절을 마련하여 고향을 찾고 친척을 만나 기쁨을 누리며 추위와 일상의 고달픔을 잊어버린다.

그런 반면에 사업을 하거나 장사를 하는 사람들은 일할 날짜의 부족 때문에 걱정을 하고, 서민들은 '설 눈은 쌓이는데 먹을 것은 없다' 고 걱정하는, 기쁨도 있고 걱정도 교차되는 어수선한 달이다.

그런가 하면 2월은 어린 초등학생들에게는 학년의 수업도 끝나고 비록 짧지만 숙제도 없고 많이 춥지도 않은 봄방학을 맞아 책을 멀리한 채 한 학년씩 진급하며 부담없이 여유를 즐길 수 있어서 좋다. 중.고등학교와 대학에 입학하는 학생들은 새로운 기대와 포부를 가질 수 있어 여유로운 달이기도 하다.

또한 2월은 봉급생활자와 공무원들에게는 짧게 근무하고 급여를 받을 수 있고, 설 명절에 보너스를 듬뿍 받을 수 있어 자기들의 직장이나 직업에 대해 자부심을 가질 수 있는 고마운 달이다.

2월은 봄을 준비하는 '고로쇠나무'에서 수액을 채취하여 건강에 도움이 된다는 믿음을 가진 애호가들에게 달달한 맛을 선물하며, 통통하게 알이 배서 년 중 가장 단맛 나는 칡뿌리를 캐어 씹을 수 있다.

달래와 냉이 등 향이 가득한 신선한 봄나물로 우리의 밥상을 풍성하게 차릴 수 있다.

　기쁨이 있으면 슬픔도 있고, 어려움을 참고 견디다 보면 보람과 보상도 뒤따르는 것이 자연의 섭리 일진데, 누구에겐 유익한 시절이 되고 어떤 이들은 어려운 시간이 되는 것이 어디 2월뿐이겠나!
　날짜가 짧아서 살짝 아쉬움이 있는 가련하고 애처로운 2월이지만 그래도 2월이 있어야 3월이 오고, 봄도 다가오리니 올해도 여전히 봄을 잉태하고 있는 2월을 잊지 말고 2월도 30일까지로 표기될 때를 기다려 보자.

'4'의 예찬

우리의 일상생활에서 잘못 인식되어 꺼림직 하게 생각 되는 숫자가 몇 개 있다. 마지막 고지를 의미하는 '3'과 그리고 '9', 죽음과 연관되는 '4', 불운과 겹치는 암울의 수 '13' 등 숫자와 연결되어 나쁘게 연상되는 것들이 있다.

그 중에서 가장 거부적이고 꺼림직 한 것은 아마도 죽음을 의미하는 것 같은 4자 일 것이다. 숫자 '4'는 넉 4자가 아닌 죽을 사(死)자의 의미로 강하게 인식되어서 엘리베이터를 타보면 4층이 생뚱맞게 F로 되어 있는 경우가 많다.

하지만 숫자 '4'에는 죽음을 의미하는 요소가 전혀 없고 그저 죽을 사死자와 발음만 같을 뿐이다. 만약 누군가와 수배자의 이름이 같다고 체포하려 한다면 얼마나 황당한가?

숫자 '4'의 꺼림직 한 생각은 전 세계적으로 통용되는 것은 아니다.

다만 한자 문화권에서만 제한적으로 통용되는 아무 의미 없는 미신일 뿐이다. 사실 알고 보면 숫자 '4'는 땅의 완전수로 통했다. 동서남북의 4방향, 그리고 춘하추동의 4계절을 가리키는 중요한 숫자며 길수吉數로 여겨졌다.

야구에서 제일 중요한 선수는 4번 타자로 베팅 시 4번 타자의 등장은 감독이나 관객에게 기대와 환호가 얼마나 큰가?

행운을 상징하는 클로버도 잎이 네 개야 하고, 이와 같이 숫자 '4'의 의미는 죽음의 암울을 뛰어 넘는 환호와 영광, 행운을 의미하는 길수며 완전수이다.

사실 우리 인간은 미래를 알 수 없다. 내일을 알 수 없고 한치 앞도 모르는 부족한 존재이기에 누구나 불안한 마음이 항상 내재하고 있다. 그래서 미신적 요소에 귀를 기울이는 사람이 있다. 하지만 미래를 알 수 없다는 것은 두려움이 아닌 희망이기도 하다. 미래를 알수 없기에 우리는 희망을 가질 수 있으며 꿈을 꿀 수 있다. 9회 말 투아웃에도 역전만루홈런을 기대하며 환호를 할 수 있다.

영국의 종교철학자이며 사회학자인 스펜서(Herbert. Spener 1820~1903)는 '인간은 죽음이 두려워서 종교를 만들고 삶이 두려워서 사회를 만들었다.'라고 하였다. 부족하고 불안한 인간의 존재를 갈파한 말이라 생각된다.

죽음을 두려워하고 이것을 피하려고 많은 노력을 하고 사유를 하지만 우리는 누구도 예외 없이 언젠가 이 세상을 떠난다는 공평한 사실을 겸허히 받아들여야 한다.

그리하여 잘못된 믿음으로 사고와 활동의 폭을 줄이지 말자. 죽음에 대한 공포를 믿음으로 극복하고 나가며 여러 종교 중에서 죽음을 극복하고 이를 승화한 종교는 기독교인 것이 분명하다.

짧은 인생에 할 수 있는 것을 두루 경험하며 희망을 갖고 포용하는 마음으로 살고, 다가올 미래를 지레 걱정하는 것보다 주어진 오늘을 후회하지 않고 사는 것이 현명한 선택인 것이다.

　죽음의 숫자가 아닌 행운을 주는 완전한 숫자인 '4'자를 찬양하며 잘못된 믿음으로 인한 두려움을 떨쳐 버리고 우리의 일상을 　희망과 용기를 가지고 나아가자고 다짐하여 본다.

고마운 나의 발

발은 어딘가에, 누군가에 가까이 다가가기 위한 우리 몸의 유일한 지체이며 말 없는 수고의 상징이기도 하다.

우리 인간은 머리에 달린 눈 귀 코 입이 있어, 보고 듣고 냄새 맡고 음식물을 먹는 기능과, 팔이 있어서 자유자재로 편리하게 사용함으로써 훌륭한 도구 역할을 하며 또한 발이 있어서 오가면서 일하고 세상을 향해 그리고 누군가를 향해 다가간다. 우리 몸은 여러 지체가 맡은 역할을 잘 감내 하면서 활동하며 살아가고 있기에 어느 것이 중요하고 덜 중요하다고 말할 수는 없다.

그러나 나는 가끔씩 발이 온갖 지체 중에서 때로는 우리의 관심이 적고 상대적으로 홀대를 받고 있다는 생각을 하는 때가 있어서 발에 대하여 미안하고 안쓰럽다는 생각을 갖고 있다. 현대 사회에서는 예전과는 다르게 수고스럽게 걸어가지 않고도 가만히 앉아서 전화나 문자로 소통하는 경우가 많고 교통수단의 발달로 인하여 걷는 수고를 상당히 덜어 주고 있다. 하지만 인간은 여전히 걸으면서 이동하는 존재이기 때문에 발을 혹사 하는 경우가 많다.

나는 농촌에서 자랐던 어린 시절에 친구들하고 씨름 놀이를 하다가 팔을 다친 적이 있고, 달음박질을 하다가 돌부리에 걸려 넘어져서 왼발을 다쳐 고생한 적이 있었는데 다리를 삐어서 걷지를 못하였을 때 매우 답답하여 마음대로 뛰놀던 친구가 얼마나 부러웠던지 모른다.

그때부터 팔 보다는 다리 아픈 것이 훨씬 불편하다는 것을 느꼈고 그 후 중학교 시절엔 다리 오금파기에 근육염이 있어서 쭈그리고 앉아 대변을 보기에 많이 불편한 것을 겪으면서 다리의 소중함을 뼈저리게 느낀 기억이 있다.

고교 시절의 생물 선생님께서

"나는 언제나 발을 소중하게 여기면서 샤워를 하거나 발을 씻을 때에는 얼굴이나 몸을 씻는 수건과 구별하여 발에는 새 수건을 쓰면서 발을 정성껏 관리한다."

라고 하시던 말씀을 들었는데 급우들은 유별난 분이구나 생각하였지만 발의 소중함을 경험으로 느꼈던 나는 그 선생님은 무언가 다른 철학을 가진 예사롭지 않은 분이라 생각했고 그분의 가르침을 마음에 새겼던 것을 기억한다.

이미 50여년이 지난 기억으로 지금까지 살아 계시신 않겠지만 그 은사님은 살아계시는 동안에 적어도 발이 아파서 고생하시진 않으셨으리라 생각이 된다.

나는 겨울만 되면 양쪽 발목의 뒤꿈치가 단단하여져서 갈라지고 굳은 각질이 떨어져 나오며 감각도 무뎌지곤 하다가 봄이 돼야 각질도 없어지고 다시 감각이 살아나고 부드러워진다.

지금도 겨울이 오면 여전히 그렇지만 '다시 봄이 되면 괜찮아지겠지' 하고 무심하게 보낸다. 겨울에 발을 따뜻한 물에 자주 담그고 약이나 로션을 바르며 관리하면 뒤꿈치의 감각이 살아나고 갈라져 아픈 것도 어느 정도 좋아져서 조금 불편한 상태로 참아가며 지낼 수 있겠지만, 하여튼 석 달여간을 아픈 것을 참아가며 보낸다.

그런가 하면 샤워를 하거나 몸을 씻을 때에 얼굴과 손을 먼저 닦고 제일 나중에야 발을 닦는 습관이 있어 발 대접에 소홀함을 생각하며 발수건만은 새로운 수건을 사용하신다던 그 은사님 말씀이 떠오르곤 한다.

발은 우리 몸의 가장 낮은 곳에 머물러 있어 영양과 산소를 공급하는 피의 흐름도 가장 늦고 탄력도 떨어지는 말단이라서 감각 중추의 전달도 가장 늦을 수밖에 없다. 그래서 당뇨 등의 병으로 제일 먼저 망가지는 것이 발이다.

나는 걸음도 빠르고 걷기를 좋아하는데 나의 두 발은 성실한 심부름꾼처럼 온몸을 지탱하며 내 의지를 잘 따르고 섬기는 충실하지만 실로 가엾은 지체다.

이제 두발의 소중함을 다시금 마음에 새기며 무리한 욕심으로 오래도록 걸어서 피곤함을 느끼지 않게 하겠다. 또한 이 나이에도 웬만한 산은 쉽게 오를 수 있다는 부질없는 오기로 무리한 등산을 하여 발을 혹사 시키는 일은 결코 하지 않겠다.

그리고 추운 겨울이 오면 따뜻한 물로 족욕도 자주 하고, 부드러운 로션을 얼굴 못지않게 듬뿍 발라주고, 깨끗한 새 수건 사용과 두 발에 정성을 기울여서 말끔히 닦아주며 발을 아끼며 관심을 가져야 하겠다. 발이 건강해야 몸도 마음도 건강할 테니까.

반성

　모름지기 세상을 바르게 살자면 성현의 말씀을 끌어들이지 않더라도 반성만큼 중요한 일이 없다. 반성은 자신의 말이나 행동에 대하여 잘못이나 부족함이 없었는지를 지나온 시간들을 돌이켜 보며 잘못과 부족함이 있으면 이를 깨달아 잘못은 고치고 부족한 것은 보충하여 바르게 살아 보려는 이성적인 노력이다.

　반성은 또한 독선과 아집, 집착과 욕망의 일상에서 상처를 주고받은 모든 이들을 치유할 수 있는 아름다운 고백이다.

　반성은 종교나 철학에서의 회개나 참회와 함께 부단히 접근하며 유혹하는 욕망의 소용돌이에 빠지지 않게 하거나 그 덫에 걸렸을지라도 헤쳐 나올 수 있도록 하고 다시는 되풀이 하지 않도록 기회와 능력을 주는 오직 인간에게만 주어진 혜택이다.

　그러나 귀를 솔깃하게 하는 집요한 유혹과, 부단히 일어나는 탐욕이 결합되면 그것은 반성하고 회개할 겨를이 없이 선량한 인간을 무자비하게 무너뜨리는 속성이 있기 때문에 삶이 무기력하게 망가져 만신창이가 된 후에야 깨닫고 자책하게 되는 사후 약방문격인 아쉬운 혜택이다.

　나는 마음이 여리고 주도면밀하지 못하여 남의 말에 쉽게 동의하고 그 사람의 입장을 이해하고 측은하게 여기는 심성을 가진 사람으로 나를 이용하여 그의 이익을 도모하거나 자기의 계획을 실현하고자 하는 불순한 야심을 가진 자의 좋은 표적이 되었다. 그래서 그런지 두 차례나 그들의 덫에 걸려서 많은 피해를 보게 되었다. 한번에서도 큰 피해를 보았는데 두 번이나 걸려 넘어졌으니 그 피해는 대단하였다.

가족과 떨어져 혼자서 해외의 3개국에서 5년여를 열심히 근무하며 노력한 결과 학교 시절에 몇 친구들 간에 만들어 보고자 소망했던 금액을 다른 친구들 보다 일찍 달성하였지만 귀국하여 살아가는 동안 두 차례의 덫에 걸려서 대부분을 날려 버렸다.

이로 인하여 가장 피해를 본 것은 가족들이었고 그 다음으로는 기대를 하면서 공부하도록 뒷바라지 하셨던 부모님들 이었다.

가족은 많은 경제적인 타격을 받고, 부모님들도 깊은 심적인 타격을 받게 되었다.

나를 표적으로 집요하게 설득하고 유혹했던 사람들을 분석하여 보면 나와 학연이나 사회적 인연으로 잘 알고 지낸 사람들 이었다. 그들은 특유의 언변과 계략으로 쉽게 이익을 보고자 나를 비롯한 몇 사람을 이용하여 상당한 이익을 보고 쾌재를 불렀겠지만 시간이 지난 지금은 모두 경제적으로 파산하여 고통스런 삶을 살고 있음을 본다. 두 차례의 피해를 당하면서 그래도 건강을 유지할 수 있었던 것만도 다행이라고 스스로 위로하면서 지내온 나는 지금은 안정을 찾고 그들에 대한 미움과 원망도 잊고서 살고 있다.

하지만 언제나 가족들에게는 면목이 없어 경제적인 피해 복구를 위하여 노력하면 그래도 어느 정도는 보상을 받을 수 있겠지 희망을 가지고 살아가고 있으나, 자식에 대한 애처로운 한을 간직한 채 돌아가신 부모님들을 생각하면 돌이킬 수 없는 후회와 아픔을 느끼곤 한다.

'불효자는 웁니다, 용서를 비~나이다' 등의 노래를 들으며 돌아서서 눈물을 흘린 일도 여러 번 있었다.

사실 개발과 성장의 시대를 살아온 우리 세대는 금융기관이나 보증기관이 연대보증이라는 나쁜 제도를 활용하여 성장한 이면에 보증으로 인한 억울한 피해를 많은 사람이 겪었고 또한 손쉽게 돈을 벌어 보려는 악덕한 사람들로 인하여 열심히 살아 보려는 적지 않은 사람이 피해를 보고 피눈물을 흘렸다.

사실 그 당시는 직장에 입사할 경우에는 재정보증을 요구하는 경우도 있었고, 금융기관에서 사업이나 장사를 위해서 또는 집을 장만하기 위해서 융자를 받을 경우에는 대부분 연대보증을 요구하여 그들은 안정적으로 돈을 굴려서 많은 이익을 보았던 잘못된 제도로 인하여, 친척이나 친구들의 요구를 거절하지 못하고 연대보증을 해 준 열심히 살아가던 선량한 사람들이 많은 피해를 보게 되었다.

지금은 많이 수정하고 보완되어 억울한 피해는 많이 사라졌지만 나도 역시 보증으로 인한 피해를 감수하고 해결해야만 했던 피해자였다.

그러나 피해를 당한 사람들에게도 문제는 많다. 부질없는 욕심 때문에 악덕한 사람들의 감언이설에 솔깃하여 진위를 확인하거나 조사를 해보지도 않고 쉽게 동조하여 결국은 피해를 본 경우가 많기 때문이다. 자기를 지키지 못한 잘못이 큰데 누구를 탓하며, 제도에 문제 있었다고 그 시절을 원망할 수가 있겠는가? 모두가 내 잘못이고 자기 잘못인 것이다.

　나는 왜 반성과 회개라는 것을 모르고 살아왔을까?
　내가 잘못하여 입은 피해며 당한 손실인데 그 잘못을 되돌아보고
'모든 것은 내 잘못이니 다시는 그런 잘못을 해서는 안 된다.' 하고
반성하였다면 두 번이나 피해를 당하지 않았을 터인데.
　'한번 실수는 병가지상사다.'라는 말이 있듯이 한 번의 실수나 실
패는 좋은 경험이 되었다고 생각하며 마음을 다스릴 수 있지만, 두
번의 실패는 어떤 변명과 설명이 용납되겠는가? 이것은 고스란히
내 잘못이다.
　이것을 깨닫게 된 것은 믿음을 갖게 된 이후부터다. 이제는 작은
잘못도 깨닫고 회개하게 되니 감히 다시 되풀이 하지 않게 된다. 물
론 나이가 들고 쓰라린 경험을 겪었기 때문이기도 하지만 믿음은
무엇보다도 잘못을 즉시 깨닫게 하는 어떤 힘이 있는 것 같다.
　제2의 천성이라고 불리는 습관은 타고난 성격이나 성품 못지않
게 우리의 삶을 지배한다. 나는 아직도 고치지 못하고 버리지 못하
는 나쁜 습관이 있는데 그것은 약속 시간에 자주 늦는 것이다. 약속
장소까지 가는데 소요되는 시간을 잘못 계산하거나 공연히 꾸물거
리다가 시간이 임박하여 황급히 서둘러 겨우 약속시간에 맞게 도착
하거나 아니면 5~10분 늦게 도착하는 경우가 있는데 이 습관을 지
금까지도 고치지 못하고 있다.
　늦게 도착하게 되면 상대에게 죄지은 사람같이 미안해하며 일단
저자세가 된다. 그렇게 되면 만남에서 상대의 요청에 단호히 거절
할 수 없거나 나의 요구를 당당히 말하거나 관철시킬 수 없게 되는
경우가 있어서 중요한 만남에서는 손해를 보거나, 일반적인 약속에
서도 신뢰를 잃게 된다.

개발과 성장 시절의 중요한 인물이었던 김우중 전 회장은 어떤 약속이든 약속장소에 최소한 5분전에 도착하는 것을 철칙으로 생각하며 지켰다고 한다. 약속시간을 지키는 것은 상대에 대한 예의이며 기본적인 도리다. 지금부터라도 약속 시간만은 꼭 지키겠다고 다짐한다.

부질없는 탐욕으로 인하여 금전적인 피해를 많이 보게 되어 가족과 부모님들에게 면목 없는 사람이 되고, 결단력의 부족으로 약속시간을 늦은 경우가 있음으로 손해를 볼 수 있음을 절실히 느낀 사람이다. 반성하고 회개를 해야 하는데 이런 일을 혼자서 감당하지 못할 것 같아서 글을 쓰면서 다짐하며 여러분께 감시자가 되어 줄 것을 바라는 심정으로 이 글을 쓴다.
잘못은 반드시 반성하고 철저히 회개하여 되풀이 하지 않아야 하는 것은 나는 물론이지만 우리 모두에게 주어진 큰 과업이라고 생각한다.

방향

우리는 방향하면 대체로 동서남북을 생각한다.

지리적인 위치를 염두에 둘 경우에는 동서남북이 방향의 확실한 기준이 된다. 그러나 방향은 우리가 나아가야할 길이나 또는 추구 해야할 목표인 경우도 있는 의미 있는 표현이요 단어다.

아버지와 아들이 길을 가다가 길을 잃었다. 예상보다 시간이 길 어지자 아들이 걱정되어 재촉합니다.

"이러다가 해가 지기 전에 못 갈지도 몰라요. 조금 더 빨리 걸어야 하는 것 아니에요?"

아들이 불안한 모습으로 아버지를 쳐다봅니다.

"지금 우리는 빨리 가는 것이 아니라 제대로 가고 있는가가 더 중 요하단다."

아버지는 나침반을 꺼내어 태양의 위치를 확인하고 방향을 정했 습니다.

"저쪽으로 가자."

얼마 지나지 않아서 아버지와 아들은 목적지에 도착하였다.

아버지는 아들에게

"길을 잃어도 방향을 찾을 수 있으면 걱정할 것이 없단다."

라면서 애정 어린 충고를 하였다.

나는 이십여 년 전에 충북 수안보 큰 콘도에 협력회사 가족 단합 대회 초청을 받아서 거기를 다녀온 적이 있었다. 그리 멀지 않은 곳이라서 오후 늦게 승용차로 출발하였다. 그런데 교통 혼잡이 있어서 예상보다 늦어져 해가지고 어두워 질 무렵에야 가까이 왔다. 그런데 길을 잘못 들어서 산허리를 헤매게 되었다.

저녁이 되기 시작하면서 주변이 어두워지니 당황하고 겁을 먹기 쉬운 상황이었다. 그러나 수안보는 몇 번을 가본 곳이라 방향을 알고 있었기 때문에 침착하게 길을 찾아서 무사히 도착했다. 어두운 길에서 걱정하고 고생한 경험이 있어서 지금도 그때의 기억이 새롭다.

우리는 자녀들에게 공부를 열심히 하라고 가르친다. 모든 일을 열심히 해야 한다고 하면 그래도 깊이가 있고 신념이 있는 말이다. 그러나 부모가 조언하고 잔소리하는 경우는 대개가 자녀들이 공부하는 미성년일 때이고 그때는 공부가 중요한 시절이라서 주로 공부를 가지고 타이르고 잔소리를 한다. 그러나 남들보다 열심히 한다고 해서 반드시 앞서가는 것도 아니다.

수험생들은 새벽까지 파김치가 되도록 열심히 하지만 모두가 합격하지는 못한다. 진학에 성공하더라도 적성에 맞지 않아서 다시 공부하는 경우도 많고, 좋은 직장에 들어가도 적응하지 못하여 다른 직업을 찾기도 한다.

앞서 간다고 꼭 행복한 것이 아니다. 이러한 일들은 우리가 적합한 방향을 찾지 못해서 일어나는 일이다.

기업 경영에서도 잘되고 있는 기업을 쉽게 모방하고 따라가다가 결국에는 감당하지 못하여 도산에 이르는 사례를 종종 보게 된다. 국내의 어떤 중견 기업이 사카린, 전자, 반도체 등에서 삼성을 추격

해보려고 노력하다가 최근 자금난에 봉착하고 있는데 이 사례도 기업 자체가 추구하는 확실한 방향 즉 목표가 없기 때문인 경우라고 본다.

중요한 것은 시간이 빠르고 늦음이 아니라 방향이 올바른지 이다. 빨리 달리는 것보다 미래에 대한 확신을 얻는 것이 더욱 중요하다. 멈춰있더라도 올바른 방향을 설정하는 순간 다시 일어나서 나아가는 것은 어렵지 않다.

뒤처져 있다고 조급해 할 필요도 달려야 할 필요도 없다. 여유를 가지고 올바른 방향을 찾는데 최선을 다하는 것이 중요함을 명심하자.

이름이란 무엇인가

　이름은 나를 대변하고 나를 상징하는 글자나 음성으로 나타나는 나의 모든 것이다. 그것은 내가 나를 부르기 위하여 지어진 것이 아니라 남이 나를 부르기 위해 지은 것이다. 나만의 것이지만 내가 아닌 부모나 또는 특별한 사람이 지은 처음부터 나의 의도와 관계없이 생성된 것이다.

　이름만큼 나의 마음을 설레게 하고 두렵게 하고 기쁘게 하는 것이 있을까마는 이 중요한 나의 것이 내가 짓거나 내가 부르는 것이 아닌 남이 지어주고 남만이 부르는 매우 특이한 나의 전유물이다.
　내가 좋아하던 여성으로부터 처음 걸려온 전화 음성으로 내 이름을 부르던 소리는 나를 설레게 하여 호흡을 가다듬고 받은 기억이 있다. 소중한 인연이 된 이후에는 '여보'라는 소리로 호칭이 바뀌었기에 이름은 듣기 힘들게 되었다.

　남들 앞에 나서기를 싫어하던 내게 나갈 순서가 되어 나의 이름을 부르던 초등학교 시절의 선생님의 목소리와, 군대 졸병 시절 무지로 인한 외출귀대 시간의 지연으로 겁을 먹고 있던 때 점호시간에 나의 이름을 부르던 선임하사의 단호한 목소리는 나를 두렵게 했다.

합격이라는 두 글자를 보기 위하여 수년 혹은 수개월 노력한 결과가 지상에 인쇄된 인쇄물에서 또는 게시판에 게시된 명단에서 발견한 내 이름은 나를 매우 기쁘게 하였다. 이렇게 이름은 나의 고락을 나타내는 운명적인 것이다.

혼자 가만히 나의 이름을 불러 보면서 나의 정체성을 음미하며 새로운 각오와 다짐을 해본적도 있다. 소중한 나의 이름이 가장 가까운 아내나 부모 자식 형제들로부터 불러지는 경우는 없거나 드물고, 친구들이나 지극히 형식적이고 사무적인 관계에서 주로 또는 자주 불러지는 현실을 생각하면 이것은 매우 역설적인 나의 전유물이다.

이름으로 인하여 기억에 남는 일화가 있다. 지금 쌍용자동차의 모체인 하동환자동차주식회사가 있었다. 24세의 하동환 청년이 맨손으로 일군 자동차회사다. 한 시대 한국자동차의 밑거름이 된 하동환 회장은 신촌의 자기 집 앞마당에 조그만 버스제작공장을 1955년 말에 세웠다. 차량 수리를 하는 한편 당시 쏟아져 나오는 군용 폐차를 불하 받아 부품들과 망치로 편 드럼통을 가지고 버스를 만들기 시작하였는데 드럼통 버스임에도 잘 팔렸다.

그 후에 구로동의 보성자동차 공업사와, 신촌의 고려자동차 공업사, 세공장이 합병하여 하동환자동차공업주식회사가 1962년에 설립, 고척교 안양천변에 새 공장을 지어 현대식 설비를 갖추고 한 달 평균 100대의 버스를 생산하는 60년대 국내 최대의 버스 공장이 되었다. 내가 70년대 말경에 이 회사의 영업부를 업무상 방문하게 되었다. 그때 마침 하동환 회장께서 임원인 듯한 두 사람과 영업부를 순시하는 중에 한 직원이 걸려온 전화를 받을 때 큰소리로

"안녕하십니까? 하동환입니다"

라고 하였는데 마침 지나던 하 회장께서 그 직원의 어깨를 치면서 애정 어린 소리로

"이 사람아, 자네가 하동환이야?"

하는 소리를 듣고 20여명의 모든 직원들이 즐겁게 웃던 소리를 들었다.

그때 처음 보았지만 하회장이라는 분의 소탈하고 직원을 아끼고 사랑하는 인품을 보며 회사가 크게 발전하겠구나! 생각하였던 그때의 기억이 아직도 새롭다.

지금의 회사는 개인이름이 아닌 법인명으로 사용 되지만 그때는 개인의 명칭을 그대로 회사이름으로 사용한 경우가 간혹 있었다.

그 후 '하동환자동차공업(주)' 은 자동차 종합제조 업체인 동아자동차로 크게 성장하여 일반버스는 물론 고속버스 전문생산업체로 존속하다가 1986년에 쌍용그룹으로 회사를 넘겼다. 지금 하 회장은 한원그룹의 회장으로 노년을 잘 보내고 있다고 한다.

약간 다른 경우일 수 있지만 성씨로 인한 일화가 있다. 드문 성씨지만 60~70년대는 영부인으로 인하여 많이 알려진 '육'씨란 성을 우리 국민들은 잘 알고 있었다.

1978년으로 기억되는데 신진자동차의 부품에 대한 문의차 관리부 부품담당자에게 전화를 걸어본 적이 있었다. 그런데 엉뚱하게도

"안녕하십니까? 육개장 입니다."

라고 말하는 수신자의 목소리가 들려왔다.

나는 순간 음식점으로 전화를 잘못 걸었나? 하고 주저하고 있는데

"여보세요. 안 들리세요? 육개장입니다. 신진자동차 부품관리담

당 육계장입니다."

그 소리를 듣고는 '전화를 잘못 걸은 것이 아니라 육씨 성을 가진 계장 이였구나!'

음식이름 육개장으로 잘못들은 내가 문제였다 라고 정신을 가다듬고

"미안합니다. 자동차 부품 관련하여 방문을 할까합니다."

"그렇군요? 저도 지금 전화주신 분과 같이 상대가 당황하여 머뭇거리거나 전화를 끊는 경우를 경험합니다. 그래서 육아무개로 전화를 받아야 한다고 다짐하고는 계장이라는 직급을 자랑하고 싶은지? 육계장이라고 응대 전화를 많이 합니다."

라고 말하여 껄껄 웃던 기억이 있다.

요즈음 회사에서는 대리란 직급을 사용하지만 그 당시는 관청의 직급을 따라서 계장이란 직급을 사용하던 회사가 많았다.

이름을 짓는 데는 일가친척 간에 사용되는 항렬(돌림자)이 있고 한자로 표현될 경우 글자 획수를 따져야하기에 이름을 짓기가 매우 힘들었다. 그리하여 작명가가 거드름을 피며 돈을 벌 던 시절이 있었다.

특히나 장손이 태어나면 한문에 대한 지식이 있으신 할아버지가 계신 경우 아기의 작명은 부모가 아닌 할아버지의 몫이요, 책임이기도 하였다. 그것은 물론 씨족사회요, 가부장제가 강했던 시절의 이야기이다.

이름은 그 사람을 나타내는 한 가지 제도이며 방편일 뿐 이름이 그 사람의 운명이나 삶에 많은 영향을 주는 것은 결코 아니다.

요즈음은 순 우리말로 부모들이 쉽게 지어서 부르면 그것이 바로

이름이다. 언젠가 고운 이름 대회에서 '손 언더기' 란 이름이 선정되었던 기억이 있다. '김 빛' 이라는 특이한 이름의 KBS 기자가 요즈음 뉴스에 자주 등장하기도 한다.

생각이 많이 변하고 인식이 바뀐 지금은 부르기 쉽고 편한 이름이 좋은 이름이라 생각된다.

할아버지와 손자

할아버지와 손자를 생각하면 우리는 어린 손자의 철없는 행동에
도 너털웃음을 띄우고 마냥 사랑스럽게 바라보며 함께 놀아주는 자
애로운 할아버지의 모습을 연상한다. 성경 말씀에 '손자는 할아버지
의 면류관이요. 아비는 자식의 영화니라'(잠언 17:6) 라는 구절이 있다.

손자는 할아버지의 영광이요, 아버지는 자식의 자랑이란 것이다.
특히 할아버지와 손자의 관계를 잘 표현하고 있다. 할아버지에게
손자는 가문을 이어나갈 후손이라는 인식이 있고, 자식에게는 베풀
지 못했던 안타까운 마음을 보상하고 싶은 심리도 있다.

또한 나이 들면서 쌓여온 경륜으로 마음이 열려서 어린 손자가
무조건적인 사랑의 대상이 되는 관계로 할아버지의 손자에 사랑은
지극하다.

우리세대 이전의 할아버지들은 손자는 장차 가문을 이어나갈 소
중한 줄기라는 개념이 많았다. 특히 큰집의 맏손자는 작은 집의 할
아버지들까지도 기대와 사랑의 대상이 되었다. 그런 이유로 그 부
모나 손자는 베푸는 사랑에 따른 부담도 컸다. 하지만 가문의 큰 손
자들은 기대와 사랑을 많이 받아서 그런지 대부분 침착하고 공부도
잘하고 성공하여 가문의 자랑이 된 경우를 많이 보았다.

나의 큰집 형님은 결혼을 일찍 하여 위로 두 딸을 낳고 세 번째 아들을 낳았다.

장손을 맞이한 둘째이신 우리 부친과 셋째이신 작은아버지는 큰집 큰조카의 아들을 장손이라며 얼마나 귀하게 여기시는지 그 당시에 중학생인 내가 보기에도 이상하게 생각 될 정도로 집안의 큰 손자에 대한 사랑과 기대가 대단하셨다.

우리들 6남매를 키우면서 선친께서는 자녀들을 업어주거나 안아주신 경험이 별로 없을 정도로 마음을 쉽게 나타내지 않은 성격이고 자식에게는 엄하게만 기른 분이셨다. 그런데 내가 첫 아들을 보게 되니 부친께서는 얼마나 좋으신지 수시로 안아 주시고 가끔은 기저귀도 갈아 주시며 손자를 매우 귀여워하셨다.

그런 모습을 보면서 누님이나 동생들은

"아버지가 저런 모습도 있는 분이구나!"

하면서 뒤에서 수군거리며 농담하던 모습이 지금도 선연하다.

이렇게 할아버지에게 손자는 무조건 귀엽고 사랑스런 존재다. 부모에게 자식은 진실로 소중하지만 매사에 올바로 기르고 교육을 시켜야하기 때문에 무조건 사랑만 해줄 대상은 아니다. 그래서 꾸중도하고 매질도 하게 된다.

막내 고모님은 아들만 하나를 낳고 고모부께서 일찍 돌아가셨다. 사돈 할머니가 계셨는데 그 분은 손자를 애지중지 귀여워하며 기르셨다. 고모님은 냉정하시고 엄격한 분이라서 아들이 잘못한 경우는 교육상 냉철하게 꾸짖고 회초리도 서슴지 않았다.

이런 모습을 할머니께서 보시고 며느리를 말리고 냉큼 손자를 데리고 밖으로 나가시는 모습을 본적이 있었다. 부모와, 할아버지 할머니가 손자를 바라보는 모습은 각기 다른 점이 있음을 느꼈다.

내가 65세 되는 어느 날 여름에 인천터미널역에서 잘 익은 포도를 사려고 과일 가게에 있는데 옆에 있던 부인이 딸에게 하는 말이 "애야 할아버지께서 먼저 고르시도록 양보를 해드려라."

하는 소리를 듣고 나아닌 다른 사람에게 하는 말인가 하고 뒤로 바라보니 나를 보고하는 소리였다. 그때 '할아버지'라는 소리가 얼마나 생소했는지 모른다. 그런 일이 있은 지 두 달 후에 외손자가 태어났는데 그 후로는 '할아버지' 소리가 자연스럽게 들리게 되었다.

아마도 손 자녀가 없는 나이든 분들은 할아버지, 할머니 소리가 어색하고 낯설은 소리로 들릴 것이다. 나이와는 별도로 손자가 있는 어른을 할아버지로 인정하고 그렇게 호칭하는 것이 자연스러운 것이 아닐까 생각된다.

어느 정도의 나이가 되어 직장이나 일터에서 은퇴하게 되고 마땅히 할 일도 없는 때가 되면 제일 반갑고 즐거운 것이 손자의 재롱을 보면서 귀여운 그들을 사랑하게 되는 것이다.

손자로 인하여 분가한 아들을 찾아보거나 전화할 명분도 있고 또한 출가한 딸에게 전화를 하면서 안부도 확인하게 되어 멀어지거나 잊어버리는 딸과의 연락을 하게 되는 명분도 있다. 나이 들수록 소원하고 서먹한 부부사이도 손자를 찾아 볼 때는 자연스럽게 동행하게 되어서 소원해질 수 있는 부부관계의 일체성을 찾을 수 있는 계기도 된다.

손자가 있으니까 지나가는 다른 아이들에게도 새로운 관심을 가지게 된다. 할아버지가 안고 가거나 할머니가 업고 가는 아기를 보거나, 아장아장 걸어가는 아기를 보면 우리 손자보다 약간 어리다, 또는 우리 손자보다 몇 개월 빠른 아기구나 생각하며 기준은 오직 자기의 손자가 된다.

나는 7년 전 늦은 나이에 외손자를 보게 되었다.

건강하고 잘 자라 올해에 초등학교를 입학한다. 그때부터 진짜 할아버지가 되었고 할아버지란 소리를 자연스럽게 소화하게 되었다. 그동안은 딸 내외와 명절이나 생일날에만 만나거나 통화를 하였는데 손자를 생각하면 수시로 전화하는 것이 딸이나 사위도 자연스런 것으로 이해되고 있다. 특히 명절 때는 반드시 우리 집을 찾게 되었다. 딸이나 사위에게는 본의 아니게 새로운 의무가 부과된 셈이다.

어려서는 잘 안기곤 하던 녀석이 돌 무렵이 되니 나를 보면 무서워하고 울기에 낯 가림을 하는가 생각 하였다.

사위의 설명에 따르면 가끔 들르는 병원의 소아과의사가 안경을 썼는데 안경을 쓰는 사람만 보면 무서워하고 울려고 한다고 하여 서운하지만 이해를 했던 적이 있었다.

잘 따르고 업히던 아기가 갑자기 무서워하고 피하는 모습을 볼 때는 어디 불편한 곳이 있어서 그런지 걱정도 하였을 정도로 사랑과 관심을 많이 가지게 되는 것이 할아버지와 손자의 관계인 것 같다.

요즈음은 많은 할아버지가 손자의 사진을 스마트폰에 담아 가지고 다른 사람이나 친구들에게 보여주면서 은연중에 자랑을 하는 분위기로, 손자들이 이미 많이 자랐거나 아예 손자가 없기에 그런 사진이 없는 사람을 부럽게 하는 추세다.

우리가 자식들을 키울 때는 지금 같이 사진을 담아서 필요시 보여줄 여건이 아니었다. 설령 가능하다고 하여도 사진을 보여주면서 자식을 자랑하고 즐거워하는 것은 왠지 낯설어했을 것이다. 그러나 손자에 대한 자랑은 얼마나 당당하고 즐거운 것인지 모른다.

우리말에 '내리 사랑'이란 말이 있다. 부모의 자식에 대한 사랑이야 비길 데가 있겠는가! 하지만 아버지는 아들에 대하여 칭찬에는 매우 인색하고 꾸지람이나 지시하는 것이 익숙한 것이 사실이다.

그것은 아마도 자식에 대해서는 욕심이나 기대가 많기에 사랑보다는 교육적인 입장에서 훈계나 꾸지람을 앞세우게 되는 것이라 생각된다.

그러나 손자에 대하여는 교육적인 책임과 걱정은 부모인 자녀들이 있기에 걱정할 것이 없고, 세상을 많이 살아온 경륜이 있어서 장차 가문을 이어갈 어린 손자가 무조건 귀엽고 예쁘게만 보이고 사랑의 대상일 뿐이다.

세상을 호령하던 역사상의 명장이나 명재상들이 어린 손자를 안고 귀여워하는데 안고 있는 손자가 할아버지의 길게 자란 하얀 수염을 잡고 늘어져도 싫어하지 않고 귀엽고 사랑스러워 껄껄대고 웃는 모습을 드라마에서 보았을 것이다. 그런 것이 할아버지와 손자의 관계일 것이다.

4월이 오면

4월은 일 년 열두 달 가운데 봄이 무르익는 희망의 달이다.

추위에 움츠리던 겨울을 과감히 떨쳐 버리고 3월에 간간히 찾아왔던 꽃샘추위도 사라지니 산야에 흐드러지게 피는 꽃들과 어린아이와 같이 여리고 고운 잎사귀들에게 완전히 눈을 빼앗기는 시기이다.

요즈음 우리나라의 사계절은 여름과 겨울은 길고 봄가을이 짧아지는 현상이 되어가고 있다. 춘삼월이라고 하지만 3월에도 눈이 내리고 꽃샘추위가 남아 있어서 온전히 봄을 몸으로 즐기기엔 이르다.

4월이 되면 여러 꽃들이 경쟁적으로 한꺼번에 우르르 피어서 꽃을 가꾸고 즐기기가 벅차다. 매화, 살구꽃, 개나리, 진달래, 벚꽃, 라일락이 순차적으로 피었던 시절은 이제는 어리시절의 추억이 되었다.

그런가 하면 4월은 상대적으로 긴 겨울에 적응하였던 우리의 신체가 새로운 환경에 적응하는 과정에서 나타나는 무기력과 나른함으로 표현되는 춘곤증에 시달리는 고단한 때이기도 하다.

추운 눈보라와 건조함에 적응하며 살았던 생명체들은 따뜻해지고 봄비도 간간히 내리는 4월에 그간의 껍질을 벗고 새 생명으로 거듭나는 큰 변화를 겪게 되는 것이니 사람이 겪는 피로감이나 식욕 부진 권태감 등으로 나타나는 춘곤증은 어쩌면 당연한 고통일지도 모른다.

어릴 적 4월은 지난해 추수한 쌀 곡식이 떨어져서 햇보리가 나올 때까지 꽁보리밥으로 연명해야하는 배고픈 기간이기도 했다. 이제는 부유한 나라가 되어서 '보릿고개나 춘궁기'란 말은 이미 사라진 지 오래다.

지금은 시장이나 가까운 마트에 가면 언제든지 햅쌀과 같은 쌀을 얼마든지 살 수 있다. 그러나 6~70년대까지만 해도 4월은 배고픔에 주릴지라도 모판에 볍씨를 넣을 씨나락은 남겨두기 위해, 보리나 생육기간이 짧은 고구마, 감자, 조, 메밀 등의 구황작물로 허기를 달래야 했던 힘든 달이었다.

4월은 꽃이 피고 새가 우는 시기이다. 5월에 피는 아카시아, 장미, 6월에 피는 밤꽃, 감꽃을 제외하고는 대부분의 꽃들이 4월에 펴서 산야는 꽃동산이 된다. 그리고 4월은 특이한 울음소리의 소쩍새(접동새), 산비둘기(멧비둘기)가 많이 울어대는 시기로 기억에 남아있다.

소쩍새는 올빼미 과에 속한 여름철새로 어두운 밤에 활동하는 맹금류인데 그 우는 소리는 홀로 사는 여인의 가슴을 저미는 애절한 소리다. 주로 초저녁에서 늦은 밤사이에 가까운 뒷산에서 긴 시간 동안 울어대는 '소~쩍~ 소~쩍~' 하는 특유의 소리를 들으면서 어렸을 적에 슬픈 꿈을 꾼 적도 있다.

소쩍새의 가슴 저미는 애절한 소리는 매서운 시어머니의 시집살이에 견디다 못해, 또 작은 솥 때문에 배가 고프고 굶어서 소쩍새가 되어 한이 서린 소리 '소쩍다'하는 울음소리를 낸다는 설화도 있다.

그런가하면 4월의 아침에 고단하여 늦잠을 자려고 하면 '구구~구구~~'하며 울어대는 산비둘기의 저돌적이고 반항적인 울음소리에 짜증을 내며 일어나곤 하였다.

순한 비둘기에게서 그러한 굵은 음의 저돌적이고 반항적인 울음소리는 어릴 적 시골에서 아침에 자주 들었는데 요즈음 그 소리를 집근처에서도 듣는 때가 있다.

　4월은 '가장 잔인한 달'이라고 어느 유명한 시인의 문명비판적인 시에서 표현하여 우리가 알고 있듯이 4월은 고단하고 배고픈 달이다. 그러나 삼라만상이 새 생명을 구가하고 아껴서 뿌린 씨앗이 소담한 결실을 가져오리라는 기대와 꿈을 갖는 희망의 시기이다. 이 4월에 피곤한 심신을 달래고 주린 배를 펴면서 희망의 노래를 힘차게 부르자.

금연

  금연이란 담배 피는 것을 금한다는 뜻으로 기왕에 담배 피는 사람은 담배를 끊고 담배 피지 않는 사람은 흡연을 시작하지 말라는 의미로 담배와는 인연을 끊으라는 강한 메시지를 내포하는 개념이다.

  사실 담배와 술은 성년들 특히 성년 남성들이 매우 즐기는 기호품이지만 건강에 미치는 나쁜 영향으로 인하여 각종 건강관리에 대한 설명이나 교육에서 금연과 절주는 항상 강조되고 있다.

  담배는 인간이 발견한 최상의 기호품이라고 주장하며 오랫동안 즐겨온 것에 대한 단절을 부단히 거부하는 사람도 있다.

  반면에 금연에 대한 생각은 있으나 깊이 중독이 되어 뿌리치고 빠져나올 용기와 인내가 없는 사람도 있다. 그러나 지나칠 정도의 흡연 습관을 가졌으나 시간이 지남에 따라 각자가 특별한 이유로 금연에 성공하여 흡연의 피해에서 벗어난 가까운 지인들의 금연성공 사례를 기뻐하며 지금도 생생히 기억하고 있다.

  선친께서는 40대 후반까지는 대단한 애연가이셨다.

  많은 논과 밭농사로 바쁘신 와중에도 뒷산에서 조금 떨어진 곳에 밭을 일궈 담배를 재배하셨다. 그중 대부분은 정부에 수매하였지만 사실은 당신이 흡연을 위해 필요한 담배를 확보하기 위한 수단으로 담배를 재배할 정도의 흡연가 이셨다.

그런데 두 딸들이 결혼하고 나머지 네 명의 아래 자식들이 서울에서 공부를 하게 되었고, 본인의 나이도 50대 후반이 되니까 '이제 자식들 뒷바라지에 건강을 잃으면 안 되겠구나!' 라는 마음이 들어 굳은 결심으로 금연을 시작하여 완전히 담배를 끊으셨다. 원래 본인 관리에 철저하였던 분이라서 금연도 확실하고 냉정하게 실천하시던 모습을 지켜보았다.

나의 직장 상사 한 분은 최고의 명문고와 대학을 나와서 건축기술사 자격도 보유한 유능한 사람이었다. 큰 건설회사의 임원으로 사우디의 외교 단지를 조성하는 대형 공사현장의 소장으로 일할 때 함께 근무하였다. 근무 중 개별적으로나 단체 회의에서 자주 만나게 되었는데 만날 때 마다 늘 담배가 입에서 떠나지 않을 정도로 심한 애연가였다.

3년 후에 공사를 마치고 귀국하여 의사인 큰 아들과 같이 살면서 여전히 흡연을 즐겼다. 그 후 몇 년 지나 손자가 태어났다.

자식들 기를 때에는 금연하라는 마누라나 누구의 말도 흘려들었던 고집스럽던 흡연 습관이 귀여운 손자를 생각하니 저절로 조심하게 되고 흡연할 경우는 반드시 집 밖으로 나가서 담배를 피웠다. 겨울이 되어 밖에 나와서 추위에 떨면서 담배를 피우다 보니 문득 자신이 너무 처량하게 생각이 되더란다.

자신도 모르는 사이에 중독이 된 해롭고 해롭다는 담배를 '이 고생을 하며 계속 피어야 하는가?' 하는 생각과 동시에 금연을 결심하고 독한 마음을 가지고 끊었다고 했다. 벌써 4년 동안 금연하여 흡연은 옛날의 추억이 되었다는 얘기를 들려주었다.

고교 동창생 중에 재학시절에는 얼굴만 아는 사이였는데 해외에서 함께 근무했던 고교 동문들 모임에서 만나 가까워진 친구가 있다. 그는 애연가라기 보단 흡연 중독자라고 할 수 있다. 가끔 여러 친구들과 집에서 만나서 철부지 아이들처럼 농담하며 게임을 즐기는 동안에도 담배를 태우기 위해 베란다에 수 없이 들락거렸다.

치아가 누렇게 되고 손톱까지도 변색 되었다. 한때는 금연을 위해 기도원에 들어가서 금식하면서 담배를 끊어 보려고 모질게 삼일을 견디는 고행을 하였으나 중독된 니코틴의 발광, 소위 심한 금단 현상으로 혼절하여 병원 응급실에 실려 가는 고통을 겪었다고 한다.

그 후에 니코틴에 자기 생명이 점유당한 것 같은 '한심한 느낌'을 가지면서도 아예 금연을 포기하고 지냈다. 이 친구를 보면서 흡연의 피해가 심각함을 느끼며 연민의 정을 느낀 적이 많았다.

그런데 이 친구가 복잡한 서울 생활을 접고 평소에 꿈꾸던 전원 생활을 위해 고향도 아닌 전남 진도로 귀촌을 하여 진도와 해남에서 3년여를 지내며 노력한 결과 드디어 금연을 성공했다고 한다. 이제는 편한 마음으로 해변 생활을 하고 있다고 하며 시간이 있으면 방문하기를 당부하는 반가운 소리를 들었다.

또 잘 아는 골초 사업가는 잘 되던 사업이 약간 고전을 겪고 있던 1994년 10월21일 성수대교 붕괴 사고 소식을 듣고 순간 섬광 같이 스치는 강한 느낌을 받아 단호히 금연을 하였다. 그의 모습을 보고 대단한 결단 이라며 내심 감탄도 했다.

나는 살면서 흡연은 시도조차 한 적이 없었지만 흡연자들이 느끼는 흡연의 매력은 많으리라 생각된다. 따라서 흡연을 터부시할 생각은 없다. 다만 흡연은 본인은 물론이고 가족이나 가까운 사람들에게도 간접적인 피해를 유발한다고 한다. 나아가 흡연자들의 대부분이 담배꽁초를 함부로 버리는 등 윤리의식이 없고, 한창 자라나는 어린 학생들이 흡연하는 등의 문제는 사회적으로 큰 해악이 될 수 있다.

내 주변엔 최근에 금연한 지인들이 많이 있다. 그러나 앞에서 금연사례를 언급한 분들이 금연하리라는 생각은 전혀 예상치 못했다. 특별한 애연가들이라서 '평생 동안 흡연을 즐기며 살겠구나.' 라고 생각했다.

인간은 나약한 존재로 흡연이나 음주와 같은 별로 이롭지 못한 생활 습관에 쉽게 빠져 대인 관계에서 불편이나 가정생활에서 불화를 겪는 경우가 많이 있다. 그러나 어떤 계기로 인하여 일단 결심하게 되면 흡연 등의 나쁜 습관도 결국은 극복하는 지혜와 결단이 있음을 보면서 사람에 대한 위안과 희망을 갖게 된다.

대화란 어려운 것이다

대화는 상대가 서로 마주 보면서 이야기를 하는 것으로 대화의 목적달성을 위한 공통분모를 찾아가는 쌍방의 노력이 있어야 원만해진다.

대화의 상황, 화법, 그리고 문화적 배경도 중요한 변수가 된다고 한다.

대화는 부모와 자녀, 친구와 친구, 스승과 제자, 상관과 부하, 주인과 고객, 의사와 환자 등 많은 경우가 있다.

많은 대화 상대 중 중요하지만 원만한 대화가 어려운 부모와 자식과의 대화를 중심으로 생각하여 본다.

자녀들이 잘못된 행동을 하거나, 옳지 않은 생각을 할 때에 부모는 자녀에게 자신의 잘못을 인정하게하기 위하여 대화를 한다.

그러나 그 과정이 매우 어렵다. 부모는 많은 관심과 진정성을 가지고 다가가지만 마음이 서로 어긋나고 진심이 제대로 전해지지 않는다. 대화를 하다보면 결국은 부모의 입장에서 대화가 진행되기 때문이다.

사실 자녀들이 부모와 생각이 다른 것은 자연스럽고 당연할 수 있다. 오히려 부모와 같은 생각을 하는 것이 비정상일 수도 있다.

살아온 환경과 시대가 다른데 자녀들의 생각이 부모와 같을 수는 없다.

그래서 자녀와 진지한 대화를 위해서는 부모가 먼저 자녀의 마음 속으로 들어가야 한다. 자녀의 수준에 눈높이를 맞추고 자녀의 마음을 헤아리며 이해 해줘야 한다.

조금씩 눈높이를 맞추고 대화를 하다보면 자녀는 자신의 잘못을 받아들이는 용기를 얻을 수 있다.

부모의 입장에서는 자녀가 자신의 잘못이나 실수를 느끼고 인정하며 그런 잘못을 되풀이 하지 않겠다는 마음을 갖도록 하는 것이 목적이다.

막연히 훈계나 질책을 하겠다는 의도로 대화를 시작한다면 자녀의 마음을 움직이기는 고사하고, 부모와는 말이 통하지 않는다고 판단하며 대화를 거부하게 된다. 그런 경우에 자식과의 대화는 의미가 없게 될 것이고 앞으로도 문제가 될 것이다.

나의 경우 자식들과의 대화를 할 필요가 있거나 대화를 하고 싶어서 단단히 결심을 하고 시작하여도 부모의 입장이 은연중에 나타나서 대부분 결말이 어색하게 끝나는 경우가 많았다. 이럴 경우에 내가 어렸을 때에 자주 방문하였던 '서울집 아저씨'를 생각했다.

'서울집'은 서울의 명문가문이 어려운 사정으로 아무런 연고가 없는 우리 동네로 이주하여 정착한 가정이다.

그 댁의 분위기는 어린 나에게 새로운 감동과 느낌을 받게 하였다.

그 분은 자녀들과 대화를 할 경우에 마치 친구들과 대화하듯이 부드럽고 자상한 말투로 말하기도 하고, 조용히 자녀들의 말을 경청하기도 한다.

그런 방법의 대화가 이루어지니 아들이나 딸 들이 아무런 망설임 없이 하고 싶은 말을 자연스럽게 충분히 할 기회를 갖게 된다. 마치 친구들과 정답게 소곤거리는 것과 같은 분위기였다. 아들이 둘, 딸 넷인 집안인데 아버지가 모든 대화를 자녀들 중심으로 이끌어 가니 아들이든 딸이든 부드럽고 진지한 분위기에서 대화를 하는 모습이었다.

그런 분위기에 자녀들이 자신을 가지고 매사에 자기표현을 잘하며 공부도 잘하고 친구들과의 교제도 원만하여 동네에서 인기가 많았다. 나는 그 집의 작은 아들과 같은 나이라서 친한 친구로 지내면서 자주 놀러 다녔다. 그런 관계로 그 댁의 분위기를 초등학교 때부터 알고 지내면서 그 가정의 분위기에 은연중 감동을 받으며 자랐다.

그런 영향이 있어서인지 특히 아들과 대화를 하는 도중에 큰소리로 꾸짖다가도 '서울집' 아저씨의 대화하던 모습이 떠오르면 마음을 가다듬고 평정을 회복하여 갑자기 부드러워 지는 말씨를 쓰게 된다. 이럴 때 아들은 순간 안도하다가 언제 또 아버지인 내가 역정을 낼까 두려워하는 모습을 보이곤 하였다.

자식에 대한 욕심과 집착이 많았던 나는 그것이 결코 좋은 것이 아님을 깨닫고 스스로 반성하도록 모범을 보여 주신 '서울집 아저씨'의 부드럽고 자상하심이 오늘까지도 나에게 큰 울림이 되고 있다. 나는 남들에게는 이해와 양보를 하는 편인데 유독 아들에게는 냉정하고 이해와 아량이 부족 했다.

아들과 격의 없는 대화를 하겠다고 다짐하고 마주앉으면, 어느 순간 다짐은 사라지고 역정을 내고 훈계하는 마음으로 변하여 불과 몇 분이 지나지 않아 우리는 벽과 마주하는 기분이 들며 대화가 중단됐다.

아들이 서른이 넘고 내 나이도 육십이 훨씬 넘은 몇 년 전에야 아들과 지난날의 잘못을 토로하면서 실로 의미 있는 대화를 하여 서먹했던 관계를 정리하고 남들과 같은 따뜻한 부자관계를 회복하였다.

요즈음은 아들도 마음속의 그늘이 사라지고 밝은 모습으로 생활을 하고 있다.

나의 부질없는 욕심과 집착이 아들의 마음을 얼마나 아프고 어둡게 했을까 생각하며 여러 번 반성을 하였다.

대화란 마음을 비우고 상대의 마음을 헤아리고 이해를 하려는 마음이 있어야 하지만 또한 순간의 재치도 필요함을 느낀다.

얼마 전에 읽었던 2차 대전의 인물들이 했다는 대화를 떠올려 본다. 영국의 처칠 총리가 미국의 루스벨트 대통령의 초청을 받고 미국에 회담 하루 전에 도착하여 호텔에 머물렀다.

아침에 가운 차림으로 면도를 하고 있는데, 총리께서 잘 머물고 있는지 궁금하던 루스벨트 대통령이 호텔을 방문하여 벨을 누르고 기다리니 면도중인 처칠 총리가 문을 여는 순간 몸에 두르고 있던 가운이 흘러 내려 알몸이 되었다.

"면도중이시군요? 미안합니다."

라며 멈칫하는 대통령에게 처칠 총리가 태연하게

"영국의 모든 것을 각하께 보여 드리려고 제가 알몸이 되었습니다."

라고 말하는 소리를 듣고는 루스벨트는 껄껄 웃으며

"그래요. 그러면 우리의 회담(대화)은 끝났네요."

라고 말했다는 내용을 생각하며 순간의 재치 있는 한마디가 대화와 소통에 활력을 불어넣는 중요한 계기가 될 수 있음을 깨닫는다.

대화란 중요하지만 매우 어려운 것임을 마음에 깊이 새기며 진지한 자세로 임할 때에 비로소 의미 있는 대화가 될 것이다.

인연

인연이란 사람들 사이에 맺어지는 관계라고 한다.

부모 자식 형제 친족 간의 혈연적인 관계, 지연과 학연으로 맺어지거나, 친구사이로 맺어지는 사회적인 관계 등 우린 살면서 많은 사람들과 다양한 인연을 맺고 살아간다.

나도 여러 인연으로 인하여 도움도 받고 기쁨도 느꼈고 때로 상처를 받고 피해도 당했지만 큰 의미를 갖진 않았고 인연이란 종교적으로 철학적으로나 사유하는 의미이겠거니 하고 지금까지 살아왔었다.

그런데 지난 4월26일 아끼던 후배이자 친구를 갑자기 하늘나라로 보내고 한통의 납골로 수거하여 납골당에 안치한 후에 인연이라는 의미를 많이 생각해보았다.

지금부터 45년 전, 1970년에 고교 후배를 통하여 대학입시 공부를 같이하고 있다는 한 사람을 소개 받았는데 그는 큰 키에 인물도 준수하며 매우 상냥하며 붙임성이 있고 좋은 인상을 가진 친구였다. 운동도 잘하고 모든 면에 재능이 있는 친구였다. 수학은 잘하는데 영어가 약하여 노력중이라고 하였다.

학원 강사가 좋은 대학에 입학하려면 착실히 일 년은 공부해야한다고 하였고 친구들의 권고와 그가 다니던 서울의 유명한 대입

입시학원 원장님의 추천으로 대학에 재학 중이던 내가 영어를 지도하기로 하였다. 그와 나는 친구이면서 선생과 제자로 일주일에 5일씩 그의 집에 오가면서 8개월 정도 영어를 지도하게 되었다.

이런 인연을 계기로 우린 오랜 기간 특별한 인연을 갖게 되었다.

일 년 후 같이 학원을 다니면서 공부했던 그와 그의 아홉 명의 친구들은 각각 그들이 원하던 대학에 입학하여 공부와 운동 그리고 취미 활동을 하면서 본격적인 대망의 대학 생활을 하였고 그는 특유의 친화력으로 선후배들과 다양한 활동을 하였다.

사교적인 성격이 아닌 내게

"형 공부는 다음에 하고 여행 갑시다."

"운동 합시다."

하면서 때때로 여러 활동에 참여를 독려하는 바람에 억지 춘향처럼 동참하기도 했다. 이때 나는 그의 아홉 명의 친구들과 같이 우정의 속삭임(Sound of Frendship : S.O.F)이란 모임을 결성하여 활동하고 '석란'이란 문예지도 발간하며 맘껏 사자후를 외치며 대학 시절을 보냈다.

대학을 졸업하고 군복무를 마친 후 직장 생활을 하는 동안은 서로 회사와 종사하는 업무가 달라서인지 한동안 연락이 뜸하였다. 더구나 내가 해외 건설 현장인 사우디와 미국과 인도네시아에서 해외 근무하는 동안은 우리의 특별한 인연은 멀어지나 생각했다.

6년 정도의 해외 근무를 마치고 귀국한 몇 년 후 나는 대기업을 떠나 중견기업인 폐유 재활용업체에서 근무하게 되었을 때 그는 쌍용정유(현재 S-OIL)에 근무하고 있었다. 폐유 재활용업체와 정유 업체는 원료의 조달, 제품의 판매에서 많은 관련이 있는 업종이다. 그는 내가 근무하는 회사에 필요한 벙커-C유나 경유 가격 등의 정보를 변동이 있을 때 마다 자료를 FAX로 보내주고 원료 조달을 위하여 그의 회사 책임자를 소개하여 주면서 나를 도와주려고 많은 노력을 하면서 선후배의 아름다운 인연을 계속 이어갔다.

몇 년 후 그는 S-OIL의 영남 지역 본부장을 끝으로 정년퇴임하고 그의 아내와 자녀가 있는 미국 LA로 떠나게 되어 연락이 어려워지면서 이어지던 좋은 인연도 이제는 멀어지겠구나 생각했다.

그러나 그는 이른 봄에 한국에 와서 사과나무를 가꾸고 가을에는 고구마를 캐어서 친구들에게 원가로 판매 하는 등의 농사일을 하다가 늦가을부터는 미국에 머물며 가족들과 지내다가 다음해 봄철에는 다시 귀국하여 농부가 되는 생활을 반복하였다.

그가 조금 한가한 여름철이나 친구들의 경조사가 생겨서 서울로 상경하면 우리는 급히 모임을 갖고 농사를 짓는 그의 그을린 건장한 모습을 보면서 반가워하며 우정을 이어나갔다.

1970년 처음 그를 만났는데 그는 그 당시 중견기업이던 문화연필 사장의 맏아들로 유복하게 자라서인지 자신감이 넘치며 친구들과도 잘 어울리고 테니스 야구 등 각종 운동에도 재능이 있었고 나에게는 각별히 "형, 형~" 하며 따라서 나 자신도 우쭐해진 기분이었고 다른 친구들에게도 그는 선망의 대상이었다.

그가 결혼하여 서울에서 남들과 같이 직장에 다니면서 생활하다가 그의 아내가 자녀들 (딸. 아들)의 교육을 위한다는 명분으로 미국으로 이민을 떠나게 되니 그는 혼자 지내며 소위 '기러기 아빠 생활'을 10여년 하면서 외롭고 어려운 삶을 살았던 사실을 나는 뒤늦게 알게 되었다.

직장 퇴임 후에 미국에 가기는 싫지만 가족과 계속 떨어져 살수 없는 사실에 고민하는 모습을 보며 나는 무조건 미국으로 가서 아내와 자녀들과 같이 살 것을 조언 했었다. 결국 미국으로 떠났기에 잘 되었다고 안도하였는데 고향과 물려받은 농토가 그리웠는지 농사철에는 혼자 귀국하여 소문 없이 지내곤 하였다.

그가 볼일이 있어서 서울에 온다는 통보를 받으면 '또 농사일 때문에 귀국을 하였구나.' 생각하며 거의 대부분의 친구들이 모이곤 하였다.

그 때마다 '가족과 여전히 떨어져 지내는 삶을 살고 있구나!' '다른 친구들에 비하여 유복하고 행복하게 자란 그가 어쩌다 이기적인 아내를 맞아 남 다른 고생을 하는가?' 생각하며 나는 늘 마음이 아팠다.

지난 2015년 4월 24일 나는 그날 형제자매들과 부모님 성묘 겸 고향 나들이로 고향인 충남 보령에 와서 성묘를 마치고 휴대폰을 열어 보니 S.O.F 모임친구인 장 회계사한테서 '원일이 심장마비로 서거. 시신은 서울로 운구 중' 이라는 청천벽력 같은 메시지를 받았다.

너무도 어이없어서 멍하니 하늘만 바라보다가 메시지를 보낸 친구에게 다시 확인하여 보니 부산에서 초등학교 친구들과 저녁에 술을 마시다가 어지럽다고 하며 화장실에 갔는데 오랫동안 오지 않아서 화장실에 가보니 쓰러져 있어서 일으켜보니 이미 운명하였다고 한다.

이제는 그토록 좋은 인연으로 40여년을 내 주변에서 맴돌던 원일이가 아주 먼 길을 떠났구나! 실로 허망하고 슬픈 일이구나! 혼자 많은 생각을 하며 우리 형제들과의 일정을 마치고 다음날 S.O.F의 친구들과 모두 모여서 삼성병원을 찾아 서글픈 현실을 확인하고 그

날과 다음날 발인 화장 납골안치 등의 모든 일정을 유족과 함께하고 정신없이 이틀을 보냈다.

실로 가까운 사이로 45년의 세월을 보낸 11명의 친구 중에 제일 먼저 유명을 달리하였을 뿐 아니라 마지막 장례식에도 참석치 못한 직계 유족인 그의 아내와 아들의 사연을 듣고는 형제들과 친구들이 주선하여 그의 마지막을 안타깝게 보낸 사실이 나를 비롯하여 모든 사람의 마음을 내내 아프게 하고 떠난 친구였다.

그의 아내는 한국에 나오면 다시는 미국에 갈 수 없는 불법 체류자라서, 아들은 군 입대를 기피하였기에 귀국하면 즉시 군에 입영을 해야 하기 때문이라고 했다.

이미 떠난 사람은 할 수 없고 남은 가족이 장래에 많은 불이익을 감수 할 필요는 없을 것이란 사실도 이해하지만 유복하게 태어나서 어린 시절을 잘 보냈던 그가 평생을 보살피고 헌신하였던 가족으로부터 마지막 갈 때 작별 인사도 받지 못하고 떠났구나 하는 생각에 그가 떠나고 몇 개월이 지난 지금도 여전히 허망함과 안타까움에 맘이 많이 아프다.

아마도 그를 좋아하고 아꼈던 마음과, 함께 했던 많은 추억이 있었기 때문이리라.

좋은 인연이란 시작과 함께 끝이 좋은 인연이다.

그와 나는 지연이나 학연, 또는 비슷한 나이 등의 관계로 맺어진 인연이 아닌 특별한 관계로 이루어진 참으로 소중한 인연이었는데 아까운 친구를 먼저 보내고 지금까지도 온 가슴이 시리고 아프다.

욕심이겠지만 홀연히 먼저 떠나 남은 사람에게 오랫동안 슬픔을 남기고 가는 인연이 없기를 소망하여 본다.

우정, 그 향기로운 빛

　우정이란 친구사이의 정情, 호감과 애정이 관련되어 있는, 서로 친밀한 사람들 간의 관계인데 그것은 유동적이고 자발적인 특성에 의하여 특징 지워지고 지속성과 강도에 있어서 매우 다양하기 때문에 손에 잡힐 듯 정확하게 구체화하기는 어려운 것이다. 그러나 많은 인간관계중 친구 간에 아름다운 우정은 남녀 간의 사랑관계보다 한 차원 높은 관계라 생각하며 역사상의 진실한 우정관계를 가졌던 인물들을 찾아보고 이를 반추하여 봄으로써 나를 돌아볼 수 있는 계기가 되었으면 한다.

　오스트리아 출신의 철학자이자 신학자이며 위대한 사상가인 이반 일리치(Ivan Illich 1926~2002)가 어느 인터뷰에서
　"현대의 과학 문명이 인간의 삶을 심각하게 조작하는 바람에 우정이 점점 희박해지고 있다"
　고 지적했다. 그리고
　"나의 존재가 누군가에게 선물이 되지 못하면 나는 온전한 인간이 되지 못한다고"고 강조했다.
　그의 표현에 따르면 우정이란 '서로에게 온 존재를 기울여 선물이 되어주는 마음, 그런 향기로운 관계의 빛'이라는 것이다.

그런 아름다운 관계의 빛을 다윗과 요나단의 이야기에서 찾을 수 있다.

사울왕의 아들 요나단은 그 당시 최고의 엘리트였고, 다윗은 시골 베들레헴 출신의 양치기였다. 다윗은 블레셋의 거인 골리앗을 죽인 후 국민들의 스타가 되었지만 그의 인기로 인하여 사울왕의 질투를 받아서 오히려 괴로운 인생이 되었다.

요나단은 친구의 목숨을 노리는 아버지, 최고의 권력자인 왕에게 맞서 친구 다윗을 보호한다. 요나단은 아버지에게 막말을 듣기도 하고 그의 창에 맞아 죽을 위기를 넘기기도 한다.

그래도 굴하지 않고 광야 산간 지대에 피신해 있는 다윗을 찾아간 요나단은 말했다.

"두려워하지 말게, 자네를 해치려는 나의 아버지 사울의 세력이 자네에게 미치지 못할 걸세. 자네는 반드시 이스라엘의 왕이 될 걸세."

하며 두 사람은 우정의 언약을 맺는다. 서로에게 격려해주고 기도해주는 우정! 이것이야말로 우정이 메말라가는 이 시대에 절실한 향기로운 빛이다.

또한 중국고사에 관중과 포숙의 아름다운 우정인 관포지교管鮑之交의 이야기가 있다. BC700년경 춘추시대 제나라에 같은 고을의 관중과 포숙이 살고 있었는데 포숙은 관중보다 몇 살 위였고 관중은 가난하고 포숙은 부자였다.

장사를 같이 할 때에 관중은 포숙을 속이기도 했지만 모른 체 하였고, 관중은 전쟁터에서 몇 번을 도망쳤지만 포숙은 관중을 비난하지 않았다. 관직에서 세 번이나 쫓겨났을 때도 포숙은 관중이 능력이 없기 때문이 아니라 운이 없었다고 두둔해 주었다. 전쟁의 와

중에서 운명이 바뀌어 춘추시대의 패자가 된 소백은 관중을 죽이라고 포숙에게 말하였으나 포숙은 소백을 간곡히 만류하여 자기의 재상자리를 관중에게 양보하였다. 포숙의 배려로 관중이 재상이 되어 소백이 춘추시대의 패자가 되는데 오히려 큰 기여를 하였다.

우리나라의 역사상 향기로운 우정관계도 많지만 그중에서 '오성과 한음'에 대한 이야기를 빠뜨릴 수 없다. 오성이 있는 곳에 한음이 있고 한음을 이야기 하려면 오성을 반드시 빼놓을 수 없을 만큼 두 사람은 바늘과 실 같은 절친한 사이였다.

그들의 우정은 어릴 때부터 계속된 의리의 우정이었으며, 두 사람 모두 영상까지 오른 명예로운 우정이었다.

같은 서당에서 공부하고 같은 해에 과거에 급제하고 같은 해에 결혼도 하였으며 나라의 잘못된 점을 바로 잡으려다 벼슬을 빼앗긴 점도 같았다.

오성 이항복(1556~1618 서인)은 '인목대비 폐모론'에 반대하다 유배되었고, 한음 이덕형(1561~1613 남인)은 영창대군 처형에 반대한 죄로 유배되어 각각 세상을 떠났다.

많은 점에서 닮은 두 사람은 나라가 어려운 때에 나라를 지킨 충신들로서 상대에게 온 존재를 기울여 선물이 되어준 우정이었다.

정적에는 친구는 말할 것도 없고 혈육조차도 없다고 하는데, 자기보다 능력 있다는 믿음을 가지고 친구의 목숨을 지켜준 요나단의 우정, 친구에게 재상의 자리도 양보한 포숙의 우정, 가문 관계로 정치적 입장은 달랐지만 위태로운 나라를 지키기 위한 충정은 한마음이 되어 서로를 지켜준 오성과 한음간의 진정한 우정은 상대에게 오래도록 온 존재를 기울여 선물이 되어 주는 향기로운 관계라

할 수 있다. 우정은 언제나 상대를 진정으로 사랑하고 서로를 아껴주고 양보하는 아름다움이다.

어려울 때 고통을 함께하고 기쁠 때에 더불어 기뻐하며 비가 올 때에 우산을 받쳐주기 보다 함께 비를 맞아 주는 것이다.

이제 삶의 황혼에 접어들고 있는 이때에 나에게 과연 진정한 우정을 나눌 수 있는 친구가 있는지, 내가 그런 친구가 될 수 있는지를 깊이 생각하면서 나를 되돌아본다.

믿음과 승부

운동이나 게임에서 승부는 갈고 닦은 기술적인 면에서 뿐 아니라 심리적인 측면과 혼연 일치가 되었을 때 얻을 수 있는 결실이라 생각 된다. 승리는 일시적인 기교나 행운으로 얻어지는 것이 결코 아니다.

복싱의 전설, 영원한 복싱 세계챔피언이라는 수식어를 가졌던 무하마드 알리(1952~2016년)도 현역시절 헤비급 세계챔피언 벨트를 여러 차례 뺏기는 수모를 겪었다. 그는 자신이 참패했던 경기를 회고하며 한 가지 공통점이 있다고 고백했다고 한다. 패했던 경기마다 '이번에 경기에서 질 수도 있지 않을까?' 라는 의심을 품고 경기에 임했다는 것이다.

우리는 불가능이란 부정적인 생각을 떠올릴수록 자신감을 잃게 된다. 반면에 경기에서 '이번에는' 이라는 자만심을 갖는 순간 승부에서나 정상으로 치닫던 기록이 순간적으로 무너져 버리는 경우를 경험한 적이 있을 것이다.

골프에서 싱글 스코어를 기록하는 것은 모든 아마추어 골퍼들이 동경하며 소망하는 것이다. 그러나 싱글 스코어(기준타수+ 한자리 숫자)를 기록하는 것은 긴 거리에서의 장타, 짧은 거리의 정확한 샷, 그

린에서의 홀컵 공략 이라는 다양한 경험과 실력이 겸비되어야 하는 골프의 특성상 그리 쉬운 것이 아니다.

그런데 그날따라 선전하여 좋은 기록이 유지되고 있으며, 동반자들로부터 싱글이 가능할 것 같다는 격려를 듣는 순간 욕심과 긴장이 엄습하여 '벌타'를 범하게 되어서 싱글의 기대는 한 순간에 무너지는 경험을 많이 갖게 된다.

또한 볼링의 경우도 그렇다. 볼링은 실내운동으로 나름의 재미가 있어서 동호인이 많은 운동이다. 12차례 연속의 스트라이크를 퍼펙트(300점)라고 하는데 제아무리 볼링 애호가라도 이것을 달성하기는 매우 힘들기 때문에 많은 애호가들이 노력하며 도전한다.

그러나 일주일에 한두 번 즐기는 사람들은 보통 200점을 목표로 한다. 사실 200점 달성하는 것도 매우 어렵다. 3번 연속 스트라이크(터키)를 하고 기타의 경우 '스페어'를 하면 가능하기에 대부분 200점 정도는 희망한다.

어떤 경우에는 릴리스가 안정적으로 잘 되어 200점이 가능하겠구나. 그런 생각이 찾아든 순간에 지나친 집중력으로 긴장하게 되면 악마의 저주인 핀이 일직선상에 놓이는 스플릿이 나와서 200점의 기대가 일순간 무너져 버린다.

사실 선수 아닌 일반인들도 골프나 볼링에서 충분한 실력이 있고 강한 믿음과 승부욕이 있으면 긴장감을 뛰어넘어 목표 달성을 할 수 있다. 그러나 연습이 부족하고 실력과 기술이 미치지 못하는 데도 우연히 잘 되다가도 실수가 자주 나타나는데 이것은 아직 실력이 부족함에도 욕심을 내며 요행을 바라기 때문이다. 운동은 개인에 따른 감각의 차이는 있지만 노력한 만큼의 결과가 비교적 진실하게 나타나는 활동이다.

벤쿠버 동계올림픽(2010. 2. 12. ~ 2. 18)하면 피겨스케이팅의 김연아 선수를 연상케 한다. 여러 가지 여건상 사실 피겨스케이팅은 우리 한국선수들에게는 감히 금메달은 고사하고 메달 권에 진입하는 것도 사치스러운 희망이었다.

그런데도 어려운 여건에서도 꾸준히 노력한 김연아 선수는 기량이 날로 향상하여 벤쿠버에서 역대 최고의 점수로 금메달을 수상한 스타중의 스타였다.

벤쿠버 동계올림픽 전까지만 하여도 1990년생 동갑내기인 귀여운 용모의 일본 선수인 아사다 마오가 기록에서 약간 앞서 있었다.

사실 이 종목은 미국, 캐나다, 일본, 러시아 등이 올림픽 우승을 누리는 강국들이었다. 이런 세계의 경쟁 판도에 변방나라 한국의 김연아는 혜성같이 나타난 출중한 선수였다.

김연아 선수가 벤쿠버 올림픽 출전을 위하여 출국하던 때에 유력한 메달후보라서 언론사들이 인터뷰를 요청하여 카메라에 나와 인터뷰하는 모습을 보게 되었다.

"올림픽에 임하는 각오와 일본의 아사다 마오 등의 경쟁이 예상되는 선수들에 대한 준비는 되어있는가?"

라는 질문에

"나는 경쟁관계에 있는 선수나 관중을 의식하지 않고 즐긴다는 마음으로 최선을 다하겠다."

라는 의미 있고 당찬 인터뷰를 하는 모습을 보고는 기량이 있는 아사다 마오 등의 경쟁 선수들에게 이번에는 김연아 선수가 결코 뒤지지 않을 것이란 생각이 들었다.

"천재는 노력하는 자에게 못 이기고 노력하는 자는 즐기는 자에게 못 이긴다."

라는 명언이 있다. 김연아 선수가 이 명언의 의미를 잘 알고 한 인터뷰였는지는 모르지만 그가 말한 대로 김연아 선수의 당찬 마음가짐과 거의 완벽한 연기는 메달을 노리던 훌륭한 선수들은 더 이상 경쟁 상대가 아니었다.

이길 수 있다는 강한 믿음이 있고 침착하고 승부욕이 강한 사람에게 승리의 여신은 언제나 함께함을 무하마드 알리나, 김연아 선수의 경우에서 잘 나타나고 있음을 본다.

김연아 선수가 주위를 의식하지 않는 당찬 성격의 소유자라면 라이벌 이었던 아사다마오 선수는 큰 대회에 부담을 가지고 주위를 의식하는 성격의 소유자인 것 같다.

반면에 권투의 알리 선수는 기량이 뛰어나서 대개는 상대를 제압할 수 있으나 악착같은 승부 근성이 부족하여 어떤 경우에는 상대에게 질 수도 있겠다는 약한 마음으로 임하여 챔피언 벨트를 여러 차례 빼앗겼을 것이란 생각이 된다.

충분히 준비하고 훈련을 했음에도 불구하고 부정적인 생각들이 내 땀과 노력을 의심하게 만든다. 불가능할 것 같은 일도 '할 수 있다'는 자신감이 있는 사람들에게는 불가능은 다만 시간이 조금 더 걸리는 문제일 뿐이다.

물론 모든 것이 가능할 수는 없다. 그러나 당신이 할 수 있는 최선을 다하였다면 당신의 땀과 노력을 믿어야 한다. 믿는 자에게 강한 정신력도, 경기를 즐길 수 있는 여유도 가지게 되어 불가능을 가능으로 바꾸는 기적이 나타날 수 있는 것이다.

인생의 모진 바람들을 이기는 방법

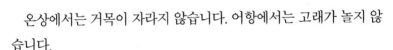

온상에서는 거목이 자라지 않습니다. 어항에서는 고래가 놀지 않습니다.

비가 내리지 않으면 무지개를 볼 수 없습니다. 거친 파도 없이 유능한 사공이 나오지 않습니다. 바람에 흔들리지 않고 피는 꽃은 없습니다.

어느 학교에 불이 나서 교실이 전소되었습니다. 그런데 불에 그슬려 시커멓게 되었을 뿐 타지 않은 기둥 몇 개가 있었다고 합니다.

이상하여 어떤 일인가 알아보았더니, 해변에서 거센 폭풍을 이겨내며 자란 나무였다고 합니다.

바이올린이나 첼로, 기타를 만들 때 가장 좋은 목재로 인정받는 나무는 1,500미터 이상의 높은 고지에서 성장한 나무라고 합니다. 모진 비바람과 찬 서리, 싸늘한 눈 속에서 자란 나무이기에 그 어떤 나무보다 아름다운 소리를 낼 수 있는 것입니다.

이스라엘 국기에 다윗의 별이 그려져 있을 만큼, 다윗은 역대 왕 중에서 가장 위대한 왕으로 칭송받고 있습니다. 그러나 다윗만큼 많은 바람을 맞은 사람도 없을 것입니다. 다윗은 형제의 바람을 맞으며 성장하였습니다. 사무엘이 8형제 가운데 한 명을 왕으로 기름 부으려고 할 때 형들은 다윗 혼자 남아 양을 치게 했습니다. 무시당하며 자랐지요.

다윗은 사울 왕의 세찬 시기와 바람을 맞으며 핀 꽃이기도 합니다. 골리앗을 무찌른 뒤 백성사이에 인기가 높아지자 사울왕은 그를 죽이려고 하여 이때부터 다윗은 쫓겨 다니는 신세가 되었습니다.

자녀들로부터 분 바람도 만만치 않았습니다. 아들 압살롬은 아버지를 죽이고 왕이 되겠다며 반란을 일으켰습니다. 다윗은 대항하지 않고 도망가서 노숙하면서 살았습니다.

그러나 다윗에게 있어 가장 큰 바람은 유혹의 바람이었습니다. 그는 유부녀인 밧세바를 얻기 위해 그 남편을 죽이기까지 했습니다. 다윗에게 밧세바와의 바람은 평생 아픈 흔적을 남겼습니다.

이처럼 다윗은 수많은 바람에 몹시 흔들렸지만 역사상 가장 위대한 왕으로 꽃을 피워 나갔습니다. 그 비결이 있습니다.

"내가 하루 일곱 번씩 주를 찬양하나이다."(시편119:164)

다윗은 철저한 회개로 하나님의 용서를 받았고, 죽을 때까지 성령을 통하여 마음을 다스리며 같은 죄를 반복하지 않았습니다.

흔들리지 않고 피는 꽃은 없습니다. 기도와 성령에 의지함으로 인생의 모진 바람들을 이기고 우뚝 서는 아름다운 거목이 되기를 바랍니다.

세상에서 가장 아름다운 것들

세상에서 가장 아름다운 것은 곱게 화장한 얼굴이 아니라 언제나 인자하게 바라보는 소박한 어머니의 모습입니다.

세상에서 가장 아름다운 손은 기다란 손톱에 메니큐어를 바른 고운 손이 아니라 따스한 손으로 정성스럽게 보살펴 주는 어머니의 주름진 손입니다.

세상에서 가장 큰 힘을 주는 것은 언제나 든든한 언덕이 되어 주는 아버지의 투박한 거친 손입니다.

세상에서 가장 값진 것은 사랑을 나누고 베풀 줄 아는 넉넉한 마음입니다.

세상에서 가장 소중한 것은 작은 것이라도 아끼고 소중히 여길 줄 아는 검소함입니다.

세상에서 가장 기쁜 것은 사랑입니다. 부모 자식 간의 사랑, 부부 간의 사랑, 연인들의 사랑, 사랑이 없는 곳에는 기쁨과 행복이 없습니다.

세상에서 가장 아름다운 소리는
"당신을 사랑합니다."
"당신이 있어 행복합니다."
이 보다 더 듣기 좋은 소리는 없을 것입니다.

세상에서 가장 중요한 것은 마음가짐입니다. 언제나 긍정적인 생
각으로 살아가려는 마음가짐은 늘 평안과 안식을 줍니다.

세상에서 가장 당당한 것은 진실입니다. 진실한 말 한마디로 믿
음을 주게 되고 마음을 열어 기쁨을 줍니다.

제3부

기행문(보고 들은 것들)

조상의 숨결을 찾아서(부여)

원래 여행이란 우리에게 기쁨과 설렘을 준다. 일단 일정이 결정되면 그 시간부터 어린아이와 같이 날짜를 세며 목적지에 대한 지리적 문화적인 조사를 하고 옷가지를 준비하며 부산을 떨기 시작한다.

그것도 이번 여행은 역사 탐방이요 혼자나 부부간의 여행이 아닌, 남에 대한 배려와 친절이 몸에 밴 아름다운 공동체인 교회 선교회의 많은 인원이 함께하는 목적이 확실한 여행이라서 초등학교 시절의 소풍만큼이나 기다리던 여행이었다.

많은 사람의 소망에 부응이라도 하듯 일기는 계절의 여왕이라는 5월의 전형적인 날씨였다. 두 대의 승합차에 나누어 타고 앞서거니 뒤서거니 하면서 서울에서 3시간 정도를 가니 어느덧 백제의 도읍지인 부여에 도착하였다.

부여는 백제의 성왕이 웅진(공주)에서 기원후(AD) 538년 사비(부여)로 천도하여 660년 멸망할 때까지 6대왕 123년간 유지한 백제의 마지막 수도였다.

우리나라의 도읍지는 부여 이외에 고구려의 왕검성(평양), 신라의 서라벌(경주), 고려의 개경(개성), 이조의 한성(서울) 등이 있었다. 이중 부여는 그 존속기간이나 유물 유적 등에서 다른 어떤 도읍지에 견줄 바 못 되어 부여에 대한 역사기행문을 쓴다는 것은 내용이

다소 빈약하고 궁색할 수 있다.

오랜 도읍지였고 한때는 찬란한 문화의 꽃을 피워서 바다 건너 일본에 문화를 전승하였던 민족의 자부심을 갖게 하였던 점과 작은 것을 귀히 여겨야 한다는 사랑의 공동체 발길이다 보니 오히려 부여 기행이 매우 좋은 선택일 수 있다는 희망을 가져본다.

1. 궁남지宮南池

부여에 도착하여 우선은 궁남지宮南池를 찾았다. 이는 백제 무왕 때 궁궐의 남쪽에 만든 큰 연못인데 삼국사기에 의해 궁남지라 부른다고 한다.

현재 알려진 우리나라 최고最古의 궁원지宮苑池로, 조성 기록이 명확히 알려져 있을 뿐 아니라 백제의 조경기술과 도예문화의 수준을 엿볼 수 있는 중요한 유적으로 연못 주변에서 토기와 기와 등 백제시대의 유물이 출토되고 있다고 한다.

때맞춰 연꽃이 아름답게 피어나고 있었다. 현재는 10,000여평 정도 되지만 원래는 이보다 훨씬 넓었을 것이라고 한다.

인공 연못으로 그 당시 백제의 조경과 토목 기술이 상당하였고 출토된 토기와 기와 등에서 비교할 때 백제 문화가 고구려, 신라나 왜의 문화에 비해 손색이 없었으리란 생각에 만만치 않은 역사기행일 수 있을 것이란 기대를 가져 본다.

2. 부소산성扶蘇山城

다음으로 찾은 곳은 부여의 상징이라고 알려진 고란사와 낙화암이 있는 부소산성이다. 1963년 1월 사적5호로 지정된 성곽이며 토석 혼축 산성으로 성의 길이는 2.5km로 백제가 이곳으로 천도하여 멸망할 때까지 123년간 국토를 수호한 중심산성이다. 현재 남아있는 성곽은 크게 3개로 구분되어 있으나 이 가운데 계곡 전체를 둘러싼 포곡식 산성만 백제시대의 것으로 발굴 조사결과 확인되었다고 한다. 이곳의 중요한 유적으로는 고란사, 낙화암, 고란정, 사자루 등이 있다.

3. 고란사, 고란초, 고란정

고란사皐蘭寺는 충남 문화재 자료 제98호로 대한불교 조계종 제6교구 본사인 마곡사의 말사이다. 자세한 창건 기록은 없으나 백제 멸망과 함께 소실된 절을 고려시대에 백제의 후예들이 3천 궁녀의 원혼을 위로하기 위하여 중창하여 고란사皐蘭寺라 불리게 되었다고 한다.

고란초皐蘭草는 양치식물로 고란초과에 속하는 상록 여러해살이 풀이다. 산지의 그늘진 바위틈에서 자라는데 한국, 일본, 중국, 타이완 등지에 분포하며 지금까지 고란초 자생지는 부여에서 처음 발견되었다.

한방에서는 뿌리를 제외한 식물 전체를 약재로 쓰며 종기와 악창에 효과가 있고 소변을 잘 보지 못할 때도 사용한다고 한다. 이 고란초는 고란사를 찾는 관광객으로 인해 거의 사라지고 지금은 높은 곳에만 남아 있다고 한다.

우리 일행은 고란정 위쪽 절벽 높은 곳 깊숙이 몇 그루가 수줍게 자생하고 있는 고란초를 발견하고 스마트폰 카메라로 찍어 보려 하였으나 사진에 잡히지 않았다.

고란정高欄井은 고란사 뒤편의 고란초가 자생하는 바위 절벽 밑에서 솟아나는 약수가 있는 곳을 말한다. 백제 시대의 임금님이 항상 고란사 뒤편 바위틈에서 솟아나오는 약수를 즐겨 마셔 매일 같이 사람을 보내어 약수를 떠오게 하였는데 마침 약수터 주변에서만 자라는 기이한 풀을 고란초라 하고 약수를 떠오는 사람이 고란초의 잎을 하나씩 띄워 오게 함으로써 고란 약수라는 것을 증명하게 하였다고 한다. 임금님은 약수를 즐겨 마셔 원기가 왕성하고 위장병은 물론 감기도 안 걸리고 사셨다고 한다.

4. 낙화암落花巖

낙화암은 충남 문화재 자료 제 110호로 의자왕 20년 서기 660년 사바성이 나당연합군에 의해 함락되어 백제 700년의 역사가 그 운명을 다하던 날 흔히 3천 궁녀로 일컬어지는 수많은 백제 여인들이 적군에 잡혀가 치욕스런 삶을 사느니 차라리 푸른 백마강에 몸을 던지겠노라며 망국의 서러움을 안고 부소산 서쪽 절벽에서 꽃잎처럼 떨어진 곳이다.

그 당시는 백마강이 물이 많고 깊어서 푸른 백마강이라고 하였나 보다.

백제 말기 도읍지의 인구를(기록상에는 45,000여명이라고 함) 감안하여 볼 때 3천 궁녀라는 숫자는 불가능한 숫자며 삼국사기나 삼국유사 어디에도 없다.

다만 이조시대 문인 김흔(1448-?)이 지은 '낙화암'이란 시, 그리고 민제인(1493-1549)의 시 '백마강부'에 3천에 대한 구절이 나오는데 본격적으로 3천 궁녀가 알려진 것은 일제강점기 대중가요 가사 중에 3천 궁녀에 대한 것들이 들어가면서부터였다. 어쨌든 후대의 문인들에 의하여 지어낸 허구일 것이라 생각해 본다.

기원전 950년경 세상의 다른 어떤 왕보다도 부와 지혜가 뛰어나 가장 호사스런 삶을 살다간 솔로몬(BC973-932)도 후비가 700명, 첩이 300명 등 1천 여 명의 처첩을 두었다는데 약 1500여년 후 동방의 조그만 나라 백제의 의자왕(AD595-660)이 3천 궁녀를 거느렸다는 허세와 허풍은 가히 대단한 것이 아니겠나?

역사란 승자의 입장에서 기록되는 것인데 신라와 고려가 호족과 백성들에게 승리를 과시하기 위하여 지어낸 과장된 숫자에서 연유된 것일 수도 있다.

그대로 떠나긴 아쉬워 이정표 비석에 새겨진 춘원 이광수의 '낙화암'시를 적어본다.

> 사자수 내린 물에 석양이 빗길제, 버들 꽃 날리는데 낙화암이란다.
> 모르는 아이들은 피리만 불건만, 맘 있는 나그네의 창자를 끊노라
> 낙화암 낙화암 왜 말이 없느냐.

5. 선착장 유람선

일행과 같이 3천 궁녀의 낙화암, 고란초가 서식하는 바위, 절벽의 고란약수를 뒤로 하고 비탈길을 내려서 선착장에 도착하니 관광객이 많았는데도 이미 대기하고 있는 유람선 황포돛대를 타고 백마강을 10여분 동안 유람하여 구드레 나루터에 도착하였다. 부소산을 휘돌아 흐르는 백마강에는 백제시대의 중요한 국사를 의논하였다는 천정대, 낙화암, 조룡대, 대재각, 스스로 따뜻해졌다는 자온대가 있다.

백마강 유람선을 타고 올려다본 고란사의 정자와 낙화암, 백화정 등 부소산의 모습은 무척 아름다워서 유람선은 역사지 관광의 중요한 일정인 것 같다.

백마강은 부여군 규암면 호암리 천정대에서 세도면 반조원리까지 16km의 금강 하류 구간을 일컫는 명칭이다. 전에는 흐르는 물이 적어서 유람선 운행이 어려웠으나 지금은 부여보夫餘保를 쌓아서 물이 풍부하여 옛날의 푸른 백마강의 모습을 찾은 듯하다. 여기서 유람선에서 흘러나오는 애절한 노래 '백마강 노래'를 불러 본다.

> 백마강에 고요한 달밤아
> 고란사에 종소리가 들리어 오면
> 구곡간장 찢어지는 백제 꿈이 그립구나
> 아- 달빛어린 낙화암의 그늘 속에서
> 불러보자 삼천 궁녀를

백제 멸망의 슬픈 사연을 담은 노래들이 연신 울려 퍼지니 아름다운 경관도 잠시, 나라 잃은 서러움이 내 마음속에 애절하게 다가오는구나!

6. 부여국립박물관

1975년 8월 국립부여박물관으로 승격(대통령령 7745호)되어 1993년 8월 현재의 박물관으로 이전 개관하고 2014년 8월 상설전시실로 전면 개편하여 오늘에 이른 국립박물관이다.

제1전시실 - 백제 선사문화의 보고를 전시하였다. 석기, 청동기, 철기시대의 유물을 시대별로 전시하였는데 상당한 기간 동안 땅에 묻혔던 터라 부식이 심하고 잘라지거나 떨어진 상태가 심하여 오랜 역사를 실감하였다.

제2전시실 - 공예기술과 종교문화를 재인식할 수 있는 전시실로 특히 이 박물관의 대표유물인 백제금동대향로(국보 287호)가 전시되었다. 배제인의 종교나 세계관을 예술로 승화한 수많은 내용을 담고도 조화로움을 느낄 수 있는 백제인의 예술성의 진수를 느끼게 하는 걸작품이다.

무엇보다도 부식 되거나 마모되지 않고 온전한 상태로 발굴되었는데 이는 멸망할 때 누군가 진흙뻘 속에 숨겨서 공기를 차단하였기 때문이라고 한다.

제3전시실 - 공예기술과 건축 감각의 조화를 볼 수 있는 곳이다.

기증 유물실 - 부여국립박물관은 기증 유물이 특히 눈에 띄었다. 사실 개인이 소장하고 있으면 그 가치가 미미할 것이나 유물로써 전시하니 뜻있는 분들의 문화재 사랑을 마음에 새기게 하였다.

우리는 박물관 관람을 끝으로 부여의 역사기행을 마치고 나름대로의 느낌을 가득히 가지고 부여를 찾아오길 잘했다는 생각을 하며 서울을 향하여 차창으로 보이는 경관을 뒤로 하고 부여를 떠났다.

백제는 잃어버린 왕국이라 불리며, 700년 가까운 장구한 역사를 가지고 있었지만 영광보다는 비장함과 애잔함으로 우리에게 다가오는 나라다.

외세의 침입으로 멸망해서 한반도에서 일찍이 사라진 나라로, 고증이 어렵지만 그 당시 그들의 문화는 동족인 고구려와 신라에 비하거나 이민족인 왜나 당나라에 견주어도 한 발 앞선 듯 화려한 문화를 남긴 우리의 조상이다.

그 유적을 꾸준히 발굴하여 애잔함을 연상하는 나라와 지역이 아닌, 공주의 무령왕릉, 부여의 백제금동대향로의 유물에서 볼 수 있듯이 그 당시에도 동남아 및 아랍과도 활발하게 교역하여 찬란한 문물을 꽃피웠던 본래의 모습을 찾아야 하는 것이 후손들이 해야 할 몫이다.

최근에 부여 관북리 유적과, 부소산성, 능산리 고분군, 정림사지, 나성, 공주의 공산성, 송산리 고분군, 익산의 왕궁리 유적, 미륵사지 등의 백제유적지구가 유네스코 세계유산으로 등재되었다.(2015년7월 4일)

역시 객관적인 가치를 인정하는 국제기념물유적협의회(ICOMOS) 의 안목과 우리 정부의 노력에 찬사를 보낸다.

대만을 다녀오다(민주주의 동반자)

　동남아를 여행하고자 하면 대부분 태국이나 필리핀 베트남 등을 생각한다.

　그러나 그런 곳은 대체로 한번은 다녀왔기에 모처럼의 여행이어서 가깝지만 가본 적이 없는 대만을 선택하였다. 대만은 여행지로는 별로 찾지 않는 곳이지만 그저 가깝고 처음 방문지라는 이유로 큰 기대나 흥분 없이 떠난 여행이었다.

　그러나 대만에 도착하고 보니 관광객이 예상외로 많았고 왜 그런지 일본의 차가 모든 도로를 점령하고 있는 것을 보고는 대만에 대하여 많은 관심을 가지고 이번 여행을 하게 되었다.

　사실 대만은 2차 대전 이후 민주주의와 공산주의 이념이 첨예하게 대립되는 시기에 남한을 열심히 지지하여 민주주의를 사수하는데 힘든 과정을 함께한 혈맹의 동지였다.

　그러나 중국의 부상으로 우리나라가 부득이 중국과 수교함에 따라서 국교를 단절하게 되어 대한민국을 의리를 모르는 배신자로 취급하여 관계가 악화되었다가 최근에 대표부를 설치하여 국교를 회복하게 되니 관광을 즐기는 한국의 관광객에게 새로운 관광지로 부상이 되는 것 같다. 대만은 작은 섬나라지만 관광자원이 상당한 나라임을 알게 되었다.

1. 대만의 지리와 역사

대만은 남한 면적의 1/3, 인구는 남한의1/2 (2,330만명) 국민소
득은 이제는 우리 남한보다 약간 많은 U$35,510 수준인 나라다.

대만은 지질 구조상 유라시아판의 끝자락 경계면에 자리 잡고 있
다. 필리핀의 해양판과 유라시아판이 충돌함으로 인하여 해면이 지
상으로 융기되어 이루어진 섬으로서 서북부의 바닷가 에는 물고기
종류의 화석을 쉽게 볼 수 있고 퇴적층의 특이한 지질구조를 관찰
할 수 있다.

태평양에 면한 동쪽은 지형이 험하여 우리나라 백두산 보다 높은
해발 높이가 2,800m 이상인 산도 몇 개나 있다고 한다.

화산 활동도 있고 지진이 심하여 2016년에 진도 6.4의 강진으로
사망자가 46명, 실종자 100여명이 있었고, 지난 2016년 4월28일 본
인의 여행 중 밤10시경 호텔에서 취침을 하려는 와중에 심한 진동
에 놀라서 호텔 로비에 손님들이 몰려든 적이 있을 정도로 지진이
잦은 불의 고리지역이다.

그래서 일본 못지않게 건물을 지을 때 내진 설계를 완벽하게 한
다고 한다. 그런 면에서 인접국 일본이나 대만 같은 섬나라 비하여
지진의 피해가 비교적 없는 우리나라는 유라시아 대륙판에 붙어 있
기 때문이 아닌가 생각하며 우리 한반도는 축복 받은 나라라는 생
각이 든다.

대만의 역사는 크게 16세기 이전시기, 네델란드 식민지시기, 정
씨왕조시기, 청나라시기, 일본제국 식민지시기, 중화민국시기로 나
눈다. 타이완은 구석기, 신석기시대에 사람이 거주한 것으로 추정이
되지만 그 역사가 문헌상으로 본격적으로 등장한 것은 1624년 네델

란드 상인들이 타이완 섬에 진출하여 점거하면서 부터라고 한다.

물론 그 이전시기에도 타이완 원주민들이 정착하여 생활하여 왔다. 한족漢族이 본격적으로 타이완에 이주한 것은 17세기 명나라 말부터 유럽인들이 타이완 섬을 점거하면서 시작되었고 그 이전까지는 원주민들의 섬이었다.

1590년 유럽인으로는 처음으로 포르투갈 사람들이 타이완 섬에 내렸으나 정착하지는 않았다. 그때 포르투갈 선원들이 초록으로 덮인 타이완 섬을 보고 포르투갈어 Ilh Formosa('아름다운 섬'이란 뜻)라고 이름을 지었는데 지금도 유럽이나 미국에서는 타이완 섬을 '포르모사'라 부른다고 한다.

네델란드 시대 - 1624년(이조 인조2년) 평후제도膨湖諸島를 점거하던 네델란드 상인과 명나라 군대는 네델란드의 동인도회사가 평후제도를 포기하는 조건으로 타이완 섬의 서남부에 상업 지구를 건립하는데 합의하였다. 네델란드 사람들은 열란차성(현재의 타이난 시 일대)에 통치기구를 두고 쌀과 설탕 등의 플랜테이션 경작을 위해 중국의 푸젠성福建省 해안 일대의 주민들을 타이완의 토지개간을 위해 이주 모집을 하였는데 이때부터 한족들이 타이완으로 이주하기 시작하였다.

1626년에는 에스파냐인 들이 타이완에 들어와 타이완 섬 북부 일대를 차지하고 산살바도르 성을 세웠고 그 후에 지역을 넓혀 산도도밍고 성을 세웠다. 이처럼 비슷한 시기에 타이완 섬에 진출한 네델란드 세력과 에스파냐 세력 간에 경쟁과 알력이 있었는데 1642년 네델란드 사람들은 에스파냐의 타이완 내 점령지를 공격하여 빼앗고 에스파냐 사람들을 타이완에서 몰아냈다. 네델란드가 타이완 섬을 점령해 식민지배한 목적은 중국, 일본과 동남아 등에서 무역우

세를 점하고 타이완을 거점으로 네델란드의 동인도회사가 아시아 전역으로 뻗어나가기 위한 것으로 볼 수 있다.

네델란드의 타이완 섬 통치는 1662년 정성공에 의해 축출될 때까지 38년간 이어졌다.

정씨왕조 시기 – 정씨 왕국은 1662년 남명 건평 때 정성공鄭成功의 군대가 타이완에서 네델란드의 군대를 몰아내면서 시작되었다. 1644년 명나라가 만주족이 세운 청나라에 의해 멸망되었지만 명황제의 유신들은 반청복명의 구호를 내걸고 청나라에 저항을 계속하였는데 그 지도자중 하나가 정성공이었다.

정성공이 네델란드 인들로부터 타이완 섬에서의 철수와 타이완 섬의 모든 권리를 이양 받아 타이완 역사상 최초로 한족 정권을 수립하였다. 정성공은 타이완을 청나라에 대항하는 거점으로 활동하였지만 1662년 병으로 급사하고 아들, 손자 3대에 걸쳐서 타이완을 통치하였으나 통치 21년만인 1683(이조 숙종10년) 청나라 군대에 의해 막을 내리게 되었다.

청조시대 – 청淸나라는 타이완을 복속시킨 후 푸젠 성福建省의 관할 아래 두었다. 청나라에 병합 이후 중국대륙에서 타이완 섬으로 이주하는 한족漢族의 수는 폭발적으로 증가하였는데 그 대부분이 타이완과 지리적으로 가까운 푸젠성 남부와 광동성 동부 출신이었다.

청 정부는 공식적으로 대만 이민을 금지하였으나 실효성이 없어 1732년 이민 제한을 해제하였다. 현재 타이완 주민의 85%를 차지하는 한족계본성인은 대부분 이 시기에 타이완에 이주한 한족의 후손들로 오늘날에도 해당지역의 방언인 민남어閩南語 또는 객가어客家語를 일상생활에서 사용한다.

타이완은 주로 농업과 무역으로 발전하였는데, 1858년(이조 철종 10년) 청나라가 제2차 아편전쟁에 패하여 톈진조약天津條約이 체결됨으로써 타이완에서도 안핑 항安平港과 지룽 항基隆港이 개항 되었다. 1885년 종래 푸젠 성에 속하고 있던 타이완이 타이완 성臺灣省으로 승격되어 1887년부터 시행에 들어갔고 류명전이 초대 타이완 지방장관이 되어 타이완 전역의 실효적 지배를 목적으로 하는 일련의 근대화 정책을 실시했다.

그러나 충분한 성과를 달성하지 못했고 타이완은 결국 일제의 식민지로 전락하였다.

일제 강점기 - 1895년(이조 고종33년) 4월 17일, 청나라가 청일전쟁에서 패하면서 체결된 시모노세키 조약으로 타이완 섬과 펑후 제도는 일제에 할양되었다. 일제는 타이완에 총독부를 설치하고 50년간 타이완 주민들을 식민 지배했다.

식민지배 초기 타이완에 대하여 일본 본토와는 다른 식민지법을 적용하다가 1922년부터는 식민지에 대해서도 일본과 같은 법제도를 적용하면서 동화정책을 폈다. 이러한 동화정책은 법제도뿐만 아니라 문화적으로도 식민지의 일본화를 꾀하는 정책이었다. 1936년 이후에는 동화정책을 강화하여 타이완 내에서 중국어 신문을 금지하고 일본어 사용과 창씨개명을 강요하고 타이완 주민들을 전장으로 내몰았다.

일제는 식민지 과정에서 철도나 도로 등의 기반시설과 교육제도를 정비하였는데 식민지 지배를 공고히 하여 타이완을 일본의 완전한 일부를 만들려고 하였다. 이에 맞서 타이완은 지속적으로 항일 민족운동을 전개하였다.

중화민국 시대 – 제2차 세계대전에서 일본제국의 패망으로 1945년 10월 25일 타이완 섬과 펑후제도는 50년 만에 중화민국으로 반환되어 현재까지 통치되고 있다. 1949년부터는 중화인민공화국에서 중화민국에 대한 일체의 권리를 주장하고 있다.

1945~1995년 – 타이완을 수복하고 통치하기 위해 파견된 중화민국 정부의 관료와 병사들은 타이완 주민의 기대와 다른 모습을 보여 주민들의 실망이 매우 컸다. 이러한 주민들의 불만은 1947년 2월 28일 항거를 통해 폭발하게 된다.

이때에 중화민국 관료들은 장제스에게 본토병력의 파견을 요청하여 지원 병력이 도착하자 대대적인 유혈진압이 시작되어 이 과정에서 본성인 3만여명이 사망 또는 실종되었는데 이 사건은 타이완 본성인과 1945년 이후부터 타이완으로 이주하기 시작한 외성인 사이에 깊은 앙금으로 지금까지 남아 있게 되었다.

1949년12월에 중화민국 국민정부는 국공내전에서 중국 공산당에게 밀려 난징에 있던 정부를 타이베이로 이전하였고, 이후 중화민국의 실효 통치지역은 사실상 타이완 지구로 축소되었다.

1996년~ 현재 – 1996년 3월 23일 국민의 직접선거로 총통을 선출하도록 제도를 개선함으로써 타이완은 중국 국민당의 일당독제 시대를 마감하고 민주화 시대를 열었다. 2000년 총통 선거에서 민주진보당의 천수이볜이 총통으로 선출되어 정권교체를 이루기도 하였으나 2008년 이후 다시 국민당의 마잉주가 총통이 되었다가 다시 2016년에 정권교체가 이루어져 민주진보당의 첫 여성 총통인 차이잉원이 2016년 5월 20일 취임하게 되었다. 이로써 타이완은 중국 본토와의 관계에서 본토의 회유나, 압박 강경정책에 직면하게 되리라 본다.

국민당은 하나의 중국 입장으로 중국본토에 대하여 우호적이나 민주진보당은 본성인 중심으로 중국 본토의 중화 인민공화국에 대하여 비교적 비우호적으로 타이완의 독립을 주장하고 있는 입장이다.

2. 대만의 종교

현재 대만 정부에 정식으로 등록되어 있는 종교는 불교, 도교, 천주교, 기독교, 이슬람교 등 9개로 이들 종교단체에 소속되어 있는 사원과 교회만도 전국에 1만 곳이 넘는다고 한다.

알려진 대로 대만은 불교와 도교, 유교가 혼합된 다신교 사상이 널리 퍼져있다. 또한 '빠이빠이'라 불리는 토착종교와 민간 신앙이 오랜 세월 동안 대만인들의 의식세계를 지배해왔다.

대만에 처음으로 기독교 복음이 전해진 것은 1627년 네델란드 선교사 조지 캔디듀스에 의해서였다. 그 뒤 37명의 선교사들이 고산족을 대상으로 선교했지만, 명나라의 패망과 함께 푸젠성에서 난민이 대거 유입된 이후 182년간 복음의 문이 닫혔다.

본격적인 개신교 선교는 1865년 영국에서 파송된 맥스웰 선교사가 사역을 시작하면서부터 남부지역은 영국 선교사, 북부는 조지매케이 선교사를 필두로 한 캐나다 선교사들의 분할 사역이 이루어졌다. 오늘날 대만 기독교회 교세 중 30%를 차지하는 장로교회의 초석이 이들에 의해 조성됐다. 그러나 대만 전체 도시 중 3/4이 아직도 무교지일 만큼 기독교 선교환경은 척박하다. 교회가 있더라도 매우 영세하고 열악한 수준에 머물러 있다.

교인의 비율은 불교35%, 도교33%, 개신교2.6%, 천주교1.3% 이슬람수니파0.2% 로 불교와 도교가 대만 종교의 2/3를 차지하고 있다. 도교는 노자의 사상과 민간신앙을 융합한 것으로 대만인들의 종교는 불교, 도교, 유교가 섞여 있어 경계가 명확하지 않다.

용산사(우리나라의 조계사와 같은 사찰)와 같이 크고 중요한 사찰은 지붕 꼭대기에 탑 모양을 한 불교사찰과, 지붕에 관우, 장비 등의 장수들의 모습이 있는 도교사찰이 함께 있어서 국민들은 자기의 신앙에 따라서 각각의 사찰에서 치성을 드리는 모습을 볼 수 있다.

기독교, 천주교의 교회의 모습은 찾아보기 힘들며 간혹 보일 경우도 매우 작고 초라한 모습이었다. 한마디로 대만의 종교는 불교, 도교, 민간신앙이 혼재한 신앙으로 국민의 의식 수준과 문화가 정체되어 대만의 미래가 암담할 것 같은 느낌을 갖게 된다.

3. 대만의 산업

대만의 산업은 1차 산업인 농업이 2%, 공업. 제조업이 28%, 서비스업이 70%이며 취업자의 구성 비율은 1차 산업 5%, 2차 산업 36%, 3차 산업 59%로 3차 산업이 발달하여 서비스업은 대만을 지탱하는 핵심 산업이다.

가. 1차 산업

대만 농산품에서 가장 중요한 작물은 쌀이며 축산물에서는 돼지, 닭, 계란으로 그 생산량이 증가하고 있다. 여름철에는 20종류 이상의 다양한 과일들이 생산되고 있으며, 다량의 채소가 농장에서 생산되어 과일 1억900여만 대만달러(약39억원)와 채소 1억700만 대만달러(약38억원)를 수출하고 있다. 녹차와 홍차를 주로 생산하지만 우롱차와 바오중차가 더 유명하나 인건비 상승으로 매년 감소 추세라 한다.

대만의 원예산업은 정교한 재배기술의 발전 덕분에 번성하고 있는데 특히 난초는 세계 수출 부문에서 1위를 달리고 있으며 대만 화훼 수출의 90%정도 차지한다.

나. 2차 산업

대만의 제조업은 중소기업이 발달하여 두드러진 대기업이 없어도 중소기업간의 협력을 바탕으로 중소제조업이 잘 발달된 나라로 반도체, 노트북 부문 에서는 높은 시장 점유율을 보유한 세계적인 IT 강국이다. 주요 업종별로는

(1) 반도체 - 현재 세계2위의 반도체 생산국으로 세계 시장점유율은 22%다.

업종별로는 파운드리업(Foundry) 및 반도체 패키징(Packaging), 테스팅업(Testing)은 세계1위, 반도체 설계업은 세계2위로 대만 반도체 제조업은 기술노하우와 다양한 규격의 제품 개발. 생산으로 꾸준히 세계적인 명성을 이어가고 있으나 설계업의 경우 중국 수출비중이 70%에 달하고 중국정부가 자국의 반도체 설계 산업을 지원 육성함에 따라 대만의 입지가 위협받고 있다.

(2) IT 디스플레이- 대만은 세계 2대 디스플레이 생산국으로 TFT LCD 분야에서 세계시장점유율 25%(2014년 기준)다. 디스플레이 산업단지는 북.중 남부 지역별 과학 산업단지에 소재한 현지 주요 기업을 주축으로 밀집되어 있는데 디스플레이 산업은 반도체와 함께 대만의 양대 주축 산업으로 성장하였으나 브랜드 파워와 투자능력을 겸비한 주변 경쟁국에 밀려 시장 주도권 측면에서 위태로운 상태다.

(3) 석유 산업 - 2014년 기준 세계 10대 석유화학 생산국으로 중국 수출의존도의 분산을 위해 동남아시아에 투자 진출을 확대하고 있다.

다. 3차 산업(서비스 산업)

대만 행정원의 통계자료에 따르면 서비스업의 생산액 규모 및 취업인구는 1980년대 후반에 이미 제조업을 추월했다고 한다. 그러나 해마다 GDP대비 서비스업 비중은 증가하는 반면, 서비스업 생산액의 성장률은 감소하는 추세인데 그 이유는 서비스업이 배급 서비스에만 집중하고, 연구개발 인재가 부족하고, 서비스산업 부가가치의 한정성, 주관하는 기관의 전문성 및 인식 부족, 관련 법안의 유연성 부족 때문이라고 한다.

4. 대만의 주요 관광지

대만은 섬나라이고 지질 구조가 우리나라와 달라서 남쪽과 북쪽에 관광자원이 많으나 주로 북쪽의 타이베이 중심으로 개발이 많이 되어 있으며 이번 관광은 사실 북쪽에서 만 관광을 하였기로 북쪽의 관광지 중심으로 기술한다.

가. 고궁박물관 - 고궁 국립 박물관은 중국 예술과 문물의 세계적인 보고이다. 진열된 예술품들은 모두 수백 년 또는 수천 년의 역사를 지니고 있다.

프랑스의 루브르 박물관, 영국 박물관, 미국의 메트로폴리탄을 일반적으로 세계 3대 박물관을 꼽는다면 세계 4대 박물관을 대만의 고궁박물관을 꼽는다고 한다.

최근에 관람객의 숫자로 본다면 단연 대만의 고궁박물관을 첫째로 꼽는다고 대만에 거주하는 한국인 관광안내원의 설명이다.

안내원의 설명이 옳게 느껴지는 것은 우리 일행이 관람하는 동안에도 사람이 너무 많아서 한곳에 오래 머무를 수 없을 정도고 기다리는 행렬이 태국이나 인도네시아의 입국사증을 받고자 대기하는 국제공항과 같았다.

고궁박물관의 탄생은 국민혁명으로 청나라 정권이 전복되고 마지막 황제 푸이가 민국13년(1924년) 정식으로 자금성을 나오면서 비롯되었다.

이어 청실선후위원회가 조직되어 자금성에 들어가 모든 문물을 조사하고 1925년 10월에 정식으로 고궁박물관을 설립 하였다. 민국 20년(1931년) 9.18사변이 발생하여 전란이 갈수록 격화되자 문물의 안전을 고려하여 결국 민국22년(1933년) 베이징에 있던 문물을 상하이로 이전 시켰고 이후 국공간의 전투에서 패한 장개석 국민당 정부가. 1949년에 대만으로 이주한 후 민국 54년(1965년) 타이베이 국립고궁박물관이 완공됨에 따라 대만 국민들뿐만이 아니라 전 세계 사람들의 진귀한 문화유산들은 장기간의 유랑의 세월을 마감하게 되었다.

소장된 문물의 수량은 약 69만점으로 크게 기물과 서화, 도서문헌 등 3가지로 분류할 수 있다. 기물 분야에는 청동기와 자기, 옥기玉器, 칠기漆器, 법랑琺瑯 문구, 조각 및 잡항雜項 등 7만여 점이 소장되어 있는데 이 가운데 송대의 여요汝窯와 관요官窯 등의 자기는 수량과 품질에서 명실 공히 세계 최고의 수준을 자랑하고 있다.

장개석 국민당 정부가 대만으로 도주하여 본 토 회복을 위한 중국의 정통성을 주장하기 위하여 야심적으로 챙겨온 문화유산이 이제는 변방의 작은 섬나라 대만의 명실상부한 보물창고가 되었다.

　나. 타이베이 101 빌딩 – 대만의 자존심이요 랜드 마크인 101빌딩은 그냥의 전망대가 아니다. 명품관, 푸드 코트, 카페 등의 매장도 있는 관광의 명소로 정식 명칭은 타이베이 금융센터다. 지하에서부터 최고층까지 508m이며 연꽃과 대나무를 모티브로 8단으로 지어졌다고 하는데 5층에서 89층까지 불과 37초 만에 오르는 세계 최고 속도로 움직이는 엘리베이터가 있다.

　전철역에서(1층) 올려다본 타이베이 101빌딩은 정말 웅장했고 건물외관이 독특하면서 멋진 빌딩으로 년 간 관광객이 130만 명에 달하는 대만관광의 필수 코스다. 대만의 중심 상권에 자리 잡고 있어서 89층에서 내려다본 사방의 야경은 매우 환상적이었다.

　2003년 완공된 타이베이 101은 총 높이 508m로 당시 580억 대만달러(한화 2조2620억원)를 투자하여 건설했다고 한다. 대만 건축가 리쭈위엔李祖原이 설계하고 우리나라 삼성물산이 건설부문에서 시공을 맡았다.

　골조는 일본의 마까이에서 대만 업체와 합작으로 시공하였고 내부 마감은 삼성건설이 시공을 담당하였다고 하니 많은 부분이 우리 기술로 시공된 것이다.

　당시는 세계 최고의 빌딩이었으나 이후에 두바이의 부르즈 칼리파(123층 828m), 상하이 타워(121층 632m), 사우디 메카의 알베이트 타워(120층 601m), 한국의 롯데월드타워(123층 555m) 등 전 세계적으로 500m 이상의 초고층 마천루가 잇달아 건설되어 순위에서 밀려 났지만 세계적 위상은 여전하다.

　2003년 완공 당시 타이베이 시장이었던 마잉주 전 총통이 직접 참여해 지붕의 마지막 황금나사를 조이는 등 완공을 축하한 바 있다.

다. 예류野柳 지질 공원 - 예류는 만리萬里향에 위치하고, 북해안 쪽으로 뻗은 좁고 긴 모습을 한 해갑海岬이다. 천백 만년동안 침식, 풍화작용이 교대로 일어나면서 버섯바위, 촛대바위, 생강바위, 체스 바위, 바다 침식 동굴등과 같은 지형이 점차 형성되었다고 한다.

전체 길이 1,700미터에 이르는 해갑(바다 골짜기)은 타이완에서 가장 명성이 자자한 지질 공원이 되었고, 또한 주변의 풍부한 해양 생태, 어촌 풍경 등의 다양한 면모들이 더해져 예류는 교육, 관광 그리고 휴양지 기능을 갖춘 관광 명소가 되었다.

버섯바위 - 하나하나가 마치 생생한 표고버섯 모양을 한 버섯 바위는 예류에서 가장 주목 받는 지형 경관으로 암층이 해수면 위로 돌출되어 밤낮으로 해수의 침식을 받으며 시간이 흐름에 따라 사암 속의 단단한 결핵이 천천히 드러나게 되었다. 여기에 다시 바람과 햇볕, 빗물, 파도 및 동북 계절풍의 강한 영향을 받아 목이 없거나, 목이 굵거나, 가늘거나 목이 부러진 형태의 버섯바위가 형성되었다. 예류를 가장 대표하는 여왕머리는 우아하고 고귀한 형태를 지니고 있어 예류 지질 공원의 상징이 되어 왔다. 기타 촛대바위, 벌집바위, 생강바위, 바둑판바위 등이 있다.

화석(Fossils) - 예류의 암층 속 화석에는 꽃잎 모양을 한 성게 화석이 있는데 이것은 성게의 모습 그대로인 실체의 화석이다. 그리고 게 종류가 움직이는 모습을 한 관 형태의 모래 방망이가 있는데 이것은 생흔 화석에 속한다.

어쨌든 예류의 지질 공원은 세계 어느 곳에서도 찾아보기 힘든 마치 살아서 숨쉬는 생명체와 같아 생명의 역사를 지니고 있어 대자연의 창조물을 즐길 수 있는 세계적인 명소다.

5. 대만의 미래

가. 정치 경제적 측면 - 대만은 지정학적으로 중국의 거대한 대륙 변방의 작은 섬나라로 본토의 영향권을 벗어날 수 없는 운명을 가지고 있다. 그리하여 역사적으로 중국대륙의 세력이 커지면 대륙의 지배를 받아 왔고 대륙의 세력이 약화되어 인접 국가들과 관계가 어려워지거나 전쟁에서 패하면 의붓자식과 같이 할양되어 식민지가 되고(청일 전쟁 후) 정세가 바뀌면 대륙의 영향을 받게 되는 역사를 되풀이 하였다.

한때 장개석의 국민당 정부 시절에는 잠시나마 중국을 대표하는 정통성을 인정받고 민주주의를 지키며 세계무대에서 활약하고 아시아 경제의 떠오르는 국가로서 중국 경제를 지원할 정도였으나 그것도 잠시 13억 인구의 중국대륙이 미국과 수교하고 경제 도약을 하며 세계무대에 등장하게 되면서, 최근에는 세계 제2의 경제 대국으로 부상함에 따라 대만은 세계 정치 무대의 뒤안길에서 경제도 위축되어 가고 있다.

최근에는 양안관계로 대륙과 우호적이던 마잉주의 국민당이 민주진보당에 패하여 진보적인 여성 총통이 선출되어 중국에 비우호적이며 타이완의 독립을 표방하지만 중국의 회유나 압박에 직면할 것이기에, 향후에는 양안 관계로 유지되거나, 아니면 홍콩과 같은 자치 행정구역으로 재편되지 않을까 하는 전망이다.

나. 국민의 의식적 종교적 측면 - 대만 국민은 지속적으로 외세의 침략과 식민지배에 피해 의식이 있어서 개방적이고 진취적인 의식이 부족하여 무사안일에 젖어 있고, 이에 안주하는 의식이 많은

데 이런 의식은 종교에서도 반영되어 도교 등 고유의 민속 종교나 보수적이고 내면적인 불교와 다종교, 잡신에 대한 숭배, 죽은 조상의 장묘 문화 등의 면에서 의식이 매우 낙후되어 있으나 각성이 부족하여 발전이 더디거나 지체될 가능성이 아쉽다.

기독교와 천주교가 일찍이 전래 되었지만 그 보급과 확장이 정체되고 있는 모습을 보더라도 합리적이고 진취적인 점이 매우 적다고 볼 수 있다. 따라서 대만의 미래는 암울하고 우려스럽다. 많은 점에서 우리나라와 유사한 수난의 역사를 가지고 있는 대만이다.

특히 50년간 일본의 지배를 받아 왔으나 지금도 일본과의 관계는 한국과 일본의 관계와는 달리 비교적 원만한 경제 교류가 있는 듯 특히 대만에서 운행하는 자동차는 일제 자동차가 단연 압도적이며 한국의 현대 자동차는 찾아보기 힘들 정도다.

우리와 같이 민주주의를 사수하며 교류 협력하였던 대만에 대하여 무지하고 무관심하였던 나 자신을 되돌아보며 대만에 대하여 연민의 정을 가지게 된다.

그리하여 이번 여행은 눈앞에 풍경이나 문화 유적을 별 생각 없이 구경하고 보낸 그 간의 여정과 달리, 대만의 문화 유적 종교 등에 대하여 깊은 관심을 가지고 보낸 이번의 여행이 보람 있고 의미 있던 여행이라 느끼며 많은 지인들에게 대만을 조금이라도 더 알게 하고 싶은 마음 간절하다.

대만의 무궁한 발전과 우리나라와 대만의 폭 넓은 관계의 진전을 기대하여 본다.

상해를 다녀오다(밤이 없는 도시)

이번 여행은 매우 의미가 있는 여행이요 마음 편한 여행이라서 기대가 컸다.

형제들에게 늘 베풀기를 잘하여, 집안의 크거나 작은 일에 항상 지원을 아끼지 않는 여동생이 칠순을 맞이하자 항공료 체제비 등 일체의 비용을 본인이 부담하기로 오래전부터 약속한 여행이었다.

형제자매 내외와 조카와 2명의 조카딸들까지인 10명의 여행자들은 그저 편하게 함께 동반하면 되었다. 여행객이 10명만 되면 22인승 리무진과 한국말이 능통한 현지관광 안내인이 체류기간 전속으로 안내하기로 약속되어서 관광을 충분히 즐길 수 있는 편한 여행이었다.

동행자인 조카딸이 여행에 필요한 비자 발급을 위한 서류 및 관광 일정을 관광회사와 조율하고 우리 일행은 필요한 서류와 물건들을 각자 준비하고 기다렸다.

4월 25~28일 3박4일의 일정이었다.

우리는 여행 가기 전에 단체 카톡방을 만들어서 여권준비부터 여행에 필요한 정보를 나누며 기대감으로 한 달 정도를 설렘으로 지냈다.

또 하루 일정을 잡아 사전모임을 가지며 준비 했고, 시간과 약속 등을 서로 나누었다. 여행을 다녀온 후에도 모두 모여 여행에서의 즐거움과 아쉬움을 나누는 모임도 가졌다.

동행자들은 대부분이 중국의 북경은 한두 차례 다녀왔지만 상해는 두 명을 제외하고는 처음여행이라서 기대가 컸다.

정해진 날이 하루 이틀 앞으로 다가오니 마음이 설레고 수시로 준비물을 점검하며 기다려지는 시간이었다. 10명중 9명은 사당역에서 공항버스로 함께 갔고 칠순 여동생은 압구정동에서 출발, 인천 공항에서 합류하였다.

인천공항을 09시에 출발한 아시아나항공은 약 2시간 조금 넘은 후 상해 푸동 국제공항에 도착하였다. 공항에서 기다리는 가이드의 안내로 기다리던 리무진에 탑승하고 일단 호텔에 도착하여 객실을 배정 받고 여행복으로 차려 입고 본격적인 관광을 시작하였다.

상해는 어떤 도시인가?

1843년부터 개발이 시작된 중국의 무역과 금융의 중심지이자 외부문명과의 접촉이 많아 색다른 풍경을 가진 주요한 관광도시다. 면적은 서울의 약10배나 되며 인구는 약 2,400만이 거주한다.

개혁 개방이후 개발이 많이 이루어져서 황포강을 따라 지어진 각양각색의 빌딩과 휘황한 조명으로 밤풍경은 낮보다 화려하다. 신천지는 프랑스의 조차지로 일본이 들어오지 않은 관계로 일본을 피하여 독립운동을 했던 대한민국임시정부 청사가 있는 역사적인 도시로 우리나라와 인연이 많은 도시다.

흔히 중국을 '암탉 모양의 국토를 가진 나라' 라고 하는데 상해는 암탉이 알을 품는 부분 즉 배와 꼬리 사이로 가장 부드럽고 포근하여서 폭풍이나 지진 등의 피해가 전혀 없었다고 한다. 산이 없고 넓은 평지만 있는 중국의 국토 중에서 가장 안전한 곳이라 하여 꾸준히 개발되고 정리 되어서 무역과 금융의 중심지요 중국의 주요한 관광도시가 되었다.

상해 여행 첫날의 관광지

1. 상해 임시정부청사 - 상해임시정부는 1919년3월1일 삼일 독립운동 이후 조국의 광복을 위해 중국 상하이에서 조직하여 선포한 임시정부를 말한다.

위치는 상해 황포로 마당길 302호. 상해의 중심가에 있다. 1919년부터 1945년까지 상해, 항저우, 난징, 광저우, 충칭까지 계속해서 이동하며 활동하였다고 한다.

청사 유적지에는 김구 선생과 여러 독립의사들의 사진과 설명이 있고, 윤봉길 의사와 이봉창 의사에 대하여도 자세히 나와 있었다.

임시정부청사에서 수많은 독립투사들이 모여 회의를 하고 투쟁하여나갔던 역사를 온몸으로 느낄 수 있었다. 입장료는 20元을 주고 표를 사서 안내 받은 대로 나가서 입구로 들어가면 된다. 계단이 좁고 가파른 옛날 건물이었다.

방문자의 방명록에 기록하고 헌금도 하도록 되었는데 조국의 독립을 위하여 죽을 각오로 노력하였던 독립투사들을 생각하면 가진 돈 모두를 헌금하고 싶었는데 준비된 돈이 5천원 밖에 없어서 함에 넣기가 부끄러웠다. 그 분들의 숭고한 노력으로 우리는 현재 부족함이 없이 역사상 최고의 부를 누리며 살고 있음에 감사했다.

2. 신천지新天地 : 한국기독교 이단의 대명사인 신천지가 아니라

상해 특유의 건축양식인 석고문 건축물이 남아있는 카페거리다. 상해임시정부 청사에서 매우 가깝다.

일찍이 프랑스의 조차지였다. 난징루와 더불어 상해 최고의 쇼핑거리로 꼽히는 화이하이루淮海路 남단에 위치해 있고 20세기 상해의 전통 골목인 룽탕 안에 아름다운 석고문 주택이 밀집해 있었다.

1990년대 후반에 홍콩의 루이안 그룹이 투자를 해서 석고문 주택을 갤러리와 숍, 레스토랑과 카페 등으로 개조하였다. 전통과 현대적 감각이 멋진 조화를 이루어 골목을 산책하고 사진 찍기에 좋았다.

3. 상해박물관 : 중국 최대 규모의 박물관이라고 하는데 오랜 역사를 자랑하는 대국의 박물관이라 하기 에는 약간 빈약하게 생각되었다. 그 이유는 국민당의 장개석총통이 공산당의 모택동에게 쫓겨서 대만으로 이주하면서 역사적으로 가치 있는 유물 대부분을 대만으로 가져왔기에 대만의 국립고궁박물관은 세계4대 박물관으로 관광객의 발길이 끊이지 않고 있는 반면 상해박물관은 규모와 내용면에서 초라하게 보였다.

4. 남경로南京路 : 상해 제일의 번화거리이며, 서울의 명동거리와 흡사하다. 거리 폭이 한국명동의 2배 정도가 되는데 이곳에는 노점상이 없다. 엄청 많은 사람이 붐벼도 대체로 거리는 깨끗하다는 인상을 준다. 레일이 없는 버스용 전차도 다니고 2층 버스도 다닌다.

5. 황포강 – 유람선타고 야경 구경하기 : 중국 상해는 낮보다 밤이 더욱 아름다운 장소로 유명한 곳이다. 상해 정부 차원에서도 밤의 화려함을 위해 노력을 한다고 한다.

만약 밤에 조명을 켜지 않으면 벌금이 있을 정도라고 한다. 그 아름다움을 즐길 수 있는 방법은 황포강 유람선을 타고 야경을 즐기는 것이다.

강변을 따라 즐비하게 서있는 관공서와 기업들의 높은 건물들에서 비춰지는 독특한 네온사인들은 세계 어느 도시에서도 볼 수 없는 장관이다. 상해의 선택 관광지이지만 대부분의 관광객이 첫날이나 마지막 날에 반드시 갖게 되는 필수적인 관광코스란다.

6. 동방명주타워 : 상해의 랜드마크 이며 상해를 상징하는 독특한 디자인의 탑.

원래 방송관제탑이었던 동방명주는 높이가 무려 468m로, 상하이타워(632m 120층)가 생기기 전까지는 아시아에서 가장 높고 세계에서 세 번째로 높았다. 크고 작은 11개의 둥근 모양이 있는데 이는 진주를 의미한다고 한다.

3개의 전망대중 특히 263m의 중간전망대는 가장자리 부분의 바닥이 강화유리로 되어 있다. 발밑의 풍경이 훤히 내려다 보여서 아래를 보면 다리가 떨려서 서있기도 무섭고, 기어 다니기도 힘이 들어서 서있는 모습의 사진만 겨우 찍고는 빠져 나왔는데 구경하며 사진 찍는 관광객과 중국인들도 많았다. 전망대 중에서 모양이 특이하여 기억에 남는 곳이었다.

둘째 날의 관광지 - 주가각, 항주

1. 주가각 - 아침 식사 후 리무진으로 약1시간 30분 달려서 도착한 명.청 시대의 모습이 잘 보전되어 있는 곳이다.

가. 대청우전국 - 청나라 시대 당시 화동지역 13개 우체국중의

하나인 곳

나. 방생교 – 화동지역에서 가장 길고 크며 가장 오래된 돌로
　　만들어진 다리

다. 주가각 뱃놀이 – 주가각의 경치와 서민들의 삶을 가까이서
　　느낄 수 있는 곳으로 동양의 베니스라고 한다.

라. 명.청대 옛거리 – 강남 일대에서 가장 완벽하게 명,청대 모
　　습이 잘 보전되어 있고 주변의 가옥과 상점들이 깨끗하게
　　관리 되고 있었다. 우리 일행은 생강 맛이 나는 맛난 엿을
　　사먹었다.

2. 항주 – 저장성의 성도로 푸춘강富春江 하류의 관광명소로 인구
가 880만명이며 년간 6,000만명의 관광객이 찾는다고 한다. 주가각
에서 리무진으로 약 2시간 소요되었다.

가. 서호유람 – 항주의 상징이자 중국 10대 명승지 중의 하나
　　다. 항주 서쪽에 위치한 면적이 약6.8 km 총길이 약15km에
　　달하는 거대한 인공호수다. 빼어난 경관으로 많은 예술가들
　　에게 영감을 주었다. 특히 송대의 대시인 소동파가 아름다
　　운 서호를 소재로 많은 시를 남겼다고 한다. 대표적인 관광
　　명소는 서호 10경이외도 서호 신10경, 영은사, 실크박물관,
　　중국 찻잎박물관 등이 있다. 주로 시계방향으로 관람 하며
　　각지에서 한국어 안내를 받을 수 있다. 우리는 4월 26일에
　　방문하였는데 유람시간 내내 비가 조금씩 내렸다. 비가 약
　　간씩 내리는 흐린 날씨여서 그런지 호수주변은 더욱 신비한
　　느낌이 들었다.

나. 화항관어花港觀漁 -항주의 뛰어난 자연경관을 한눈에 볼 수
　　있는 곳이라 한다.

다. 청하방옛거리淸河坊 -한국의 인사동과 같은 옛 절강성의 모
   습을 볼 수 있는 곳

셋째 날의 관광지 - 예원. 타캉루 예술인거리

1. 예원 - 중국 상해 유일의 전통 정원이면서 명나라 시대의 반
윤단이라는 사람이 아버지를 위해 만든 정원이라고 한다.

반윤단이 직접 연못을 파고 누각을 지으며 원림을 조성하기 시작
하여 무려 20년 만에 완공하였다고 한다. 그러나 유감스럽게 완공
되었을 때는 부모는 이미 세상을 떠나고 반윤단 자신도 몇 년 살지
못하고 병으로 죽었다고 한다.

각종의 나무, 조각품, 연못 등의 모습은 대단한 예술가들이 수년간
심혈을 기울여 조성한 고급정원의 모습이었다. 예원은 차차 좋은 지
경으로 들어간다는 점입가경漸入佳境의 유래가 된 곳이기도 하다.

너무 아름다운 정원이기에 아편전쟁시기에 폭격을 받아 한때는
폐허가 되었지만 정부가 1956년 복구 작업을 하고 일반인에게 공개
되면서 상해의 관광명소로 자리 매김하였다고 한다.

한 사람의 효심에서 시작된 거대한 아름다운 정원이 세계인들이
찾는 문화유산이 되었으니 그들의 아름다운 업적은 역사에 길이 빛
나고 있음을 느꼈다.

2. 타이캉루 예술인 거리 -상해 예술가들이 모여서 전시와 판매
를 목적으로 조성된 복합예술단지이다. 공방, 화랑, 갤러리, 카페, 레
스토랑이 옹기종기 모여 있는 곳이다

나는 상해 여행은 처음이었다. 산이 없고 평지만 있으며 자연재해가 없는 축복을 받은 지역으로 세계적인 관광지로 손색이 없는 도시로 성장하고 발달한 곳임을 느꼈다.

　4일간의 여행을 10명이라는 대 가족이 건강하고 즐겁게 여행을 하였음을 감사한다. 다만 마지막 날 공식여행을 마감하고 리무진버스에서 내리는 순간, 큰누님의 침착하고 상냥한 외손녀인 유리가 버스 문의 손잡이에 끼여 손가락 두 개가 골절상을 당하게 된 것이다. 다행히 조카딸의 노력과 가이드의 도움으로 병원에서 응급조치를 취하여 고통을 덜었다. 즐거운 여행에서의 조그만 아픔이요 옥에 티였다.

　상해 여행을 간다면 주자각, 상해임시정부가 있는 신천지, 예술인 거리 타이캉루, 외탄의 야경, 그리고 항주의 서호유람은 꼭 구경할 것을 권장하고 싶다.

　해외여행 시마다 꼭 느끼는 것이지만 우리나라는 해외여행을 위한 교통체계, 공항시설, 출입국 관리 절차는 세계 어느 나라에 비하여 우수하다는 것이다.

터키 여행을 다녀오다(기독교의 성지)

나는 2013년 모처럼 아내와 함께 가보고 싶었던 터키에 단체 관광을 하였다.

로마나 파리 암스테르담 등의 유럽이나, 태국 필리핀 인도네시아 등의 동남아시아는 몇 차례 여행을 하였으나 터키는 여행하기 쉽지 않은 곳이라서 첫 여행이었다.

터키는 동방에서 유럽에 가는 길목에 있는 세계 36번째로 영토가 넓은 나라며 인구도 8,500여만 명으로 세계17위인 농업국가다. 현재 유럽연합(EU)에 가입은 안했지만 연합국에 농산물을 공급하여 주고, 공업이 발달한 독일을 비롯한 연합국의 자동차나 공산품의 생산기지로 활용되고 있는 나라다.

또한 올리브의 원산지로 스페인, 이탈리아, 그리스, 터키 순으로 올리브를 많이 재배하고 있다.

터키는 또한 기독교로 인하여 동양에 잘 알려진 나라이기도 하다. 아브라함이 75세에 여호와의 말씀을 따라서 그의 아내 사래와 조카 롯과 그들이 살던 하란을 떠나 가나안으로 이주하였다. 하란은 터키 남동부 우르파주에 있는 마을로 이스탄불에서 남동쪽으로 1,320km, 우르파에서 44km 떨어져 있다. 시리아와 경계를 이루는 국경 마을로 터키 남부에 소재한 고대 도시이다.

이스탄불

　서쪽의 발칸반도에 인접한 3개의 이름을 가진 고대도시인 이스탄불은 잘 알려진 도시다. 이스탄불은 그리스 시대엔 비잔티움 그 후 로마와 비잔틴, 오스만 3대 제국의 수도였다. 중기 로마시대 비잔틴 제국, 동로마제국의 수도였던 콘스탄티노플, 13세기말 오스만 터키 제국을 성립하였고 1923년 공화국을 수립하였다. 그 후 콘스탄티누스 황제의 밀라노 칙령(AD 313년)을 통하여 기독교가 합법화되어 종교의 자유가 선언되었다.

　현재 터키의 종교는 99%가 이슬람교며 기타 기독교와 유대교다. 상기 하란과 에베소Ephesus는 기독교의 발원지요, 기독교도들이 박해를 받은 지역으로 기독교의 성지인 터키가 이제는 국민 99%가 이슬람교도 들이며 기독교는 소수인 들이 믿는 종교가 되었음이 기독교인들의 입장에서는 안타깝고 가슴 아픈 일이다.

　우리는 배를 타고 흑해와 에게 해에 가까운 발칸반도가 인접한 이스탄불을 찾았다. 종교의 자유가 선언되어 기독교가 합법화 된 고대도시로 터키를 방문하는 여행객이 제일 먼저 찾는 관광지다. 보스포루스 해협을 사이에 두고 서쪽은 유럽, 동쪽은 아시아 대륙으로 나누는 세계유일의 도시다. 그래서 지정학으로는 해상무역의 거점이고 전략적 요충지다. 보스포루스해협을 건너다보면 별장들을 많이 볼 수 있는데 터키의 부자들이 각각 요트 한 대씩을 가지고 있어서 일이 있으면 배를 타고 이스탄불로 온다고 한다.

집들도 예쁘고 눈으로 아름다운 것들을 볼 수 있는 것은 큰 기쁨이었다. 바다에 떠있는 엄청난 종류의 배들과 크루즈를 볼 수가 있었다. 흑해와 지중해를 중심으로 바다와 해협이 만나는 천혜의 요새요, 세상의 절경이 숨어 있던 곳이다.

오스만 제국의 술탄이 거주하던 도시로 톱카피 궁전의 박물관에는 모세의 지팡이, 다윗의 칼이 유물로 보관되어 있는 것을 보면서 성경에 나오는 역사적 인물들이 실존한 인물이었음에 감명을 받았으나 이스라엘의 귀중한 유물이 왜 이슬람국가인 터키의 박물관에 보관되고 있는지 의아하였고 안타깝게 생각되었다.

우리 일행은 하루를 동서양의 교차지역인 이스탄불을 중심으로 넓은 항해를 운항하면서 기억에 남을 관광을 하였다.

이런 맛에 여행을 오는 듯하였고, 열심히 살아서 여행을 해야겠다는 원동력을 주는 것 같았다.

이스탄불의 명동인 '이스티 크랄' 거리에 남아있는 성 안토니오 성당은 이탈리아 종교단체가 1725년 설립하였는데 나중에 철거 1912년에 다시 세워졌다고 하며 여기서 기도하면 잘 소원이 이루어진다며 많은 관광객이 쉬어가는 곳이라 한다.

파묵칼레(터키어로 목화의 성)

이튿날 관광버스로 내륙을 관통하여 터키 남부 데니즐리 주에 있는 고대도시로 눈처럼 흰 석회층으로 유명한 유네스코 세계문화유산의 도시 파묵칼레Pamukkale를 찾았다. 거대한 석회암이 있는 작은 마을 온천 수영장이다. 파묵칼레는 남극의 얼음과 같이 석회암이 호수를 덮고 있었다. 다른 나라에서는 볼 수 없는 장관壯觀이다. 고대 로마 때부터 있던 온천장에서 즐기는 온천욕이다.

이 온천수는 피부병, 류머티즘, 심장병에 효과가 있다고 전해져 그리스, 로마, 메소포타미아 등에서 많은 사람들이 몰려 든다고 한다.

한국 사람들도 즐겨 찾는 관광지로 한국음식을 파는 식당도 있다고 한다. 로마인들의 휴양지에는 몇 가지 원칙이 있다고 한다. 목욕을 좋아해 자연 용출장이 있는 휴양지를 만들었으며 목욕을 즐기는 데 만족하지 않고 볼거리, 즐길 거리도 만든다고 한다.

이집트의 여왕 클레오파트라와 안토니우스가 사랑하던 클레오파트라 온천장이 있고 원형극장도 있었다.

거대한 석회암 있고 온천수가 흐르는 건너편 산에는 눈이 쌓여 있는 모습이 대조적이었다. 썬 그라스가 필요할 정도로 햇볕이 따가웠다. 그래서 그런지 눈병이 많아서 안약과 고약이 유명한 겨울이 우기인 부유한 도시였다. 열기구인 벌룬 투어를 하면 거대한 석회암이 있는 온천 휴양지를 충분히 관광할 수 있을 것이라 생각된다.

수도 앙카라

파묵칼레를 지나서 동쪽으로 버스로 2시간 정도 달리니 내륙의 중심지역에 있는 수도 앙카라에 도착하였다. 엥그리수강 기슭의 가파른 경사면에 높이 솟아 있는 앙카라는 터키의 수도이자 두 번째로 인구가 많은 도시다.

다채로운 역사가 떠오르게 하는 유적들이 산재해 있는 모던한 유

럽스타일의 대도시다. 헬레니즘, 로마제국, 비잔틴 및 오스만 제국
문명의 오랜 성곽과 유적지가 있다.

이 도시에서 가장 오래된 공원인 겐츨릭 공원이 있다.

앙카라는 현대적인 도시로 정부, 주요대학, 의사당, 군 기지, 영사
관이 있다. 우리 일행은 국립묘지를 잠깐 철책너머로 구경하고는
앙카라를 떠났다.

카파도키아

다음 여행지는 소아시아 기독교의 성지라고 할 수 있는 에베소를
찾았다. 그곳에서의 일정은 열기구를 타고 세계에서 가장 놀라운
지형, 푸른 화산암이 풍화되어 기이한 모양의 기둥이나 덩어리가
되었다 하는데 짙은 핑크색부터 노란색까지 총천연색의 '요정의 굴
뚝' 수백 개가 있는데 열기구로만 볼 수 있다.

더운 공기는 차가운 공기보다 비중이 작기 때문에 가볍다. 그러
므로 대기 중에서 상승작용을 한다. 이 원리를 이용하여 기구안의
공기를 불로 데우면 가벼워져서 하늘로 떠오르게 되는데 이를 '열
기구'라고 한다.

카파도키아는 일교차가 극심했다. 밤에는 찬 공기가 계곡에 축적
되었다가 일출 무렵에 시작되는 안정적인 기류 덕분에 년 중 내내
거의 매일 열기구 운행이 가능하고 한다. 전문가들은 카파도키아가
전 세계에서 열기구 운행이 매우 적합한 곳이라 한다. 여기에선 열
기구가 최고의 여행 수단의 하나다.

지중해가 가까운 지역이라서 기구에서 지중해를 볼 수 있느냐고

195

기구 조정자에게 물어 보니 지중해의 방향은 다른 방향이라 지중해를 볼 수는 없다고 하여 아쉬웠다.

기구로 바라보는 에베소 조망을 마치고는 넓은 지역 여러 곳을 관광하였다.

에베소는 초기 그리스도인들이 로마시대이래 종교탄압을 피해 바위동굴 속에 몸을 숨기고 신앙생활을 하였던 곳이다. 200여개의 지하도시가 있는데 지하도시가 생긴 것은 기원전으로 로마와 비잔틴 시대를 거치면서 확장되었다고 한다.

지하도시엔 교회와 신학교 와인창고 거실과 부엌, 가축사육장, 공기통로 등 좁은 터널과 계단으로 미로처럼 연결되어 있다. 피난민이 늘어나면서 더 깊은 곳으로 들어가 복잡한 미로를 형성하였다. 어려운 상황에서도 신앙을 지키기 위한 처절한 노력을 엿볼 수 있었다.

고대도시 에베소의 유적은 세계 7대 불가사의 하나인 아르테미 신전을 비롯해 오래전부터 역사의 중심지로 사도바울이 전도여행 중 가장오래 머물던 곳으로 성모마리아의 집과, 요한계시록을 쓴 사도요한의 기념교회도 있다. 예수님이 가장 사랑했던 제자 요한은 예수의 어머니 마리아를 예루살렘에서 여기로 피난시켜 생활하였으며 마리아의 집과 기념 교회도 있었다.

사도요한이 유배되었던 에게 해의 조그마한 그리스의 섬인 밧모 섬도 에베소에서 가까운 거리에 있다.

에베소 유적이 있는 넓은 빈터를 도보로 걸어 보았는데, 그때에 주민들은 흙더미나 바위를 손톱과 기구로 뚫고 지하에 들어가 기도하며 예배를 드렸다는 관광 안내인의 설명이 있었다.

요한 계시록에 있는 일곱 교회도 터키에 있었다.

지중해 연안에 에베소, 서머나, 버가모 3개의 교회, 지중해 가까운 내륙에 두아디라, 사데, 빌라델비아, 라오디게아 등의 4개의 교회가 있었다.

트로이의 목마

여행의 둘째 날 터키서부의 항구도시인 트로이의 목마가 있는 아이빌릭을 잠깐 들러서 거대한 목마를 구경하였다. 트로이의 목마는 중학교시절에 읽어본 기억이 있는 트로이 전쟁이 생각나서 트로이 전쟁의 원인과 경과에 대하여 자료에서 찾아보았다.

고대 그리스의 영웅 서사시에 나오는 트로이 전쟁은 기원전 12세기 그리스 군과 트로이군의 전쟁이 목마를 이용한 계략에 트로이 성이 함락되었다. 그리스 군은 거대한 목마를 만들었다.

그들은 목마가 아테네 여신의 노여움을 가라앉히기 위한 제물이라 선전하였으나 목마 안에는 무장한 장수들 여럿이 숨어있었다.

많은 역사가들은 트로이 전쟁을 고대 그리스의 최대의 서사시인 호메로스의 상상력에서 비롯된 한 사건이라 간주했으나 트로이의 유적지가 발견 되면서 트로이의 전쟁이 사실화 되었다.

터키의 차낙칼레 주에 있는 고대트로이의 유적이 발굴 되어 4,000년의 역사를 찾아낼 수 있었다. 트로이의 유적은 독일인 하인리히 슐리만이 발굴하여 세상에 알려지게 되었다. 트로이 목마의 모형이 유적지 입구에 있었다.

트로이는 또한 1차 세계대전 때에 갈리폴리 전투에서 터키 군이 연합군에 크게 이긴 전투가 있었던 곳이라 한다. 이러한 이유로 인하여 터키를 관광하는 관광객이 찾는 주요 관광지가 되었다.

한국 참전 터키 기념탑

6.25전쟁 참전 용사들을 위한 참전 기념탑은 1973년 한국정부가 터키에 헌납한 것이다. 역사를 기억하며, 감사하는 민족이 되기 위해 기념탑을 헌납한 것이다.

6.25 전쟁 당시 미국, 영국 다음으로 많은 군인을 파병했던 나라가 바로 터키다.

쏟아지는 중공군에 맞서 한 치의 물러섬도 없이 터키군의 백병전이 벌어진 '군우리 전투'를 기억하고 기념탑을 헌납했다.

6.25 전쟁에 참전한 유엔군 사망자는 미군이 33,686명, 영국군이 1,078명, 터키 군이 966명 캐나다군 516명 순으로 사망자가 있었다.

2002년 월드컵 경기에서 터키를 '형제국' 이라고 호칭하며 3.4위전을 우호적으로 실시하였는데 이는 6.25 전쟁에서 미국 영국 다음으로 많은 인원을 파병한 이유에서 찾아볼 수 있었다.

터키 여행 후에 감명 깊게 생각한 것은 터키는 기독교가 유럽으로 전파되는 통로 일뿐 아니라 하란은 믿음의 조상 아브라함의 고향이요, 에베소는 기독교인들이 많이 박해를 받은 지역임을 직접보고 생각을 많이 했다.

이스라엘에 버금가는 기독교의 성지로 기독교의 유적이 많은 터키를 기독교인들이 성지 순례 시 반드시 찾아야 할 곳임을 알게 되었다.

터키 유적이나 역사적 배경으로 볼 때 로마에 필적할 관광의 명소임을 알게 된 것이 이번 여행의 성과라 생각한다. 멀지만 가까운 고마운 형제의 나라를 다시 찾아보길 다짐하며 터키가 반드시 기독국가로 회복되기를 소망하여 본다.

제4부

모시어 우러름

아버지의 향기

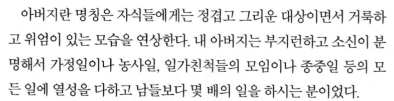

　아버지란 명칭은 자식들에게는 정겹고 그리운 대상이면서 거룩하고 위엄이 있는 모습을 연상한다. 내 아버지는 부지런하고 소신이 분명해서 가정일이나 농사일, 일가친척들의 모임이나 종중일 등의 모든 일에 열성을 다하고 남들보다 몇 배의 일을 하시는 분이었다.

　살아계실 동안 자식들에게 어떤 부담도 주지 않고 삶을 마감하신 분, 모든 자식들에게 모범을 보이고 떠나셨다. 그렇기에 아버지를 생각 할 때마다 간절한 그리움이 자식들 모두에게 사라지지 않는 은은한 향기로 남아 있다.

　1913년에 태어나 2008년까지 만 95년을 사셨으니 천수를 누린 셈이다. 가끔씩 다리가 아파서 침이나 주사를 맞았지만 아파 누어서 지내신 적이 거의 없었다.

　젊어서부터 농촌에서 꾸준히 농사를 짓고 자식들 풍족하게 해주려고 부지런하며 무리하게 일하셔서 다리가 아팠지만, 연골주사를 가끔 맞거나 물리치료를 받으며 지팡이를 의존하지 않고 걸어 다니셨다.

　술은 한잔만 드셔도 얼굴이 빨갛고 잠을 자야만 정신을 차릴 정도로 술에는 약한 체질이셨다. 그런 체질을 대물림 받아서 나와 내 자녀들도 음주와는 거리가 멀다.

　반면에 흡연은 대단한 애연가로 마을뒷산에 약50평 정도의 밭을 일궈 담배를 재배하셨다. 일부는 흡연에 사용하고 나머지는 전매청에 납품을 했을 정도였다.

그렇게 흡연을 즐기더니 어떤 연유인지 50대 후반에 칼로 무 자르듯이 단호하게 금연을 하셨다.

선천적으로 강인한 정신력과 건강한 체질로 몸이 아파서 누어계신 것을 본적이 거의 없었다. 다만 새우젓을 애용하고 소금을 음식에 살짝 넣어 드시는 습관으로 칠순을 지나면서 고혈압으로 혈압약을 꾸준히 복용하고 더 나이 들어서는 변비 때문에 약을 드시면서 특별한 관리를 하셨다.

아버지는 가문의 사정으로 작은 할아버지의 양자가 되었다. 어려운 형편에도 작은 할아버지의 배려로 아버지는 서당에 가서 한문과 한글을 배웠다. 무엇이든 열심이고 총명하신 아버지는 서당에서 여러 해 동안 공부했지만 훈장님의 보조자 노릇을 하며 월사금을 면제 받았다고 하셨다.

노년에는 조상을 섬기는 일에 관심을 가지고 꾸준히 종중 일에도 참여해서 임원과 고문으로 활동하셨다. 조상을 섬기는 일을 하면서 느낀 바가 있으셨는지 여기저기 흩어져 있던 선대 분들의 묘소를 한 곳으로 모아서 이장을 했다. 그 후에 당신이 힘들게 모은 돈과 서울에서 잘사는 큰집의 큰조카와 함께 야산을 매입해서 종산을 마련하고 장래의 묘소자리를 예비하셨다.

우리 형제들은 9월 말경에 부모님을 생각하며 매년 고향을 찾아 산소를 돌보고 성묘를 하였다. 조상을 극진히 모시던 아버지를 생각하며 노년에 종산에 심어놓은 밤나무에서 알밤도 줍고 형제들의 우애도 돈독히 하는 시간을 가졌다. 그리고는 자라던 고향 동네를 찾아서 자랄 때 형제와 같이 지내던 고향의 이웃들도 만나는 좋은 시간을 가지곤 했다.

아버지는 건강하시고 부지런하고, 어머님과 두 누님들은 닭 돼지를 기르고 길쌈도 하며 열심히 일한 결과 해마다 논과 밭을 매입했다. 거의 빈손으로 시작한 살림살이가 내가 중학생이 되고 아버지 40세 후반이 됐을 때는 논이 4군데에 19마지기(3,800평) 밭이 3군데에 17마지기(1,700평)로 큰 마을에서 세 번째로 부농이 되었다.

그러나 일꾼(머슴)없이 혼자서 감당하셨다. 논농사는 필요할 때만 마을 젊은이들에게 품삯을 주어 활용하고, 밭농사는 자녀들 6남매가 부모님을 도왔다.

아버지는 춘궁기에는 큰집과 작은집을 도와주곤 하셨다. 또한 주변 동네 사람들에게도 후하게 대접하기를 잘하셨다.

벼 타작 하는 날엔 마을 어르신들과 건너 마을에 사시는 환갑이 지난 두 분의 맹인들을 초청하여 닭과 오리를 잡아 마을 잔치를 베풀었다.

추수를 마치면 볏짚을 엮어서 지붕을 새것으로 바꾸고, 문풍지도 바꿔 달고 겨울 준비를 한다. 눈 오는 겨울엔 새끼를 꼬고 가마니도 짜신다.

겨울 준비가 끝나면 모처럼의 농한기를 가진다. 이때는 낮에는 큰집 할머니와 큰아버지를 찾아서 안부를 확인하시고 밤에는 '이학원'이란 아저씨 댁 사랑방을 찾으신다. 이분은 한글과 한문을 두루 익히고 공부도 하여 유식한 분으로 아버지와 가까이 지내셨다. 사랑방에서는 아버지께서 사도세자, 단종애사, 대원군 등에 대한 역사책을 읽으면 다른 분들은 조용히 듣다가 동네 소식도 나누고 내년

농사에 대한 의논을 하신 후에 밤 10시경에 집에 오신다.

생각이 깊고 너그러운 부모님 슬하에서 6남매가 건강하게 서로 서로 아끼고 살아왔다. 재산을 늘리는데 큰 역할을 한, 두 누님은 고등교육을 받을 기회를 놓쳤지만 반면에 나를 비롯한 나머지 4남매는 고등교육을 받게 된 행운을 누렸다.

수줍음이 많고 소극적인 나는 중학교 2학년 때부터 공부가 재밌어지더니 졸업 때는 최우수 성적으로 졸업하였다.

이를 대견해하시고 기뻐하시던 아버지와 서울 용산에서 살던 큰집 큰형님의 도움으로 서울의 명문 고등학교로 진학하게 되고, 이후 동생들 3남매도 서울에서 학교를 다니게 되었다.

이때부터 부모님들은 시골에서 농사를 짓겠다는 계획을 바꾸어 자식들 학업을 위해서 서울에 집을 장만하고 시골과 서울, 두 집 살림을 하셨다.

자식들 학업을 위해 서울로 이주를 작정한 부모님은, 우선 두 누님을 서울로 출가 시켰고 내가 대학에 입학한 후로는 아버지 생애에 힘들게 장만한 삶의 전부였던 전부를 대부분 정리하고 서울로 이사를 결정하셨다. 60년 삶의 터전이요 근거지인 정든 고향을 떠나는 대단한 결심이었다. 오직 자식들의 장래를 생각하고 큰아버지의 극렬한 반대에도 결단을 내리셨다.

서울로 이사 한 이후에 조그만 잡화점을 운영하여 생활비를 충당하고 개발지인 사당동으로 이사한 후에는 길목 좋은 곳에 상가와 주택을 지어 상가임대를 주기도 하셨다. 그 후로 방배동으로 이사하여 큰누님과 함께 복덕방(부동산 중개업)을 시작하여 돌아가실 때까지 30여년을 운영하셨다.

자식들 가운데서 맏아들인 나에게 기대가 크셨다. 자식에게 엄격하신 기준도 나에겐 매우 관대하셨고 고등학교 때부터 서울로 유학을 보내서 좋은 교육을 받게 하셨다.

큰집 사촌형님 집에서 학교에 다녔는데 형님 댁에 계절별로 식량을 넉넉하게 지원하셨고 그래도 걱정되어 농사 일로 바쁜 중에도 수시로 상경하여 아들의 사기를 북돋아 주셨다. 원래 수줍고 기가 약한 내가 1년여를 형님 댁에서 지내는 동안 기를 펴지 못하고 지내는 것 같다는 큰아버지의 말을 듣고는, 새로 전세방을 구해서 어머니와 작은 누님이 교대로 서울에 와서 나를 돌보았다.

바쁜 농촌에서 한사람의 일손이 매우 중요하건만 오직 아들을 위해서 바쁠 때는 어머니가 오시고 덜 바쁠 땐 작은 누님이 교대하였다. 반면 큰누님은 집에서 살림과 농사를 하며 가정을 이끌어 가셨다.

나도 부모님과 누님들과 가족 모두의 사랑에 힘입어 열심히 공부하여 늘 바라던 서울상대 경영학과에 입학하여 온가족이 기뻐하고 자랑으로 여기셨다. 특히 아버지께서 무척이나 기뻐하셨다. 대학 합격을 하고 부모님들께 큰 절을 올리던 그 때의 감회는 평생 잊을 수 없는 보람된 기억으로 지금도 마음에 간직하고 있다.

국립대학이라 학비도 절반 수준이고, 산학단체나 지역모임에서 장학금을 받을 기회가 많았고 중. 고 학생들을 가르칠 기회도 많아서 부모님께 학비걱정은 않게 하였다.

대학 졸업 후 직장생활을 하였는데 대기업이 안정적이고 좋은데, 미래를 예측하는 안목이 적어서 여러 차례 회사를 옮겼던 관계로 직장생활이 약간 안정되지 못하여 걱정을 드렸던 점을 생각하면 마음이 아프다.

나는 환절기 봄철이 되면 기침을 자주했다. 거의 해마다 계속했다. 어머님이 만80세에 소천 하셨는데 삼성병원에서 장례를 치렀다.

아버지는 그때 삼성병원 측에 부탁하여 병원에서 염습하는 것을 마다하고 아버지와 삼촌이 직접 하셨다. 두 분이 고향마을에서나 친척들 장례 때 하시던 경험이 많기도 하지만 어머니의 염습이 끝나고 즉시 두 손을 내 가슴에 대고

"기침아, 떠나가고 다시 오지 말아라."

하면서 가슴을 쓰다듬어 주셨다.

나는 아버지가 시키시는 대로 가만히 서 있었다. 그런 일이 있은 후 지금까지도 봄철이면 시달리던 기침이 사라졌다. 아마도 모친의 염을 직접 하겠다고 병원 측에 미리 부탁하셨던 이유가 아들의 기침을 치유할 수 있는 방법이라 생각하신 것임을 이제야 절실히 느끼게 되면서 부친의 끝없는 사랑을 느낀다.

아버지의 사랑이 곳곳에서 새록새록 기억난다. 부지런 하시고 열심히 사시면서 가족을 위해 혼신의 힘을 다하시면서 특히 내 삶을 사랑으로 이끌어 주셨던 아버지가 너무도 그리운 시간이다.

모성애

나는 지금 경로대우를 받는 나이지만 아직도 어머니의 사랑에 대한 아련한 감정을 가지고 있다. 언젠가는 모성애에 대한 나의 상념을 글로 써보고자 하였으나 모든 감정이 무디어지고 흐릿해지는 지금에야 쓰려고 하니 부끄럼이 앞서지만 지금이 아니면 기회는 없을 것 같은 생각이 든다.

모성애란 자식에 대한 어머니의 본능적인 사랑이며, 본능이란 학습이나 경험에 의하지 않고 인간이 세상에 태어나면서 갖추고 있는 행동양식이나 능력이다. 실로 어머니의 자식에 대한 사랑은 태어날 때부터 가진 마음이다.

나는 충청도의 한 시골에서 2남 4녀의 자식들 가운데 셋째이면서 맏아들로 태어나 할머니와 부모님들의 사랑을 흡족히 받고 자랐다. 그래선지 마음이 여리고 유약한 면이 많으나 정서적으로는 매우 안정적이며 자연과 사회의 순리에 매끄럽게 순응하며 자랐다.

부친은 부지런하고 엄격하셔서 잔정을 밖으로 별로 표현하지 않는 분이셨고 모친은 사랑과 헌신의 표상으로 묵묵히 가정과 자식들을 위한 삶을 사신 분이셨다. 이런 가정이어서인지 많은 형제와 자매들이 함께 자랐지만 다툼이나 반목이 무엇인지 모르고 웃음소리가 사라지지 않는 분위기에서 자랐다.

어렸을 적에 순하게만 자라고 수줍어하고 숙기가 없어서 별로 기대할 면이 없는 그런 녀석인 것 같아서 걱정을 하셨던 것 같다. 그러나 점점 자라면서 나도 모르게 기억력이 나아지고 공부가 재미있어지고 언제부터 인지 노력도 별로 하지 않던 내가 학습 능력이 매우 향상 되었는데 이것이 어찌된 일인가 나 자신도 의아했다.

많은 시간이 지나 우연히 보게 되었지만 어머니께서는 새벽에 일찍 일어나셔서 언덕을 내려가야 하는 200여m정도 떨어져 있는 공동 우물에서 깨끗한 새벽의 물을 한 동이 떠가지고 그 중 한 그릇에 담은 '정한수'를 뒷마당의 장독대 위에 놓고는 양손을 비비며 무엇인가를 하고 계신 것을 목격하고는 '아! 어머니께서 자식들을 위하여 정성을 다하여 빌고 계시구나!' 생각하고 자녀인 우리들이 건강히 잘 자라고 공부를 잘하고 있는 것은 모두가 어머니의 사랑과 정성 때문이었구나! 이제부터는 부모님 말씀을 더욱 잘 듣고 공부도 열심히 해야겠다고 다짐하며 나는 어머니의 크신 사랑을 새삼스레 알게 되었다.

그 무렵 어린 우리 학생들의 표상인 우리 지역 출신의 법관이 계셨다.

그 분의 모친은 아들을 위하여 새벽마다 집 뒤쪽의 깊은 산속의 기도터에서 날마다 오랜 기간을 정성껏 기도하셨는데 어떤 날 기도 중에 산신령(호랑이)이 주변에 나타나 그 모친에게 계속 흙을 뿌렸지만 모른 체하고 기도만 열심히 하니 조용히 사라지더라는 이야기가 회자 되었다.

그래서인지 아들은 사법고시에 무난히 합격하고 즉시 검사로 임용되어 고향에서 명성이 자자하였는데 그 후에 그분은 대법관까지역임하시고 퇴임하신 훌륭한 법관이었다. 그것은 어머니의 극진한 사랑과 정성 때문이라고 고향의 모든 사람들은 기억하고 있다.

위의 두 가지 사례, 나의 모친의 정성이나, 법관 모친의 정성 때문에 대법관까지 되었다 것을 기술한 것은 신비주의적인 연관을 말하려는 것이 아니라 다만 어머니의 자식에 대한 본능적인 사랑은 모든 고통과 위험을 초월하는 위대한 것이라는 사실을 표현하고자 함이다. 사실 기도하는 어머니의 가정에 하늘의 도우심이 있으리란 것은 인정할 수 있는 일이 아닐까 생각한다.

나는 부모님의 배려로 일찍 서울에서 공부하게 되었다. 고교 시절로 생각되는데 하루는 왕십리에 있는 사설 독서실에서 공부를 하고 새벽 7시경에 집에 가는데 겨울이라서 밤에 눈이 내려 제법 쌓여서 젊은 나도 조심스레 걸어가는데 앞에 애기를 업고 걸어가던 30대 후반의 여성이 눈길에 미끄러지는 상황을 목격하였다.

그 분은 등에 업힌 아기가 다칠까 염려 되었는지 뒤로 넘어지지 않으려고 순간의 재치를 발휘하여 다리가 꼬인 채 그대로 주저앉고 말았다. 아기는 무사하고 그 여성만 다리가 꼬여서 일어서지 못하고 괴로워하였다. 뒤에 오던 내가 부축하여 간신히 일으켰는데 다리에 고통을 느끼면서 고맙다고 하면서 아픔을 참고 아기가 무사하니 다행한 일이라는 듯이 의연히 가던 모습을 보고 모성애란 바로 자기를 희생하면서라도 자식을 지키는 위대하고 아름다운 큰 사랑 그런 것이구나! 그동안 들었던 관념적이었던 모성애의 실체를 눈앞에서 확인하고 감탄하였던 기억은 50년이 지난 지금도 그때의 모습이 선명하게 떠오른다.

'여자는 약하나 어머니는 강하다'고 한다.

천재지변 시에 어린 아기를 안전하게 보호하며 죽어간 어머니의 헌신적인 사랑을 뉴스매체를 통하여 들어본 적이 있다. 맹수의 왕인 호랑이도 새끼를 가진 어미 멧돼지는 피해 간다는 기사도 읽은 바 있다. 사나운 짐승도 새끼에 대한 어미의 목숨을 내건 저항이 어떨지를 의식하기에 무모한 싸움을 기피하려는 것이 아니겠나 생각된다.

자식에 대한 어머니의 사랑은 필설로 표현 할 수 없이 위대하고 거룩한 것이다. 물론 자식에 대한 아버지의 사랑도 크고 위대하지만 우리가 어머니의 사랑, 즉 모성애에 익숙한 것은 대부분의 사회에서 자녀에 대한 양육과 보호는 남성이 아닌 여성이 감당하고 하고 있기 때문일 것이다.

자녀에 대한 어머니의 사랑은 이미 태어날 때부터 가지는 본능으로 남성이 끼어 들 수도 남성의 그것과 비교할 수도 없는 거룩한 것임을 느낀다.

80회 생신을 맞이하신 큰누님께 올립니다

　큰 누님의 80회 생신을 우리 형제들을 대표하여 진심으로 축하드립니다.

　참으로 기쁜 날입니다. 지금까지 건강을 지켜주신 하나님께 감사드립니다. 이 자리를 마련하여 준 영수를 비롯한 자녀들의 노고를 치하하며 고마움을 전합니다.

　큰 누님은 1941년 3월에 충남 보령 주산 삼곡리에서 아버지 박태한님, 어머니 강순옥님의 맏딸로 태어나서 1965년에 석광오님과 결혼하여 영수, 진기, 수진 세 자녀와 세 명의 손주를 두고 믿음 가운데 건강히 지내시며 오늘에 이르고 있습니다.

　누님은 명석하고 부지런하신 아버지의 큰 딸로 태어나 부모님의 지혜롭고 건강한 체질을 물려받았고 현재 부동산업계의 원로로 활동하시며, 또한 인자하시고 솜씨 좋으신 어머니의 유전자를 물려받아서 바느질솜씨와 음식솜씨가 훌륭하십니다.

　누님은 어머님이 서천 친정집에 가시면 저를 비롯한 종희, 종옥, 종성 어린 4남매의 어머니의 대리역할도 잘하셨지요.

　또한 큰집과 작은집 셋째집의 행사나 제삿날에는 세 가정의 큰딸 역할도 매끄럽게 하여 온 집안에 꼭 필요한 감초 같은 역할을 하셨습니다.

외가의 기질도 이어 받아서 동생들과 달리 술도 잘 마시며 사교성이 좋아서 팔순인 지금도 주변 사람들의 상담역할과 사회생활을 활발히 하고 있습니다.

어려서부터 영리하고 공부를 잘해서 대나무밭과 경계를 하고 있는 건너편에 사는 이혜정 담임선생이 아버지께
"성숙이는 동네 다른 아이들 보다 공부 잘하고 상냥한 아이"
라고 늘 칭찬을 했답니다. 학교 졸업 후에는 양재학원을 열심히 다니면서 생활에 필요한 재능을 익혔습니다. 디자인, 바느질솜씨가 모두 좋아서 학원의 두 선생님들로부터 사랑을 많이 받았습니다.

누님이 내 팬티와 반바지 그리고 반팔 윗도리 등, 한 벌을 만들어 준 것을 입고 여름방학에 부여 고모님 댁에서 3일간 머물렀는데, 고모와 사촌한테 예쁜 옷이라고 부러움을 샀던 기억이 새롭습니다.

누님 나이가 스무 살이 넘으니 상냥하고 솜씨가 좋아서 동네에서 인기가 좋았고 또한 약2km 떨어진 우리의 일가친척들이 많이 있는 주렴산의 친척 형들 사이에도 칭찬이 자자했습니다.

고향동네는 비교적 큰 마을이라서 누님의 많은 친구들이 우리 집을 자주 찾았는데 그것은 누님의 품성이 상냥하고 어질기 때문이었습니다.

그 무렵에 우리 마을의 대학을 졸업한 전도유망한 총각 집에서 청혼이 있었는데 아버지께서 그가 서자 출신이라는 이유로 정중히 거부 했었지요.

결혼 후의 누님을 회상하여 봅니다.

동생인 내가 서울에서 학교를 다니고 졸업 후에도 서울에서 직장을 다니는 등 서울에서 활동을 해야 하기 때문에 부모님들께서는

서울에 사는 사윗감을 찾게 되었습니다. 어머니께서 서울에 계실 때 어떤 분의 소개로 지금의 큰 매형을 만나 보시고는 아버지와 협의하겠다고 즉시 내려가셨습니다.

이래서 큰 누님은 서울로 출가하셔서 지금까지 거의 55년을 왕십리 행당동, 화양리 등에서 사셨고, 그 후에 셋째 작은아버지의 권고로 이사하여 사당동과 방배동에 살면서 아버님와 같이 부동산 소개업을 하시면서 오늘에 이르렀습니다.

한때, 호강모의 학교 가까운 북아현동에서 전셋집을 알아보려고 나와 호강모, 누님과 같이 여러 곳을 다니는 동안에 어린 영수가 배고파서 보챘을 때 길가에 앉아서 잠깐 젖을 먹이던 기억이 어제 같이 생각납니다.

낯 설은 서울 출가로 인하여 서울에서 고생을 많이 하셨는데 결국 하나님의 도우심과 본인의 노력과 능력으로 이제는 방배동에서 부동산 업계의 원로로 우뚝 서신 모습에 아낌없는 박수를 보냅니다.

한때는 두 누님들이 서울로 출가하여 처음에 고생하고 어려움을 겪으신 것이 나 때문이란 생각에 누님들에게 참 미안하고 마음이 아팠습니다.

그러나 오직 성실함과 노력으로 오늘의 당당하고 의연한 큰누님이 되셨음을 봅니다. 또한 작은 누님도 가까이 사셔서 화목한 생활을 하게 되어 그 동안 죄송하였던 마음을 내려놓았습니다.

부디 건강히 오래오래 사시길 간절히 소망합니다.

기억력이 좋았던 큰 매형은 여러 차례 누님만이

"종자 돌림이 아닌 것이 이상하다. 어디서 주어온 자식인 것 같다."(누님이름-성숙)

고 농담을 하셨는데 좋던 기억을 내려놓고 지금은 대부도 요양원에서 요양 중이신 큰 매형도 건강하시길 기도합니다.

그리고 큰 누님과 고향에서 오랫동안 쌍둥이 같이 손발을 맞추어 노력하셨던 작은 누님의 건강을 위해, 형제들 일이라면 사랑과 정성을 아낌없이 제공하는 호강모, 믿음의 선구자인 상혁모, 빠르고 재치 있는 종성이, 그리고 열심히 수고하는 두 올케들, 그리고 꼼꼼하고 성실한 상혁아범, 모두가 우리의 큰 자산인 형제들입니다.
사랑하는 형제들과 소중한 모든 조카들의 건강과 평안을 기도합니다.
누님! 사랑하고 존경합니다. 건강하세요.

2020. 3. 28

형제들을 대표하여 동생 종완 올림

참 스승님을 회상하다

요즈음 집 주변에서 걷는 것이 매우 불편하여 잔걸음으로 힘겹게 걸음을 옮기며 열 걸음 정도를 걷고는 한참을 쉬었다가 또 어려운 발길을 옮기는 딱한 사람을 보는데 그의 모습이 내가 어릴 적 고향에서 3학년 때 같은 반이었던 유병직과 많이 닮아서 그에게 이름을 물어보고 싶은데 너무도 고통스럽게 걷기에 혹시 누구 아니냐? 묻고 싶은 마음을 여러 번 자제했다.

그 사람을 보면서 갑자기 생생하게 떠오르는 유병직 이라는 이름의 반 친구와 담임선생님이셨던 유병식 선생님의 생각이 떠오르며 반 친구들이 함께 고된 벌을 받던 65년 전의 기억이 카메라 필름을 보듯이 선명하게 떠오른다.

초등학교 3학년, 10살 때의 일이다. 고향마을에서 약 2km 거리에 초등학교가 있고 내가 사는 마을에서 학교 가는 도중에 있는 황률리라는 마을이 있다. 그 마을에서 살고 있는 얼굴이 크고 광대뼈가 튀어 나와 인상이 무섭고 친구들과 싸움을 잘하는 유병직이란 아이가 있었다. 학교를 늦게 입학해서 또래보다 두 살이 많았다.

그가 학생들과 빈번히 싸우는 모습을 보았기 때문에 나처럼 겁이 많은 친구들은 가까이 하기를 매우 꺼렸다. 1, 2학년 때는 다른 반이었기에 만날 기회가 없었는데 3학년 때는 같은 반이 되었다.

3학년 때 담임선생이 '유병식'선생님이었는데 유병직과 가까운 친척사이인가? 하고 생각했었다.

초등학교 때에 봄. 가을 두 차례 환경미화 기간이 있었다.

창과 창틀을 그리고 바닥을 걸레로 깨끗이 닦는 것은 물론이다. 담임선생님 교탁이 있고 선생님 뒤로는 초록색의 큰 칠판이 있고, 칠판위로는 태극기와 교훈이 칠판 가운데 양 옆으로 액자에 넣어서 걸려 있다.

칠판 양 옆으로는 세계지도, 우리나라 지도가 걸려있고 뒷면 게시판에 학생들의 그림과 학교의 통지문 등이 압정 핀에 꽂혀 있다.

환경미화 때는 낡고 오래된 지도는 새것으로 바꾸어 걸고 액자와 게시판의 게시물을 바꾸고 먼지를 털고 걸레로 닦아서 우리 교실을 깨끗하고 밝게 하는 것이다. 반장이 중심이 되어 분단을 나누어서 대개는 수업 끝나고 이틀 동안 하는데 어린 학생들에게 청결 의식을 가지게 하는데 목적이 있는 중요한 행사다.

이틀간의 환경미화를 끝낸 다음날 종례시간에 교실에 오신 담임 선생께서

"모두 일어서서 짝과 함께 걸상을 들고 내가 다시 올 때까지 기다려라. 만일 어떤 분단이라도 몰래 걸상을 내리면 계속 벌을 받을 것이다."

하고 교무실로 가셨다(그 시절 교실의 걸상은 둘씩 앉는 긴 의자였다).

약 10분후에 돌아오신 선생님께서

"수고했다. 이만 돌아가고 왜 선생님이 너희들에게 이런 벌을 주었는지 그 이유를 생각하여 보아라."

다음날도 아무 말씀도 없이 수업을 마치고는 종례시간에 오셔서는

"다시 일어서서 걸상을 들고 내가 올 때 까지 기다려라."

10분후에 교실에 오셔서 선생님이

"왜 어린 너희들 모두에게 벌을 받으라 하는지 아는 사람은 선생님에게 말해라. 아무도 말이 없으면 내일도 벌이 계속될 것이다. 오늘은 집으로 돌아가라."

하셨다.

선생님은 키가 약간 작지만 다부지고 건강한 몸으로 달리기와 축구를 잘하시는 인자한 선생님이셨다. 이런 분이 왜 갑자기 환경 미화에 수고한 우리들에게 단체로 벌을 주실까! 어린 우리들은 궁금하고 이해할 수 없었다.

다음날에 우리는 매우 걱정스러웠다.

선생님은 아무 말 없이 수업만 하셨다. 수업이 끝나고 종례시간에 오시더니

"아직도 너희들이 벌을 받는 이유를 모르나?"

아무도 말이 없었다.

"오늘도 모두 일어서서 걸상을 들고 벌을 받는다. 누구든지 이유를 말하지 않고 요령을 피우면 오늘은 밤새도록 벌을 받을 것이니 그렇게 알고 기다려라."

하시고는 교무실로 가셨다.

똑같이 10분후에 교실에 오셔서는

"아직도 너희들이 벌을 받는 이유를 모르겠나?"

묵묵히 한참을 앉아 계시면서 학생들이 힘들어 하는 모습을 모른 체하고 계시더니 "모두 걸상을 내려놓고 자리에 앉아라."

그리고는

"사흘 동안 고생들 많았다. 선생님도 너희들 때문에 걱정하며 삼

일동안 퇴근도 늦게 하며 기다렸다. 유병직군 일어나라. 너는 네 잘못으로 친구들이 고생하고 있는 것을 모르겠는가?"

"예, 모르겠는데요."

"진실로 모르겠는가?"

"예."

"선생님이 말해 볼까?"

"예, 말씀해 보세요."

"너희들 모두 잘 들어라. 선생님이 퇴근하면서 병직이가 환경 미화를 끝난 날에 창문을 넘어서 새로 바꾼 우리나라 지도를 몰래 가지고 나오는 것을 보았다.

그때는 그냥 모른 체하고 있다가 다음날부터 너희들에게 걸상을 드는 힘든 벌을 주었다. 그런 후에 너희들이 왜 벌을 받는지 이유를 모르겠나?

하고 물어 보았을 때 병직이가 조용히 교무실에 와서 '제가 잘못했습니다' 하고 솔직히 말하기를 바랐다. 그러면 몰래 가져간 우리나라 지도는 그에게 주고 새것을 사서 다시 걸고 용서하며, 너희들 벌도 조용히 중단하겠다고 생각하였다. 그러나 병직이는 자기 때문임을 알면서도 모른 체했다. 선생님은 병직이를 도저히 용서 할 수 없으니 학교의 교칙에 따라 처벌 할 수밖에 없다. 그동안 너희들은 영문도 모르고 3일간 벌을 받느라고 수고했다. 한사람의 나쁜 친구로 인하여 여러 친구가 고통을 받을 수가 있음을 깨닫고 학교의 기물을 아끼는 학생, 거짓말을 해서는 안 되는 학생이 되길 바란다."

드디어 우리는 무거운 걸상을 드는 벌에서 벗어났다.

병직이는 선생님과 이름이 비슷하지만 친척 관계 전혀 아니었다. 우연히 이름이 비슷할 뿐이었다.

우리는 선생님 말씀을 듣고 절대 거짓말을 하지 말자고 다짐하였다. 참 좋으신 선생님이라고 어린 마음에 감동을 받았다.

우리 반 많은 친구들은 선생님께서 올바른 가르침을 위하여 고심을 많이 하셨구나! 생각하며 공부를 열심히 하였다. 그 후에 우리 3학년 2반의 학습 능력이 매우 좋아졌다는 소리도 듣게 되었다.

어릴 적의 교육이 참으로 중요하다고 생각하며 나의 마음에 잊지 못할 기억으로 남아있다. 싸움 쟁이던 병직이가 지금도 건강한 노인으로 살아 있기를, 그리고 병직이와 너무 닮은 다리 아픈 우리 동네의 노인의 건강을 기원한다.

지금껏 생생히 기억되는 선생님의 사려 깊은 참교육을 회상하며 나의 살아온 날들을 되돌아본다.

제5부

수 상 문

나를 기쁘게 하는 것들

나는 고등학교 국어 교과서에 실렸던 독일인 수필가 안톤 슈낙 (Anton Schinak, 1892~1973)의 수필 '우리를 슬프게 하는 것들' 에 대한 아련한 기억을 가지고 있다.

서정과 낭만으로 가득찬 섬세한 시선과 감각이 돋보이는 그의 수필은 수십 년이 지난 지금까지도 나의 기억에 좋은 글로 남아있다.

처음 그의 수필을 읽으면서 나는 수필가 자신을 슬프게 하는 것들인데 왜 우리를 슬프게 하는 것들이라 했는가? 하는 의문과 함께 슬프게 하는 것보다는 기쁘게 하는 것들을 그의 섬세한 문체로 표현했으면 좋았을 텐데 하고 아쉽게 생각하였던 그때의 생각을 가지고 '나를 기쁘게 하는 것들' 이라는 제목으로 글을 써본다.

봄날 토요일 아침의 맑은 햇살은 나를 기쁘게 한다.

아침의 밝고 맑은 햇살은 나에게 기쁨의 하루를 예고한다. 그것도 겨울의 매서운 추위가 물러가고 따스한 봄날, 그리고 생활 전선에서 바빴던 주중의 일상을 잠시 미루고 여유를 가지고 늦잠을 자고 일어난 후 맑은 날의 햇살이니 말이다.

횡단보도에서 보행 신호를 기다리는데 옆에 있는 중년 부인이 업고 있는 돌박이 어린 아기가 나를 보고 배시시 웃고 있던 까만 눈동

자는 나를 기쁘게 하여 생명의 귀중함과 어린이에 대한 사랑을 가슴속 깊이 느끼게 한다. 그 아기가 남아인지 여아인지 또는 얼굴이 예쁜지 어떤 지에 관계없이 맑은 눈동자는 그 후에도 선명히 기억되어 나를 기쁘게 한다.

바쁜 월요일 출근 시에 사무실 도착이 늦을듯하여 내리막 계단을 뛰어 내려서 플랫 홈에 도착하는데 마침 기다렸다는 듯이 도착 하는 지하철은 나를 기쁘게 한다.
자주 이용하는 지하철은 몇 분을 기다리기도, 적시에 도착하기도 하지만, 나를 기다렸다는 듯이 다가오는 지하철이 그날따라 더 깨끗하고 안전하게 느껴졌던 것은 시스템이 거의 완벽하게 운행되고 있는 내 나라에서의 출퇴근이 즐겁다.

정원에 가까운 인원이 타서 빨리 문이 닫히기를 기다리고 있는 중에
"잠깐만요!"
하면서 달려오는 고등학생을 보고는 문 앞쪽에 있던 중년부인이 문이 닫히려는 엘리베이터의 열림 버튼을 급히 누르며
"빨리 닫아요."
하며 볼멘소리를 내고 있는 다른 사람의 시선은 아랑곳하지 않고 달려오는 학생이 탄 후에야 방긋 웃음을 보내는 그 부인의 아량은 나를 기쁘게 한다.
순발력이라곤 없어 보였지만 순간적으로 조치를 취한 그 부인의 두툼한 엄지손가락을 기억하며 남을 배려한 순간의 여유가 아름답고 소중하구나 하는 생각을 한다.

영화나 T.V드라마에서 재치 있고 능숙하게 연기하는 조연들은 나를 기쁘게 한다.

대부분의 경우 주연은 연기력보다는 인물 또는 감독이나 PD의 배려에서 선발 되어 시청자들에게 주인공으로서의 역할을 확실히 심어 주는데 미흡한 경우가 있지만 익살맞고 재치 있는 조연들의 연기로 인하여 영화나 드라마가 좋은 반응과 인기를 누렸던 경우가 많다.

최근 우리 민족의 애환을 섬세하게 영상화한 '국제시장' 이 인기리에 상영되어 우리의 심금을 울린 적이 있는데 주연인 황정민, 김윤진 등 두 사람도 연기를 잘 했지만 조연인 오달수의 연기가 작품의 내용과 인기를 상승시켰다고 생각했다.

우리 선수가 중요한 스포츠 경기에서 이겼다는 소식은 나를 늘 기쁘게 한다. 며칠 전에 있었던 월드컵예선 경기에서 '손흥민'이라는 걸출한 세계적인 선수를 중심으로 우리대표팀이 강적 이란을 이긴 축구경기는 나를 매우 기쁘게 한다.

바쁜 가운데 살면서 잊혀진 오랜 친구로부터 걸려온 전화는 나를 매우 기쁘게 한다. 나이가 들면서 옛날이 그립고 친구가 그리운 나에게 옛 친구의 반가운 전화는 내가 살아있음을 느끼고 감사하게 하고 나를 기쁘게 한다.

나를 기쁘게 하는 것들이 어디 이것 들 뿐이겠는가. 기쁨은 마음이 여유 있을 때 크고 깊게 느껴진다. 기쁨은 우리를 행복하게 한다. 작은 일에도 기뻐하고 함께 나누며 행복한 내일을 기대하자.

돌팔매질

나는 어렸을 적에 돌팔매질을 무척이나 좋아했고 어느 정도는 잘했다.

돌팔매질이란 무엇을 맞히려고 돌을 던지는 짓이다. 아무런 도구를 사용하지 않고 오직 적당한 크기의 돌로 팔을 사용하여 목표물을 향하여 던지는 것이다.

돌팔매질의 목적은 목표물이 움직이는 동물인 경우는 맞혀서 상처를 주거나 겁을 주어서 쫓아버리는 의도가 많다. 반면 목표물이 나무에 달려있는 과실인 경우는 도구를 이용하는 번잡함 없이 주변에서 돌을 주워 팔매질을 하여 과실을 쉽게 따기 위해서 한다.

봄철에 산을 찾으면 가끔은 동면에서 깨어나서 활동을 시작하는 울긋불긋한 뱀을 만나게 되는데 그 순간 깜짝 놀라서 무의식중에 주변에서 돌을 주워서 마구 돌팔매질을 하게 된다.

이때는 정조준 할 겨를도 없이 도망가는 쪽을 향하여 집중적으로 팔매질을 하는데 다분히 놀란 심정을 해소하기 위하여 동물을 멀리 쫓아버리고자 하는 돌팔매질이다.

시골에는 쥐가 많아서 집에서나 논두렁에서 쥐를 많이 볼 수 있다. 쥐를 보면 언제나 돌팔매질을 하여 잡아보려고 하지만 어찌나 빠르게 도망하는지 잡기가 쉽지 않았다.

나는 어렸을 때부터 왼손잡이였다. 부모님들의 강요로 글쓰기와 숟가락질은 오른손을 사용하지만 나머지는 왼손이 익숙한 왼손잡이다.

그래서 어릴 때 학교에서 밭에 낫으로 풀을 베거나 호미질을 하게 되는 실과시간에 선생님께서는 너는 다칠 것 같으니 호미질을 하지 말고 손으로만 풀을 뽑으라고 권하기도 하셨다. 남들이 보기에는 매우 어색하게 보이는 왼손잡이인 나는 돌팔매질이나 목표물을 맞히는 등의 놀이에서는 다른 친구들 보다 항상 앞섰다.

돌팔매질로 인하여 기억에 남는 것 중에서 초등학교 때의 일로 기억된다.

아랫마을에 사는 동갑내기 친구인 원희의 집을 모처럼 방문하였을 때였다.

집 마당에서 놀고 있는데 까치가 지붕의 중간쯤에서 무언가 열심히 쪼아대고 있었다. 그 순간 손안에 들어올 정도의 돌을 주워서 까치를 향하여 돌을 던졌는데 돌이 까치의 머리를 정통으로 맞혔다.

순간 까치는 정신을 잃었는지 지붕에서 미끄러져서 땅바닥으로 굴러 떨어졌다. 한동안 파닥거리다가 얼마 후에 고개를 흔들거리며 가까운 담장으로 날아가서 앉아 있다가 어디론가 날아가 버리던 모습이 지금도 생생하게 기억 된다.

까치는 텃새로 집 주위에서 자주 보는 반가운 새라서 제비와 까치에게는 팔매질을 안했는데 그 날은 무심코 대수롭지 않게 돌을 던진 것이 명중되어서 반가운 까치를 잡을 뻔하였다.

역시 초등학교 때의 일이다. 학교에서 가까운 곳에 작은 규모의 유과공장이 있었다. 유과는 어릴 적 좋은 간식거리였다. 수업이 끝나고 비가 내려서 동네 친구와 일찍 집으로 가고 있는데 건너 마을에 사는 '지복'이라는 친구가 유과를 샀다고 자랑하면서 다가왔다. 같이 가는 친구에게는 유과를 몇 개 주고 나에게는 안 주고

"약 오르지"

하고 놀리면서 우의를 입고 빗길을 달려서 도망하는 것이 아닌가.

나는 순간적으로 화가 나서 마침 앞에 있는 돌을 집어 세차게 던졌는데 돌이 포물선을 그리며 날아가 모자 달린 우의를 입은 녀석의 정수리에 명중하고는 땅에 떨어지는 것이었다.

순간 나는 매우 걱정이 되었다. 그런데 그 친구는 아파하면서도 나에게 미안한 맘이 있어서인지 멈칫하다가 그대로 달아나 버렸다.

다음 날에 만났는데 우의를 입어서 많이 아프진 않았다고 했지만 정수리가 약간 부어있었다. 나는 미안하다고 몇 번이나 사과를 하였다.

9년 전에 분당의 불곡산에 아내와 등산을 하였다.

그 때 이름 모를 작은 새가 지저귀는 한가한 쉼터에 청솔모가 나무를 오르내리며 먹잇감을 찾고 있었다. 꼬리가 길고 털이 많아서 별로 안 좋은 인상이었다. 더구나 귀여운 다람쥐를 해친다는 이야기를 들어서 평소에도 곱지 않은 생각을 가지고 있던 터였다. 마침 가까운 쪽 나무에서 길을 날렵하게 기어가기에 순간적으로 적당한 돌을 집어서 세게 던졌는데 기어가던 청솔모의 몸 쪽에 명중하여 '픽' 소리가 날 정도였다.

잠시 머뭇거리더니 나무를 타고 도망하였다. 아마도 어딘가에 숨어서 고통을 느낄 것이라 생각하면서 산을 내려왔다.

움직이는 물체를 적중시킨 기억들이다.

그런가하면 가을에 감이 익어서 홍시가 많이 달려 있거나 밤송이가 익어 알밤이 떨어질 무렵이면 나의 돌팔매질은 바쁜 계절이 된다.

홍시가 달린 나무에 큰 돌을 던져서 맞추면 주변의 익은 홍시가 떨어지게 되어있다. 풀 섶이나 울타리에 떨어지면 대부분 먹을 수 있지만, 땅바닥에 떨어지면 일부만 먹을 수 있다.

마찬가지로 익어서 벌어진 밤송이가 많은 경우 주변의 가지에 돌을 던져서 흔들게 되면 밤송이나 알밤 여러 개가 땅에 떨어진다. 몇 차례 던진 후에 나무 밑에 가서 알밤을 주우면 한 되쯤은 쉽게 줍는다.

어릴 적 알밤을 줍기 위해 갈 때는 동네 친구들은 꼭 나를 동행하여 돌팔매질을 시키고 응원하여 주었던 기억이 새롭다.

왼손잡이인 나는 왼손만을 사용하는 볼링, 탁구 등의 운동이나 돌팔매질은 오른손잡이들보다 비교적 잘한다. 그러나 어른들의 강요로 오른손을 사용하게 된 글쓰기나 젓가락질은 오른손잡이들보다 느리고 약간 서툴다.

돌팔매질하여 목적물을 정확히 명중시켰을 때 그 순간은 얼마나 희열이 넘치는지 모든 스트레스를 날려 버릴 정도로 기분이 좋다. 하지만 이제는 화가 난다고 사람에게나 귀여운 동물에게 하는 돌팔매질은 삼가거나 자제를 하고 있다.

까치

　까치는 제비와 더불어 우리들에게 매우 친숙하고 사랑을 받아온 새다.

　내가 자랐던 농촌의 어린 시절에 까치는 유난히 집 주위를 맴 돌면서 자주 눈에 띄지만 그렇다고 시끄럽게 짖어 댄다거나 함부로 배설물을 떨어뜨려 주변을 지저분하게도 하지 않고 그저 친숙한 느낌을 주었던 기억만 있다.

　그런데 세월이 흐름에 따라 고즈넉하고 청명했던 시골도 변화되어 강남의 제비는 돌아오지 않고 길조라며 사랑 받던 까치는 요즈음은 사람에게 피해를 주고 있다고 하여 해조害鳥로 취급받아 도시에서는 소탕의 대상이 되고 있다고 하지만 나에게는 까치에 대한 좋은 추억이 많다.

　까치 소리는 반갑다. 그 소리는 꾀꼬리 같이 아름답게 굴린다거나 소쩍새 같이 구슬프게 소리를 내는 것이 아니라 기교 없이 가볍게 짖는 두 음절 '깍깍', 평소에는 첫 '깍'은 약간 높게 둘째 '깍'은 약간 낮게 내는데 약간 긴장이 되었을 때는 빠르고 같은 높이로 '깍깍 깍깍'하는 단순하고 간단한 그 음정이 반갑다.

　그래서 인지 '아침에 까치가 짖으면 반가운 손님이 오거나 반가운 소식이 전해온다' 라고 하는 말이 오래전부터 전해 내려왔는데 이 말은 매우 그럴싸하게 느껴졌다.

아마도 단순한 까치소리가 거부감이 없었고 친숙하게 들렸기에 그런 말이 전해 온듯하다.

까치는 그 습성이 아름답다. 어렸을 때에 우리 집 앞에 큰 감나무가 있었는데 아침에는 어김없이 까치 두세 마리가 날아와서 나뭇가지를 종종거리며 옮겨 다니면서 어찌나 사이좋게 지저귀는지 사람으로 말하면 나지막한 귓속말로 속삭이는 것 같은 느낌을 갖게 한다. 아마도 암수 부부이거나 가족일 것이라 생각을 하였다.

별로 감수성이 없던 나였지만 그 때의 까치의 모습과 소리는 지금도 눈에 선연하다.

까치는 사계절을 인가 주변에서 서식하는 텃새로 날개가 짧아서 먼 거리를 날 수 없다. 춥다고 추위를 피하여 멀리 날아가 버리거나 덥다고 하여 시원한 곳에서 머물다 오지 않고 추우나 더우나 그 지역의 사람과 같이 고락을 함께한다.

도시나 농촌의 평지에서 생활하며 고산의 오지나 외딴 섬 지방에서는 잘 살지 않는다. 까치는 후각이 매우 발달하여 음식물 냄새에 민감하여 낯선 사람이 자기 영역에 들어오면 심하게 지저귄다. 반면 익숙한 냄새나 환경에서는 안심하고 즐기는 모습을 볼 수 있다.

까치는 그 모습이 귀엽다. 크지도 작지도 않으면서 적당히 흰색을 가진 새로 왠지 사람들에게 친숙하게 느껴지는 새다. 언제나 날렵하게 앉았다가 날아가 버리는 쌀쌀맞게 보이는 참새와 같이 작지도 않고, 꿩이나 천둥오리 같이 무겁고 둔탁한 몸매를 가지지 않고 적절한 크기를 가지고 있다. 또한 까마귀 같이 검은 색도, 백로나 비둘기같이 흰색만이 아닌 머리와 꼬리 부분은 검은 청색과 가운데는 흰색이 어우러진 보기 좋은 모습이다.

나는 까치집도 좋아한다. 높은 나무위에 나뭇가지를 모아다가 엉성하게 얽어놓은 것이지만 나무와 그대로 어울려서 덧붙여 놓은 것 같지 않고 나무 삭정이가 그대로 떨어져 쌓인 것 같은 모양이다. 그러나 용케도 비가 아니 새고 오직 햇볕, 달빛 그리고 바람을 받을 뿐이다. 그럴 것이 까치는 나뭇가지의 크기와 굵기를 집의 아래와 옆에 맞게 물어다가 집을 짓기 때문에 엉성한 것 같이 보여도 튼튼하고 짜임새가 있으며 언제나 깨끗하게 보인다.

까치는 집을 지을 때 그해의 날씨에 따라 민감하게 반응한다고 한다. 큰 태풍이 올 것 같은 해는 조금 낮은 곳 굵은 가지에 집을 짓고 그렇지 않으면 아주 높은 꼭대기에 집을 짓는다. 일기까지 예측하여 튼튼한 집을 짓기에 그 집이 좋아 보이는 것이다. 집은 제비같이 아늑한 집이 아니면 까치집 같이 깨끗한 집을 지어야 한다.

'제비집은 얌전하고 단아한 가정부인이 매만져가는 살림집이요, 까치집은 깔끔하고 풍류가 있는 시인이 거처하는 집이다.' 라고 표현했던 어느 작가의 글을 읽은 기억이 난다. 다른 새들의 집은 새둥지, 새 보금자리, 새장이라고 말하지만 까치와 제비는 까치집, 제비집이라고 말하는 것을 보면 한국 사람의 집에 대한 정서를 알 수 있다.

지금 내가 사는 집 부근에 큰 감나무 여러 그루가 있다. 봄부터 가을까지 아침이면 까치 몇 마리가 찾아와서 깍깍 짖어대어 오십여 년 전의 추억을 떠 올리며 지낸다. 지금은 추운 겨울이라서 까치 소리를 듣지 못하지만 봄이 오면 시작될 반가운 그 소리를 아침저녁으로 들을 수 있어서 저절로 기분이 상쾌하여질 날이 올 것을 기대하여 본다.

몇 개월 전 가을에 풍성하게 달렸던 먹음직한 감을 주인들이 준비한 도구를 이용하여 며칠간 땄었는데 그때도 여전히 나무마다 몇 개씩 남겨두었다. 그것은 따기가 귀찮거나 힘들어서가 아니라 까치들을 위한 '까치밥'으로 남겨 놓은 것이었다.

가을철에 감. 대추 등의 과일을 딸 때에 주인들은 나무마다 몇 개를 남겨두는데 이것은 별다른 의미가 있는 것이 아니라 우리에게 친숙한 까치의 겨울 월동을 위한 먹거리로 남겨두는 '까치밥'이다. 이런 것을 미루어 보더라도 우리 조상들의 까치에 대한 사랑과 배려가 그 얼마나 깊고 따뜻한 것이었는지를 느끼게 된다.

추운 지금은 지난 늦가을 감나무 주인이 남겨놓은 빨갛고 맛난 감을 먹고 깨끗한 집 어디에선가 휴식을 취하다가 봄이 오면 다시 찾아와 '깍깍'하며 짖어대겠지! 그 친숙하고 반가운 까치 소리를 봄의 소리와 함께 기다려 본다.

나의 신앙 여정

  나는 현재 교회를 다니며 신앙생활을 하는 기독교인이다. 내가 기독교인으로 교회를 다니기까지엔 신앙의 여러 과정이 있었다. 우리 부모님들 세대는 민간신앙의 기저에 불교신앙이 가미된 그런 신앙이 많았다.

  구한말 선교사들의 순교에 따른 값비싼 희생과 6.25 한국전쟁이 끝나고 휴전협정 이후에 미군이 주둔하여 정치 경제 및 종교적으로 미국의 영향을 받게 됨에 따라서 천주교와 개신교를 중심으로 기독교가 급속도로 보급되어, 현재는 기존의 불교와 더불어 우리나라의 중심적인 종교가 되었고 나아가 전 세계에 많은 선교사를 파송한 세계적인 국가가 되었다.

  사람들은 자라면서 정서적으로 부모님의 영향과 주변 환경에 지대한 영향을 받게 된다. 나는 남아 선호의식이 강한 가정, 딸이 많은 집안의 맏아들로 태어났다.

  그래서인지 부모님과 할머니의 많은 사랑을 받고 자랐다.

  부모님께서는 건강하게 자라길 바라는 간절한 마음에서, 영적 감각이 뛰어나 마을의 어려운 일을 당한 가정에게 도움을 주며, 산모들이 출산할 때 산파 역할 등 좋은 일을 하시던 50대 중년인 같은 마을의 아주머니 한분을 나의 수양어머니로 삼아서 어려울 때나 좋을 때나 큰 도움을 받았다.

　나는 어머니와 그 분을 따라서 정월 대보름이나 추석 때에 동네의 주요 길목에서 저녁에 짚불을 피우며 어머니와 그분이 시키는 대로 두 손을 모아 비비면서 하늘에 기도할 때가 자주 있었다.

　어머니는 거의 날마다 새벽에 정한 수를 떠 놓고 손을 모아 부친과 자녀들을 위해서 간절히 기도하셨다. 나는 그 모습을 자주 보면서 자랐다.

　아버지 생신 무렵이면 멀리 떨어져 있는 사찰에 가셔서 공을 들여 아버지 건강을 기원하시고 하얀 절 떡을 가져와서 가족 모두가 나눠 먹던 기억이 새롭다.

　나는 전통적인 민간 신앙과 불교를 믿는 그런 가정에서 자라서인지 어렸을 적엔 불교적인 정서를 가지고 있었다.

　초등학교에 입학하니 학교 가까운 곳에 교회가 있었고 교회를 다니는 친구들이 있어서 교회가 무엇을 하는 곳인지 그때야 알게 되었다.

　초등학교 3학년 때쯤에 교회를 열심히 다니던 나보다 열 살 정도 많은 친절한 윗집 형이 여름방학에 교회에서 '하기학교' 란 행사가 있는데 같이 교회에 가보자고 몇 차례 요청하기에 이미 교회에 다니고 있는 건너 마을 친구와 함께 처음으로 교회에 갔다.

　그 때 초등학생 10여명이 나와서 풍금소리에 따라 노래를 부르고 책도 읽으면서 손을 모아서 기도하는 모습을 보았다. 집으로 오는 길에서 교회를 몇 년째 다니고 있는 친구가 내일은 성경암송 대회가 있어서 암송연습을 하고 있다고 하였다. 나는 새로운 분위기가 어색하였지만 호기심이 있어서 계속하여 나흘을 다녔다.

　그때 친구와 다른 초등학생이 부르던 노래가 찬송가라는 것을 알게 되고 나도 따라 불러서 2곡의 찬송가는 익숙하게 부를 수 있게 되었다. 친구는 성경암송대회에서 2등을 하여 노트 3권을 상품으로 받았는데 그 친구가 부러웠다. 나는 이때 처음으로 교회를 갔다.

그 후 교회생각을 잊고 5학년이 되었는데 담임선생님께서 수줍음이 많은 내가 반장으로는 부적합했는지 도덕부장을 시켰다. 자연히 도덕시간에는 학습준비도 열심히 하고, 도덕과목의 예습 복습도 다른 교과보다 많이 하였다.

그때 도덕책에 '다우다의 불빛'이란 러시아의 소설을 소개하면서 끝맺는 말에서

"친구를 위하여 목숨을 바치면 이 보다 더 큰 사랑이 없느니라."
(요한복음 15장 13절)라고 기록되었던 성경말씀과 성경구절은 오랫동안 잊지 않고 기억되어 지금도 내가 가장 좋아하는 구절이 되었고 그런 연유로 요한복음은 내가 자주 읽는 성경이다. 초등학교 3학년 시절에 교회를 처음으로 갔던 것이 5학년으로 이어지며 신앙의 연결고리로 이어졌나 보다.

세월이 지나 내가 서울로 유학을 오게 된 것을 계기로 누님 두 분이 서울에 사는 분들과 결혼하여 서울에서 살게 됨에 따라서 아버지께서는 자수성가하여 마련하신 많은 농토를 일부는 매각하거나 또는 마을의 다른 분들에게 경작을 위임하고 온가족이 서울로 이사를 했다.

우리 가족이 외지인 서울에서 생활의 안정을 찾을 무렵 어머니와 막내 여동생이 교회를 다니기 시작하였다. 시골에서 정기적으로 절에 다니시며 토속 신앙을 숭배하셨던 어머니께서 일단 교회의 성도가 되시더니 모범적인 신앙생활을 하셨다. 나는 결혼 후에 분가하

여 살았으나 주일에는 어머님을 교회 앞까지 승용차로 모셔다 드리고는 그대로 집으로 돌아오곤 하였다. 내게 찾아온 신앙생활 할 수 있는 기회를 놓쳤다.

어머님은 살아계실 동안 신앙생활을 열심히 하셔서 권사직분을 받으셨다. 그 후 소천 하셨을 때에 장례의 모든 절차에 참여하신 목사님께서 아버지와 장남을 전도하지 못하고 소천하신 것을 기도와 말씀 중 여러 번 절절히 언급하시면서 안타까워하셨던 것이 생각난다.

어머니께서는 얼마나 아들을 전도하고 싶으셨을까 생각하면서 이제야 어머님의 심정을 헤아려 본다.

자식들에게 헌신적이셨던 어머니께서 소천하신 후에 아버지와 형제들은 매우 슬펐고 나도 슬픔을 억제하기 위하여 방법을 모색하다가 지하철을 타기위해 내려가는 계단에서 '여류 시인이자 영험이 많은 주지 스님의 설법을 듣기 위해서 일산 시민뿐 아니라 서울의 신도들이 운집하여 문전성시를 이루고 있다.'는 책자를 가방에 넣고 지하철에서 조용히 읽어 보면서 이번 토요일에 가보자는 마음을 갖게 되었다.

토요일 아침에 일찍 일어나 3호선 지하철을 타고 일산의 밤가시 마을을 지나 '황룡사' 라는 사찰을 찾았다. 아침 예불을 마치고 처음 찾는 신도의 자격으로 주지 스님과 면담을 하였다. 삭발을 하고 승복을 입은 스님은 40대 후반으로 보이는 동안의 예쁜 여성인데 어딘가 도량이 깊은 범상치 않은 모습으로 보여서 면담 후에 즉시 사찰의 특별행사 일정에 참여하기로 등록비용을 지불하고 등록하였다.

일주일 동안 아침 8시에 시작하여 108배를 5차례하고 설법을 듣고 사찰이 주관하는 야외 행사에 참여하고 저녁식사를 하고 집에

오는 일정과, 오후에 시작하여 영하의 기온인 저녁 9시에 한탄강에 일행이 버스를 타고 가서 강가에 웃옷을 벗고 반야심경을 외우면서 20분을 견디는 훈련을 하고 사찰로 돌아와서는 밤새도록 불경을 읽으면서 명상하고는 아침 7시에 귀가하는 일정에 모두 참석하였다.

그때 여신도 중에 대중가요 가수가 있어서 그분을 중심으로 노래를 잘하는 여덟 사람이 기독교의 찬송가와 같은 찬불가를 아침과 저녁으로 부르게 하였다.

이 사찰은 태고종파에 속하였는데 그 주지 스님은 찬불가도 부르게 하면서 사찰의 부흥을 위하여 노력하였고 그 과정에 나는 마음을 달래 보려고 한 달 동안을 참여 하였다. 그러나 주지 스님이 귀신과 영적인 소통을 하는 무당적인 요소가 있는 모습과, 신도들에게 금전을 공양하라는 요구가 많은 것이 못 마땅하여 약 32일간 찾았던 사찰에 발길을 끊게 되었다. 지금 생각하면 올바른 신앙생활을 위한 방황의 시간이었다 라고 생각된다.

그 후에 다시 마음을 잡아보려고 취미로 즐기던 운동을 열심히 하였다. 주말에는 회사의 회원권이 있는 충북 진천에 있는 골프장을 찾아서 회사 임원들과 시합을 하거나 다른 기회를 만들어서 운동을 열심히 하였다.

서울에서 거리가 멀어서 새벽에 출발하여 어떤 마을 앞을 지나는 길을 선택하여 목적지에 도착하곤 하였는데 그날은 약간 일찍 출발하였는지 그 마을 앞에 가까이 도착하니 약간 이른 시간이라서 여유가 있길래 그 마을에 한번 가보자 하고 방향을 달리하여 마을 입구에 이르니 곱게 늙으신 60대 중반으로 보이는 할머니께서 손을 흔들면서 차를 멈추라고 하시기에

"왜 그러시나요? 어디 아프신가요?" 물으니

"아닙니다. 새벽예배 시간이 늦어 걱정이 돼서 하나님께 택시를 보내주세요. 하고 간절히 기도하니 제 기도에 응답하셔서 댁을 이곳에 보내셨나 봅니다."

"교회가 멀지 않은데 나를 태워 줘요."

하시는 것이었다. 마침 시간적 여유가 있어서 승용차로 7~8분 되는 거리를 모셔다 드리는데 차안에서

"하나님 감사합니다."

혼자서 기도하시는 소리를 들었다. 그때 내가 오늘 우연히 좋은 일을 하였구나! 생각하다가 하나님은 기도에 응답하시는 분인가! 라는 생각이 떠올랐다.

어머니께서 소천하신 후에 막내 여동생은 어머니와 함께 다니던 교회를 떠나서 같은 장로교회 계통인 집에서 가까운 교회로 다니고, 작은 누님은 순복음 교회를, 큰 누님은 막내 여동생이 다니는 교회에, 나도 막내 동생의 권고로 여동생이 섬기는 교회를 다니게 되었다.

어머니께서 열심히 교회를 다니셨지만 그 때는 무관심하시던 부친께서는 당신은 연로하셔서 교회를 다니실 수는 없으시지만 나와 우리 형제들의 신앙생활을 열심히 지지하셨다.

부친께서 10년 전에 병상에서 세례를 받으시고 돌아가신 후에 막내 남동생 내외도 교회를 다니게 되었고 내가 열심히 신앙생활을 하니 아내는 섬기던 감리교회에서 나와 누님과 동생이 다니고 있는 집에서 가까운 장로교회로 옮겨서 권사로서 교회학교 교사의 사역을 잘 감당하고 있다. 지금은 믿음의 성장을 위하여 아침과 저녁에 집에서 아내와 함께 예배를 드리고 있다.

형제들의 돈독한 우애를 위하여 경제적인 지원을 아끼지 않는 셋째 여동생도 요즈음 신앙인이 되어서 지금은 형제자매들 모두와 자녀들도 함께 신앙생활을 하는 믿음의 가문으로 정진하고 있으니 얼마나 큰 은혜인지 그저 감사할 뿐이다.

　이렇게 나의 신앙여정은 어려서부터 그 가능성을 잉태한채 민속신앙과 불교적인 정서에서 머물다가 먼 여정을 돌아서 이제야 기독교인으로 뿌리를 내리게 되었는데 그 바탕에는 어머니의 기도가 밑거름이 되어서 형제들과 자녀들에게 까지 뻗어나가는 튼실한 나무가 되고 있음을 보면서 이제야 올바른 신앙생활에 뿌리를 내리게 된 여정을 기쁨으로 돌아본다.

놀라운 자연의 복원력

한여름 더위에 지쳤던 나는 선선한 바람과 단풍이며 억새까지 아름다운 가을맞이로 서울의 명소가 된 월드컵 공원으로 문학 동아리 회원들과 문학 기행을 가기로 했다.

마침 날씨도 좋았는데 보기만 해도 즐거운 회원들과 가까운 곳이라 가벼운 마음으로 초청회원 세분과 함께 떠났다. 오전에 급한 일정을 마치고 합류해 서울의 새로운 명소가 된 월드컵공원에 도착했다.

월드컵 경기장 근처에 가니 어찌나 구경나온 사람이 많은지 이곳이 서울 시민들이 찾는 대단한 명소가 되었구나! 라고 느끼며 일행들과 연락을 주고받으며 목적지에 도착했다. 그러나 좋은 풍광을 즐길 여유도 없이 구름떼 같은 군중에 압도되어 목마르고 허기진 몸을 달래며 몇 개의 공원 중에서 하늘공원의 억새꽃과 코스모스 군락을 주마간산 격으로 보고는 간신히 그곳을 빠져나왔다.

상암동 월드컵 공원이 10여년 전이나 몇 해 전에 찾아보았던 것과는 많이 달라진 모습에 큰 감명을 받아 봄이나 가을 한가한 때에 꼭 다시 찾아보겠다는 다짐과 함께 놀라운 자연의 복원력 신비한 생태계에 대하여 관심을 가지고 공부를 해보고 싶었다.

우리가 가던 날이 하늘 공원의 억새꽃 축제 마지막 날이었다. 서울에서 처음 보게 된 억새의 군락이 얼마나 크고도 장엄하였던지

다른 지역에서 보았거나 어렸을 적에 고향에서 보았던 억새들과 사뭇 달라 보였다.

여러모로 생각해봐도 상암동 하늘공원이 토양 등의 생태계가 얼마나 좋기에 그토록 규모가 크고 울창하기 까지 할 정도의 억새꽃들이 자라고 있나 하는 생각이 들었다. 이곳이 처음에 공용 골프장으로 사용되었을 때와 그 후에 가족 캠프장으로 사용된 몇 해 전에도 가 본적이 있어서 그 주변의 모습을 기억 하는데 지금은 생소한 느낌을 가질 정도로 기름진 토양임을 느꼈다.

난지도蘭芝島는 망원정 부근에서 한강과 갈라진 난지 샛강이 행주산성 쪽에서 다시 본류와 합쳐지면서 생긴 섬이었다. 한강하류 삼각주로 편마암 지대인 난지도에는 자연스러운 모양의 제방이 있어 조선말까지 놀잇배가 정박하는 곳으로 이용되었다. 옛 선조들은 나라의 정사가 잘 되었는지를 알려면 난지도에 핀 꽃들을 보면 된다고 하였단다. 굵고 단단한 모래로 다져진 땅으로 이곳에서 솟아난 담수가 사람에게 가장 좋다고 하여 좋은 풍수조건을 갖춘 땅이 난지도였던 것이다.

쓰레기를 매립하기 전에 난지도는 땅콩과 수수를 재배하던 밭이 있던 평지였다. 낮은 땅이었기에 홍수때 물에 잠기기도 하였으나 학생들의 소풍장소나, 남녀의 데이트 코스로 사랑을 받았으며 겨울이면 고니 떼와 검둥오리 등의 철새들이 몰려오는 자연의 보고였으며 꽃으로 가득했던 이름조차도 향기로운 난지도였다.

이런 곳이 1978년 3월부터 쓰레기 매립장이 되어 서울이라는 대도시에서 발생되는 과욕과 허영의 산물을 마구잡이로 받아들이게 되었다.

우리나라가 급격하게 휘몰아치던 도시화, 산업화의 물결로 서울이 급격히 팽창하면서 늘어난 배설물들을 수용하던 이곳은 개발과 풍요의 찌꺼기로 메워져 갔고 15년이란 세월이 흐르는 동안 그토록 사랑받던 난지도는 어느새 높이 90m에 이르는 쓰레기산 두 개로 변했다.

그때의 쓰레기 매립은 폐수가 흘러서 주변의 오염을 방지하기 위한 차수막遮水膜 등 기본적인 시설을 준비하지도 못한 체 그 당시 쓰레기 매립장으로 사용되던 잠실, 장안동, 상계동 매립장에 쓰레기가 가득차자 대규모 쓰레기 매립장을 찾다가 서울시의 외곽이면서 교통이 편리한 난지도를 선택하게 됨에 따라서 쓰레기 매립이 시작되었다.

그 후 15년 동안 연탄재를 비롯하여 생활쓰레기 심지어 음식물 쓰레기까지 각종의 폐기물이 비위생적으로 적재된 결과 쓰레기가 썩으면서 생기는 물인 침출수가 나오고 악취와 함께 유해가스가 발생하였으며 침출수 양이 점차 증가하여 쓰레기 더미의 무게로 땅이 가라앉을 위험까지 발생하였다.

이 때문에 주변 한강의 수질과 대기가 오염되었고 가까운 곳의 생태계가 파괴될 정도로 난지도는 악취가 심하고 환경의 오염이 극심한 버려진 땅으로 서울 시민들이 발길을 돌리는 지역이 되어 버렸다.

결국은 수용의 한계에 도달하고 한강의 오염 등의 심각한 문제점들로 인하여 쓰레기 매립을 종료 하고 1996~2000년 까지 매립지에서 발생하는 메탄가스를 처리하기 위하여 땅에 긴 파이프를 박고 침출수의 유출을 막기 위해 벽을 치고 처리장을 만드는 등의 노력을 하니, 점점 생태계가 살아나기 시작하여 이제는 아름다운 생태공원으로 탈바꿈하여 시민에게 즐거움을 선사하는 공간이 되었다.

그토록 악취와 유해가스가 발생하고 환경의 오염이 극심했던 지역이 이제는 시민이 즐겨 찾게 된 환경이 된 것은 근본적으로는 자연의 놀라운 복원력 때문이지만, 이기적이고 임기응변적인 행태에 대한 폐해를 느낀 인간이 복원을 위하여 계획을 세우고 자금과 인력을 투자하는 등의 뒤늦은 노력이 보탬이 되어 이룩된 결과라고 본다.

모든 생명체는 자연의 소산물로서 생태계를 이루는 하나의 요소가 되었다가 어떤 방법으로든 결국은 땅에 묻혀 생명체의 밑거름이 되어 생태계의 균형 인자로 작용하기 때문에 비록 마구 버려지고 태워져도 환경오염으로 인하여 인간에게 피해를 줄 지라도 결국은 다음 생명체의 자양분이 되어서 생명체를 소생케 하는 자연의 복원력은 우리가 인지하고 상상하는 것보다 크고 위대함을 느끼게 한다.

월드컵 공원이라 부르는 난지도 쓰레기 매립장은 지금은 하늘공원, 노을공원, 난지 한강공원, 난지천공원, 평화공원 등의 생태공원이 되어서 서울시민들이 즐겨 찾는 명소가 되었다.

가벼운 가을 나들이였지만 자연의 놀라운 복원력과 심오한 자연의 순환 현상을 깨닫게 되는 계기가 되었음에 감사한다.

발전과 성장의 역설

우리나라는 세계에서 비슷한 사례가 없는 70~80년대에 고속 성장으로 인하여 세계의 경제 강국으로 부상하였음은 우리국민들은 물론 세계가 인정하고 있다.

해외 수출입액이 2018년까지 세계 8위를 유지하였다. 2012년에는 소득액 2만3,680달러, 인구 5,000만 명으로 세계에서 7번째로 2050클럽 국가가 되었다.

2050클럽 국가 가입을 견인한 주요 요인은 수준 높은 소비와 개방된 내수시장 이라 할 수 있다.

2008년 노벨 경제학상을 받은 폴 크루구먼Paul Krugman 미국의 뉴욕시립대 교수는 제자 몇 명과 서울대 경제학과와 공동으로 한국 경제의 급속한 성장이 가능했던 원인 등을 연구하기 위하여 내한하기로 하였을 정도로 한국의 경제성장에 관심이 지대하였다.

그러나 물질적인 성장에 따라서 의식수준이 선진화 되지 않으면 성장으로 인한 부작용과 후유증이 심각한 것을 최근에 우리가 실감하고 있는 현상들이 많다.

1. 쉽고 편한 것에 익숙하여 성인 남녀들이
   결혼을 주저하거나 기피하고 있다

젊은 남성들은 자기의 능력이나 상황에 대한 현실을 외면하고 쉽고 편한 것, 좋은 것만 생각하며 어렵고 힘든 것은 외면하고 관심도 없다.

학업을 마친 후에 직업이나 직장을 구하기 위하여 최선을 다하는 일이 없고 그저 무위도식할 지라도 더럽고 험한 일은 외면하면서도 너무 태연하고 당당하다.

어려움을 겪고 자라며 개발과 성장의 기간을 경험한 60대 이상의 많은 남성들은 가정과 가족을 위하여 열사의 중동에서 밤 낮 없이 그리고 계약기간을 연장하면서까지 일하였고, 또한 총알과 포탄의 소리 냄새와 더불어 지내는 싸움터 월남 전쟁에 파병을 자원하고 복역기간을 마치고 돌아 왔다.

젊은이들은 이런 사실을 어렵던 시절의 한 단면이라 일축하려고 한다.

또한 요즈음의 상당한 젊은 여성들은 결혼하고 가정 생활하는 일에는 관심이 없다.

설령 나이가 차고 부모님들의 염려와 강권에 못 이겨 결혼을 하였더라도 육아의 어려움에 임신 출산을 기피하고 직장인이나 사회 활동에만 열심이다.

결혼한 여성이라도 육아의 어려움과 경제적 부담이라는 이유로 한명의 자녀로 족하며 더 이상의 출산을 꺼려하여 인구가 지속적으로 줄고 있어 인구 절벽을 초래하여 몇 년 후에는 인구의 부족으로 대한민국이 지구상에서 사라질지 모른다는 우려의 목소리가 있다.

부부와 자녀들의 웃음소리가 넘쳐야 할 삶의 기본인 가정생활이 기쁨은 적고 고통과 어려움만 있을 것이라는 잘못된 생각으로 결혼을 기피하고 혼자서 살아가는 여성들이 늘어나고 있음은 매우 걱정스런 우리의 현실이다.

2. 사회변화가 편리함만을 추구하는 방향으로 흘러가고 있다

개인 컴퓨터의 보급으로 인터넷의 활용의 증대와 배송시스템의 발전으로 열심히 노력하기 보다는 쉽고 편리한 방법으로 일상을 살아가고 있다.

인터넷과 스마트 폰을 활용하여 먹고 마시는 것 그리고 일상에 필요한 용품을 주문하면 하루 이틀 만에 정확히 배달되기에 집에서 만들거나 요리하지 않고, 주문을 통하여 먹거리 그리고 입을 옷이 마련되니 돈만 있으면 추위나 더위를 견딜 필요 없이 안이하고 편리한 일상을 살아갈 수 있다.

음료수로 손색없이 정수된 수돗물인데도 샤워나 설거지 세탁 등의 용도로만 사용하고 음료수로 사용을 기피하며 음료수를 위한 생수의 배달이 이어지고 있다.

그야말로 집에서 하루를 보내면서 먹고 마시는 문제가 쉽고 완벽하게 해결 된다.

당연한 결과로 운동 부족으로 인하여 비만과 허약체질만 증가되니 국민 건강에 문제가 많고 의료비만 증대되고 있다.

택배로 배송되는 여러 물품과 생수 음료 등으로 박스, 신문 등의 폐지류, 생수병 등의 플라스틱 및 캔류 그리고 음식물 쓰레기가 날마다 배출되어 아파트나 다세대 주택, 오피스텔에서는 토. 일요일과 같은 휴일에는 하루 종일 배출되는 각종 폐기물로 재활용 쓰레기장에는 1톤짜리 큰 마대 백이 넘쳐나고 있다.

이런 상황에서 박스나 폐지수거 하는 사람을 서울의 각처에서 볼 수 있다. 어려운 노인들이 그나마 적지만 용돈 벌이가 된다고 리어카를 끌고 힘들게 오르막을 오르내리는 모습을 자주 목격하는데 그분들이 열심히 주워 모아서 처리업소에 가져다주면 받는 수입이 하루에 많아야 일만원 정도라고 한다.

또한 아파트에나 빌딩에 경비나 미화원을 채용하여 본연의 경비나 안전 업무, 주변 청소이외에 폐기물 정리나 청소 업무를 감당하게 하고는 주민은 소액의 관리비를 부담하는 대가로 편안한 생활을 누리고 있다.

그들이 수시로 이용하는 승강기의 바닥에 택배기사나 어린이들이 버린 휴지조각이 떨어져 굴러다녀도 누구하나 줍는 사람이 없어 공휴일에는 수일이 방치되는 실정이라고 한다.

3. 젊은 흡연자가 늘어나고 있다

개발 초기에는 힘들게 일하는 30~50대에서 주로 남자들이 남에 띄지 않게 은밀한 곳에서 담배를 피우는 모습을 볼 수 있었다.

요즈음은 청소년들 그리고 여학생들의 흡연도 쉽게 목격할 수 있다. 사람들이 보이지 않은 곳이나 밀폐된 공간에서 피우는 것은 이제는 옛말이다.

그들의 편의상 바람막이가 되는 곳이나 너른 공간에서는 너무도 당당이 피우며 남학생들과 어울려 함께 피워대는 어린 여학생들도 자주 볼 수 있다.

그들이 자주 찾는 장소에는 담배꽁초가 너무 많이 떨어져서 이 것을 치우는 자치단체 청소원들도 겁먹고 힘들어 하지 않을까 그런 생각이 들 정도다.

담배꽁초가 한두 개라도 있으면 벼려도 되는 장소라 생각하고 마 구 버리기 때문에 치울 때는 한 개도 없이 깔끔히 치워야 그나마도 꽁초가 적더라는 말을 공익 청소원에게 들은 적이 있다.

담배는 백해무익하며 특히 폐암에 걸릴 수가 있다는 경고성 광고 를 하고 있으며 특히 여성은 본인의 건강은 물론 장래 출산할 자녀에 게 많이 해로울 수가 있다는 것은 모를리가 없건만 여성들도 쉽게 끊 지 못하는 사람이 많다고 한다. 매우 걱정되는 일이 아닐 수 없다.

4. 해외여행을 즐기는 인구가 늘어나고 있다

소위 관광 성수기인 5~6월, 9~10월과 추석과 설 연휴에는 해외 여행을 떠나는 사람들로 인천공항이 여행자들로 북적되는 모습을 우리는 매년 듣고 있고 T.V에서 방영되는 여행객의 행렬을 자주 보 게 된다.

우리가 유사 이래 풍요를 누리게 된 것이 불과 20~30여년전 부터 다. 그동안 가난하고 억눌려 살아온 우리 민족에게 풍요를 누릴 수 있음은 큰 축복으로 여행을 즐기는 것을 나쁘다고만 폄하할 생각은 없다.

그러나 장래의 후손과 나라를 위해 절제와 자제를 바라고 싶은 마음 간절하다. 세계 유명 관광지가 우리 한국인이 큰 고객이요. 요소요소에 한글 안내판이 있고 현지 상인들이 한국말을 제법 잘 한다는 소리도 듣고 목격도 하였다.

처음 봤을 때엔 마음이 뭉클해지는 감동을 받기도 하였다. 그러나 관광을 하면서 과소비를 하거나 명절에 가족과 친척을 대접해야 하는 부담을 회피하기 위해 하는 도피성여행 등은 자제하길 바라는 마음이 나 뿐이겠는가! 중국의 장가계 원가계란 관광지는 한국인이 개척하고 유지하는 관광지라는 말도 있다.

일본이나 싱가폴. 홍콩은 우리나라 보다 국민소득이 높고 잘 사는 나라다. 그러나 우리나라 국민들과 같이 부요함에 따른 상기의 문제점으로 걱정하지는 않을 것이다.

그들은 의식이 우리에 비하여 선진화되었기 때문에 그들은 부요를 겸허히 누리고 있는바 이점에 대하여 우리는 그들에게 배울 점이 많음을 깊이 깨달았으면 한다.

발전과 성장의 혜택을 꾸준히 누리고 후손에게도 계승해야 한다.

그렇게 되기 위해서는 우리는 경제와 사회의 발전에 따른 의식을 바꿀 수 있는 방안을 모색하여야 하는데 무엇보다도 잃어버린 가정교육과 자꾸만 왜곡되어 가는 학교교육을 바로 잡아야 한다.

내 자식만 귀하고 소중하며 남에 대한 배려나 인정은 너무나 인색한 마음을 버리고 남이나 이웃도 아끼고 사랑하는 가정교육, 일부 편향된 이념을 전파하려는 일부 교육자들로 인해 왜곡되어 가는 학교교육을 바로 잡을 '도덕 재무장' 운동이 요원의 불길 같이 타 오르면 좋겠다.

잔인했던 2019년

 2019년이 가고 새해인 2020년 시작도 벌써 한 달이 훨씬 지난 지금에야 마음을 가다듬고 지난해를 되돌아본다. 나에게는 회상하기도 싫은 너무도 마음이 아팠던 한해였다. 가장 가깝게 지내던 두 친구는 인간에게 찾아오는 숙명적인 죽음으로 이 세상을 떠났고, 한 친구는 뇌출혈로 긴급 입원하여 뇌수술을 받고 반신마비가 되어 재활 치료를 받고 있으나 온전한 회복을 기대하기는 쉽지 않을 것 같은 상황으로 병상에 누워있다.

 옛말에 '아홉수의 고비'라는 말이 있다. 가령 59세를 넘으면 60세인데 아무런 사고 없이 59세를 넘기기가 어렵다는 것이다.

 2019년 4월8일 오후 6시경 부고 메시지를 받았다.

 '신윤철님이 별세하였기 부고를 알린다. 빈소는 연대 신촌병원 장례식장'이라는 메시지를 그의 작은아들 신동준이 보낸 것이었다.

 나는 순간 큰 충격을 받았다. 평소에 갑상선 암과 대장암 수술을 받고 위에도 이상이 있어 분당 차병원, 상계동 백병원을 자주 다니며 치료를 받는 것은 알고 있었지만 이렇게 갑자기 사망하게 될 줄은 전혀 몰랐다.

 이 친구는 내가 대학 재학 중 군복무를 마치고 복학하였는데 몇 살 어린 재학생들과 공부할 때 같은 복학생이라는 관계로 서로서로 힘이 되어서 친밀하게 지내며 함께 공부를 했었다.

3년을 같이 공부하였고 졸업 후에 각자가 몇 년간은 다른 대기업에서 근무하다가 함께 해외 근무를 위해 같은 건설회사로 옮겼다.

그 회사에서 같이 사우디 근무를 하였고 귀국 후에도 함께 다른 회사로 옮겨 그는 건설회사 기획실, 나는 그룹종합조정실에서 근무를 하여 같은 직장에서 무려 7년을 근무하였다.

처음 만났을 때 이 친구는 방배동에서 큰집을 지어서 모친과 동생들과 같이 부요하게 살았다. 학생 때에도 부동산에 관심이 많았고 수리적인 계산이 빠른 재원이었다. 좋은 가문의 맏아들로 공부도 잘하여 가문의 기둥이었다.

7년을 함께 근무한 후에 그는 전기제품 생산 공장 운영등 사업의 길로, 나는 계속 직장 생활로 헤어져 수년 후에 만났다. 그는 사업에 실패하여 재산도 많이 없애고 아내와 헤어졌다고 하였다. 큰 아들은 미국에서 공부하고 지금은 미국 저명대학교의 종신직교수로 있다고 하며 오로지 큰 아들의 자랑을 낙으로 삶고 지내는 사람이었다.

혼자서 오랫동안 지내서 그런지 병마에 시달리고 있어서 매우 마음이 아팠다. 그리고 오랜 치료에 따른 경제적인 어려움이 있는 것 같았다.

오래전 대학시절의 친구 네 명이 전남 고흥에 만평 정도의 야산을 매입하여 두 사람의 명의로 등기하였다. 시간이 지나자 소유권 명의 관계로 친구 간에 의견 대립이 있어서 토지를 매각하여 정리하자는 의견이 있었다. 마침 내가 매각을 주선할 계기가 되어서 적정한 금액으로 매각했다.

매각 대금 중 다른 세 친구는 같은 금액을, 병마에 시달리는 이 친구에게는 많이 배정하여 치료에 도움을 주었는데 이 친구를 보내고 보니 6개월 전에 매각하여 도움을 준 것이 그 나마 다행이었다고 생각된다.

2019년10월29일 오후 2시경 '이재영의 부친 이영희님이 10월28일 별세하였고 빈소는 서울 보훈병원' 이라는 너무도 어이없고 서글픈 부고 메시지가 이재영 발신의 메시지가 스마트 폰에 떠올랐다.

이재영이란 이름은 낯설지만 이영희(만72세)라는 내용을 보니 그리운 친구 이영희의 부고 소식이 맞구나. 아니 시골에서 유유자적하며 지내고 있다던 친구가 갑자기 죽다니!

지난 5월 24일에는 너무 더워서 팬티만 입고 있다는 문자를 보낸 사람이 불과 5개월 만에 세상을 떠나다니….

이럴 수가 있나! 조만간 서울에 가서 넓은 조한열의 집에서 하루를 즐겁게 지내자고 하지 않았나. 그래서 소식이 오기만 기다렸는데….

"큰돈이 생길 곳이 있으니 유럽이나 남미 여행을 함께 다녀오자"고 봄부터 말 하지 않았던가!

그래서 혼자 지내지만 그의 건강 걱정은 않고 지냈다. 그 동안 혼자서 고생을 많이 하였나 보구나. 가엾고 불쌍한 친구! 정말 가슴이 미어지는 것 같았다.

이 친구(이영희)는 고등학교 동기동창으로 서울 문리대 화학과를 나온 재원으로 영어 회화에 능통하여 해외 개발공사 소속으로 유럽과 미국, 중동에서 오래 근무하였다.

고등학교 시절에는 잘 모르고 지냈는데 내가 건설회사 사우디 지사에서 근무 할 때에 이 친구는 사우디의 말 사육장에서 근무하며 사우디 근무 고교동문 모임인 '사룡회'에서 만났다.

그 후에 귀국하여 자주 만났고, 고교 동기며 토목공학도로 여러 해외공사의 토목현장 소장으로 근무하던 조한열과 그리고 동기인 다른 두 친구 이렇게 다섯 명이 자주 만났다.

그는 삶의 방향과 원칙이 분명하여 종교 등의 문제로 갈등을 겪던 아내와 50대 초반에 사별하고 혼자 지내기에 위로 방문도 자주 하던 그야말로 가깝게 지낸 친구였다.

재혼을 하겠다고 노력하더니 누님이 소개한 여성을 만나 삶의 변화를 가져보겠다고, 평소에 입버릇 같이 말하던 귀촌을 강행하여 바다가 가까운 남쪽의 해남과 진도에서 바다낚시를 즐기며 유유자적하게 살았었다.

나는 매우 다행이라 생각하며 가끔씩 통화를 하였다. 전화하면 항상 반가워하였고, 내 수필이 실린 문학지 '글의 세계'를 보내면 너는 작가의 소질이 있음을 알았다, 좋은 글 잘 읽었다며 여러 번 칭찬을 하였다.

나와 한열이를 만나기 위해 서울에 오겠다고 몇 번의 다짐을 하더니 결국은 실행을 하지 못하였다. 만나자고 말만 나누고는 그가 남쪽의 해변으로 떠난 지 6년이 넘도록 만나지 못했다.

이제는 영영 만날 수 없는 상황이 된 지금, 가장 가깝게 지내던 친구를 일상이 바쁘고 멀리 떨어져 있다는 핑계로 찾아보지 못한 한을 어떻게 달랠 수가 있을까!

최근에는 같이 시골 생활을 하며 함께 살던 여인도 이 친구를 홀로 두고 미국으로 떠나 버렸다는 소식도 들었다.

혼자서 외로운 삶을 살고 있는 친구를 만나겠다는 생각만 있으면 일박의 일정이면 충분히 만나서 즐거운 시간을 함께하며 위로도 할 수 있었건만 아끼던 친구에게 그 정도의 아량도 없는 이기적이었던 나를 자책하며 많이 반성을 하였다.

앞의 윤철씨는 병마에 많이 시달렸기에 그의 떠남에 대하여 약간은 담담하게 아픔이 없는 세상에서 편히 쉬길 바라는 기도를 하였다.

반면에 이 친구는 지독한 애연가라서 걱정은 하였지만 그동안 심각한 고질병으로 고생을 하였다는 소식은 없었다.

본인이 바라던 대로 조용하고 공기 좋은 남도 해변 생활을 하였기에 삶의 스트레스나 병마에 시달릴 것이라는 생각은 해본 적이 없었다.

다만 더 늙기 전에 마음 편한 친구들이 몇 일간 함께 여행을 할 수 있기를 희망하며 지냈는데 이렇게 허무하게 떠날 줄이야!

거짓말 같은 부고 소식을 보고는 마음의 안정을 잃고 갈팡질팡하다가 서울의 보훈병원에 빈소가 마련되어 있는 현실을 깨닫고 한 열과 통화하여 빈소에서 만났다.

우린 친구 영희의 아들부부를 만나서 슬픔을 나누고 위로하고는 바쁜 일정을 핑계로 장지에도 가지 못하고 허무하게 영원한 이별을 하였다.

2019년 11월 16일(토) 4시경 권오갑박사(전과학기술부 차관. 현과우회 회장)가 과우회에서 회장 인사말을 마치고 쓰러져서 119구급차로 가까운 평촌의 한림대 성심병원에 이송하여 긴급조치를 하고 입원 중이라는 내용을 같은 과우회 회원이며 우리5인방 친구인 윤 교수가 보낸 메시지를 보고는 이 기막힌 사실을 알게 되었다.

권 차관 등 5인의 친구는 70년대 초반 대학시절에 복학생 그룹으로 만나서 50년 가까운 세월을 매월 한차례 꾸준히 만나 우정을 지켜온 친구들이다.

특히 권 차관은 성격이 원만하고 포용력이 뛰어나 친구들에게 칭송을 듣던 엘리트 관료였다.

최근에 뇌경색 진단을 받았다는 농담 비슷한 글을 5인 단체 카톡에 올렸을 때 평소에 농담을 좋아 하기에 농담이겠지 하고 대수롭게 지나쳤고, 한 달 전에는 갑자기 골프 스윙이 안 되더라는 말도 모두가 농담이 아닌 어떤 징조였구나 생각하니 얼마나 가엾고 걱정이 되었는지 모른다.

　　휴대폰으로 연락하니 부인이 전화를 받으며 수술이 잘 되었다며 비교적 밝은 목소리이기에 그나마 약간 안도하고 빠른 회복을 위하여 아내와 함께 간절히 기도하고 있다. 연락도 조심스러워서 직접은 못하고 그 부인과의 연락을 맡은 친구 윤교수에게 간접으로 듣고 있을 뿐이다.

　　30여 년 전에 가까이 모시던 국내 토사 땜이나 방파제의 구조역학분야 국내 권위자이신 권기태 사장이 가까운 친구가 급서하였을 때 너무도 충격을 받아서 상심하여 며칠간 몸져 누웠다던 말이 떠올라, 사람이 가까운 친구를 떠나보냄은 큰 충격임을 느꼈던 때가 생각이 났다.

　　이제 칠십 초반의 나이에 한 해 동안 가장 가깝게 지내던 두 친구를 먼 세상으로 보내고, 그간 마음에 큰 의지가 되었던 친구는 병실에서 반신 마비 증세가 있는 상태로 기약 없는 재활을 위하여 입원한 2019년이었다.

　　2019년도 40여일이 지난 지금도 나에게는 결코 지울 수 없는 슬픔을 누를 길이 없다. 이런 상황은 남의 일이 아닌 나에게도 다가올 가까운 미래라는 애절함, 안타까움, 두려움이 복합적으로 작용하여 지금 힘든 시간을 보내고 있다.

　　부모님들이 돌아가셨을 때와는 다른 슬픔이다. 부모님께서 별세하셨을 때는 부모님께 그동안 잘 해드리지 못한 불효함에 대한 아쉬움과 반성에 따른 슬픔이었다.

반면 친구들의 떠남과, 병원입원은 나에게도 다가올 수 있는 어두움의 그림자에 대한 두려움이 있는 아픔이다.

주변의 가깝게 지내던 친구들이 하나 둘씩 불귀의 객으로 사라지고 있다. 이제는 얽매인 삶을 다 풀어놓고 부담 없는 친구 만나 산이 부르면 산으로 가고, 바다가 손짓하면 바다로 가서 남은 세월 후회 없이 보내야 하겠다는 일깨움만 남겨놓고는 가버린 잔인한 2019년이었다.

서울 추모 공원을 다녀와서

서울 추모공원은 혐오시설이라 하여 격렬한 반대가 있어서 서울 시가 건립계획을 수립한지 14년간 우여곡절을 겪다가 건립반대 소송 종결로 2012년 1월에 개원된 서울 시민의 화장장으로 활발히 가동되고 있는 시설이다.

나는 집에서 가까운 청계산의 서울 추모공원이 걸립된 지 9년 만에 처음으로 큰 매형께서 안산의 대부도 베델 요양원에서 4년간 요양 치료를 받으시다가 운명 하셔서 주변의 큰 병원에서 장례 절차를 마치고 서울 시민으로서 추모공원에서 마지막 절차를 진행하기로 예약이 되어 가족의 일원으로 11월 21일 11시에 도착하였다.

설립 시에 혐오시설이라 하여 걸립 반대가 격렬하였던 기억이 새로 워서 많은 관심을 가지고 추모공원의 시설과 진행과정을 지켜보았다.

혐오시설이란 외부의 인식을 최소화하기 위하여 주요시설을 모두 지하화 하였고, 외부와의 차단을 위한 조경, 최첨단 무공해 화장로설비, 지열 폐열 등 신재생에너지 활용, 화장. 수골 등 모든 절차 표준화 단순화하고, 첨단 시설에 걸 맞는 차별화된 서비스를 제공하였다. 대지면적 11,050여평. 건축면적 5,540평, 화장로 11기, 식당 편의점, 카페테리아, 갤러리 등의 시설이 잘 되어 있었다. 기다리는 동안 가족들이 식사를 해야 하는 식당도 넓고 깨끗하며 음식도 몇 종류가 있었다. 우린 밖의 붉게 물들고 있는 단풍을 바라 볼 수 있는 곳에서 식사하면서 아름다운 만추의 분위기를 느끼며, 우리나라가 손색이 없는 첨단 시설과 서비스 제공 등의 모든 점에서 선진국이요, 좋은 나라임을 절실히 느끼는 계기가 되었다.

그 어디에서도 혐오 시설은 볼 수가 없고 공기도 맑아서 여기가 화장장인 것을 전혀 느끼지 못하고 단풍이 완연한 가을의 넓고 아름다운 공원을 찾아왔다는 느낌을 가졌다.

그간의 서울의 화장터는 홍제동에 화장장이 오랜 기간 가동되다가 3호선 지하철이 개통됨에 따라서 서울의 외곽이 아닌 중심지로 변하게 됨에 주민들의 반대가 심하여 화장장을 폐쇄하고, 대체 장소로 경기도 고양시 덕양구 벽제 추모공원이 건립되어 지금도 가동하고 있으나 서울의 외곽이라서 불편함이 있었다.

그리하여 한강 이남의 청계산 자락에 서울 추모공원이 건립되어 인근 주민들에게는 아무런 불편함이 없이 잘 운영되고 있어서 외부에서는 청계산 어디에 화장장이 있는지 직접 방문하지 않은 사람들은 모를 정도다.

시신의 처리에는 매장하는 매장문화와 화장하여 납골로 봉안하는 화장 문화가 있다 그간에 우리나라는 중국이나 일본의 영향을 받아서 매장 문화가 성행하여 종중을 중심으로 야트막한 산을 매입하여 조부모나, 부모님의 서거 시에 종산에 매장하는데 그나마 어려운 가정은 공동묘지에 시신을 매장하는 매장 문화가 중심이 되어왔다.

명당자리를 찾기 위하여 풍수지리 상담사인 지관을 찾았고, 대리석으로 묘지에 상석과 비석을 세우기에 대리석 등의 석재 가공이 발달하였다.

또한 산소관리를 위여 추석이 가까우면 묘소 주변의 잔디 깎기에 바빠서 제초기 소리가 요란하였다. 추석 전후에는 낮은 산들은 후손들이 풀이나 잔디를 깎아서 산소가 제초가 되어 깔끔한 모습으로 드러나곤 하였다.

후손들은 선대들의 묘소를 관리하는 일을 소중히 여겨서 논, 밭농사에 바쁜 후손들을 힘들게 하였다. 초상에서 탈상하는 2~3년은 한 달에 두 번씩 조상의 묘소를 찾아서 관리와 참배를 열심히 하였다.

효성이 지극한 자손들은 묘소 주변에 움막을 지어서 그곳에서 살다시피 하면서 섬긴 경우도 있었다고 한다.

세종대왕의 맏 아들인 세자 문종은 부모님(세종대왕과 소헌왕후) 묘소를 극진히 돌보다가 건강이 나빠져서 일찍 죽었다. 심성이 좋고 세자로서의 교육도 잘 받아서 기대되던 세자가 죽게 됨에 맏손자가 단종으로 추대되었다. 이때에 문종의 아우인 수양대군이 야심을 가지고 어린 조카를 먼 곳에 유배하여 죽게 하고 왕권을 찬탈하여 세조가 된 단종의 서글픈 사연은 매장문화의 문제점을 우리역사를 통하여 알게 된 좋은 사례다.

대만에 여행가본 사람들은 목격하였듯이 조상의 묘지에 각종 모양과 색상으로 된 유택幽宅을 볼 수 있는데 묘지 주변이 매우 음산하고 흉물스럽게 보였다. 우리말의 표현이 부족하여 적당한 영어표현(sepulchrol)을 넣어서 귀신이 나올 것 같은 표현을 보완하고자 한다. 실로 매장문화의 전근대적인 모습의 전형이었다.

오늘날은 화장 문화가 대세다. 화장은 불교에서 유래된 장례법으로 '다비'라고 불렀다. 현재는 묘 자리의 부족과 인식의 변화로 화장이 점차 증가하는 추세다.

일반인들은 대부분 화장시설에서 화장하여 불에 태운 후에 뼈를 분골하여 산이나 강에 뿌리거나 유골함에 담아 묻거나 봉안 시설에 안치한다.

화장은 매장에 비하여 처리가 단순하고 사후 관리가 필요 없는 장례방법이다.

자식의 도리로서는 매장하여 묘지를 만들어 필요시 찾아서 성묘하는 것이 살아있는 자의 도리다. 하지만 시간이 지남에 따라서 망각의 뒤안길로 잊어지는 조상의 숭배라는 현실을 경험하며 매장보다는 화장이 합리적이기에 대부분 화장하는 추세다.

서울의 추모공원은 화장 후에 분골을 예쁜 도자기함에 넣어서 질소가스를 넣고 밀봉하여 오래 보관할 수 있도록 깨끗하고 깔끔하게 한 후에 유족에게 인계하였다.

허무한 분골을 보고는 60평생을 함께한 누님만이 애통해 할뿐, 자녀들이나 형제들은 담담히 바라보는 모습을 보고 부부의 인연이란 하늘이 주신 소중하고 위대한 인연임을 새삼 깨닫게 되었다. 부부는 진정한 삶의 동반자라는 것을 다시금 마음 깊이 새기게 만든 훌륭한 시설과 관리 체계를 가진 서울 추모공원이었다.

운전 면허증을 반납하다

　요즈음과 같이 이동 수단으로 대부분 차량을 활용하는 편리한 세대에 차량을 활용할 수 있도록 국가가 발급해준 운전면허증은 매우 중요하고 요긴한 증명서이다.

　차량을 소유한 사람들은 외부 출입을 할 경우 비록 가까운 거리일 경우도 반드시 차량을 이용한다. 사실 가정마다 한 대의 차량은 소유하고 있으며 차량도 경쟁적으로 외제 고급차량으로 바뀌고 있다. 한때는 내노라하는 기업들이 차량 제조 사업에 참여하였다.

　우리나라 에서도 현대, 기아, 삼성, 신진, 효성 등의 기업이 자동차 사업을 하다가 현대와 기아차만 명맥을 유지하고 대부분의 기업체는 사업을 접게 되었다.

　하여튼 기름 한 방울도 생산되지 않는 우리나라인데도 국민들 상당수가 차량을 운행하고 있다. 그러나 70년대 중동의 건설 붐이 시작 될 때 해외 근무를 하려면 차량운행이 꼭 필요하였다. 심지어 회사 직원들의 운전면허 실습에 필요한 경비를 회사에서 지원하는 추세에 힘입어 나도 운전교육을 받고 운전면허를 취득하였다.

　사실 면허시험을 통과하기는 매우 어려웠다. 이론 시험이야 며칠 간 공부 열심히 하면 합격 할 수 있었으나 실기시험에서는 기어변속을 하며 브레이크 페달을 밟아야 하는 코스시험에서 낡은 차량으로 오르막길을 뒤로 밀리지 않고 넘어야 하는 과정에서는 대부분은 불합격되기에 실기시험은 매우 어려웠다.

첫 시험에서는 대부분 실패하고 몇 차례 도전해야 받을 수 있었던 운전면허증이다.

나는 중견 건설회사에 취업하여 본사에서 6개월간 준비 후에 사우디아라비아 수도인 리야드 지사에 근무하게 되었다.

업무가 수도 리야드의 네 곳의 공사현장과, 기타 지방의 현장에 수입한 외국자재를 구입하여 현장에 자재를 공급하여 주는 외자 업무라서 운전면허증이 꼭 필요하였다. 국내 면허를 제출하니 국제면허증이나 사우디 정부의 면허증이 있어야 했다. 다행히 대한민국의 면허가 있어서 신체검사에 이상이 없으면 발급이 가능하다고 하였다.

신체검사 하는 과정에 혈액이 O형이라서 헌혈만 하면 신체검사 없이도 가능하다 하였다. 국내에서도 안했던 헌혈을 먼 이국에서 근무하기 위해 안타까움을 가지고 헌혈까지 하며 힘들게 발급 받은 운전면허증 이었다.

사우디 3년의 근무를 마치고 본사 근무 중에 운전면허 갱신을 위해 삼성동 강남면허시험장에서 차를 타고 신호를 기다리는데 어떤 중년 부인이 다급하게 손을 흔들며 차에 다가오며 다급한 손짓을 하여 창문 유리를 내리고

"무슨 일인가요?" 걱정이 되어서 물으니 그간 운전면허증 발급 받기 위해서 노력하였으나 5번이나 실패하다가 6번째 도전하여 오늘 면허증을 발급 받고는 기쁜 마음이 진정이 안 되네요. 그러니 죄송합니다만 저를 집 앞까지 데려다 주세요. 하며 간절히 부탁하는 것이다. 마침 그의 집 방향이 내가 지나가는 코스라서 그 분의 심정

을 이해하고 집 가까운 곳까지 태워 주었다. 연신 고맙다고 하면서 며칠 후에 커피 대접을 잊지 않았다. 힘겹게 얻은 자격증은 그 만큼 가치가 있고 애착이 있는 법이다.

나는 2종 보통의 서울지방경찰청장 명의로 발행된 면허증이 7년 간 교통사고 없이 스틱운전을 하였다고 하며 1년 후 갱신된 면허증 에 1종 보통까지 추가되어 1종 보통. 2종 보통으로 확대 되어 2022 년 12월 31일 까지 유효한 면허증을 가지고 있다.

그러나 이제는 70 중반의 나이가 되고 사용하던 차를 아들에게 넘겨주고 필요시만 가져오라 하여 사용하는 형편이다.

이제는 당신도 운전할 나이가 넘었으니 면허증을 반납하라고 아내 가 종용하여 면허증을 반납하긴 했으나 향후에 운전을 해야 하는 경 우가 오거나, 운전이 꼭 필요한 때가 오면 어쩌나 하며 걱정이 된다.

사우디 근무를 마치고 귀국하여 1983년에 차를 구입하여 40년 가까이 운전 하였다.

열사의 이국에서 헌혈한 대가로 면허증을 얻고, 국내에서도 어렵 게 운전면허 시험에 합격한 기쁨에 어쩔 줄 몰라 하던 여성을 이해 하고 집 근처까지 데려다 줄 정도로 누구나 소중히 여기던 면허증 이다.

침착하게 조심하며 운전하여 7년간 무사고를 인정하여 국가가 1 종 보통으로 발급하여준 면허증을 반납하고 보니 이제는 운전을 잊 어야 하다니 참으로 아쉽고 안타까움을 지울 수 없다.

나이 많은 사람들이 운전 사고를 많이 야기 시킨다는 뉴스도 있 었지만 백발의 어른도 택시를 운전하는 경우를 보면서 면허증 반납 이 많이 아쉽고 너무 쉽게 결정한 것이 아닌가? 하는 오만이 슬며시

고개를 드는 내 자신을 곰곰이 생각하여 보았다.

　그렇지만 국가와 사회가 권장하고, 아내가 남편을 위해 하였던 권고는 하나님의 뜻임을 알고 기왕에 결정한 일에 미련을 버리고 현실적인 길을 가야 한다며 마음을 다짐하여본다.

도구머리 꽃길을 걸으면서

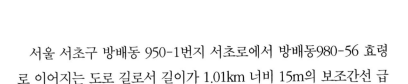

　서울 서초구 방배동 950-1번지 서초로에서 방배동980-56 효령로 이어지는 도로 길로서 길이가 1.01km 너비 15m의 보조간선 급의 길이다.

　옛날 남태령으로 부터 서울로 들어오는 들머리에 있던 도구머리 마을에서 이름이 유래 되었다 한다.

　주변의 숲이 제법 아름답지만 꽃이 피고 새가 우는 4월 초순이 되면 길가에 진달래 개나리가 아름답게 피고 길 양쪽으로는 수령이 20년 정도 되는 벚나무가 산 쪽으로 가로수가 되고, 반대편에는 느티나무 가로수가 있어서 4월 초순부터 벚꽃이 흐드러지게 피어서 년 중 가장 아름다운 도로 풍경을 이룬다.

　실로 서초구 방배동 주민들의 아름다운 휴식처요, 나아가 수도 서울의 명소가 된다. 벚꽃이 만개할 무렵에는 청소년들의 백일장이 열리고, 벚꽃 축제가 10여 일간 계속된다. 벚나무에 연이어 있는 길 위쪽에는 야트막한 산이 있어서 산책하거나 운동하기 좋은 곳이다.

　최근에는 구청에서 년 중 무휴로 베트민턴을 할 수 있도록 난방과 냉방시설이 되어 있는 베트민턴장이 있어서 동호인들이 하루에 한 번씩 찾아서 몇 시간씩 운동을 즐긴다.

　베트민턴장에 이르는 길에는 각종의 운동기구가 있어서 가까운 지역의 주민들이 운동을 즐긴다. 또한 세 방향의 등산길이 있는데 가파른 길에는 계단을 만들고, 좁은 길은 넓게 만든 안전하고 편리한 등산길이다. 점심 무렵에는 주변의 사무실 근무자들이 운동을 겸하여 산책을 하는 사람들이 등산길을 점령한다.

내가 도구머리 길에 관심을 가지는 것은 작은 누님이 주변 마을에서 오랜 기간 살면서 아침, 저녁으로 오랜 기간 이 길을 걷는 운동을 하시고, 또한 근처에서 살고 있는 매제가 운동기구가 많은 이곳에서 날마다 역도와 평행봉 운동을 열심히 하는 모습을 보았고, 벚꽃이 만개되면 축제 때에 자주 참석한 경험이 있어서 남다른 기억이 있기 때문이다.

내가 교회의 여호수아 전도대원으로 활동한 몇 해 동안 해마다 벚꽃 축제 때에는 이곳 행사장을 찾아서 전도활동을 하였다. 축제 참여자가 많아서 평소 노방 전도를 할 때는 3~4시간 활동을 하여야 전도지를 배포할 수 있으나 행사시에는 참여 인원이 많아서 1시간이면 전도지가 모두 배포된 경우를 여러 차례 경험하였다.
그 토록 축제 행사에 참여한 주민들이 많아서 이 거리는 주민들의 사랑을 많이 받은 거리였다.

이제는 주변이 오랜 기간 추진해온 방배 5구역 재개발이 시작되어서 주민들은 주변으로 이주하여 많던 주택이 전부 멸실되어 넓고 황량한 벌판이 되었다.
재개발 공사 관계로 도구머리를 찾는 주민들이 매우 적다. 특히나 지금은 3년째 계속되고 있는 코로나 바이러스-19 감염증의 창궐로 주민이나 시민의 활동에 많은 제약을 받아서 그간 수년간 계속되던 축제도 취소되거나 사라질 위기에 있다.

　시절은 전과 같이 4월이 되니 벚꽃이 만개하여 지난 세월과 변함
없이 화려한 봄날은 계속되건만 우리에게 찾아오는 변화는 모든 것
을 잃어버리게 하거나, 위축 되어서 지난 세월의 영화는 점차 잊혀져
가는 뒤안길에서 헤매고 있는 안타까움만 간직하고 숨죽이고 있음
을 아쉬워하며 그간 화려했던 기억만이라도 남아 있길 바라는 마음
간절하다.

셰익스피어 소고

　셰익스피어William Shakespears는 세상 사람들에게 너무도 잘 알려진 영국 출생의 극작가, 배우, 철학자로 세계적인 대문호인데 올해는 그가 서거한지 400년이 되는 해다. 그에 대한 업적과 평가에 대하여 훌륭한 연구서들이 많고 또한 전 세계의 지식인이나 작가들이 그에 대하여 잘 알고 있어서 매우 부담스런 주제이기 때문에 나는 셰익스피어에 대하여 체계 없이 단편적으로 고찰 하고자 한다.

　그는 1564년 4월 잉글랜드 스트랫 어폰에이본에서 비교적 부유한 상인의 아들로 태어났다. 1590년 초에 첫 번째 작품을 발표하기 시작하면서 에리자베스 여왕치하에 런던에서 극작가로 명성을 떨치면서 희곡38편 시16편을 남겼으며 1613년 고향으로 돌아가 3년 후인 1616년에 사망하였다.

　그의 행적이 밝혀지지 않은 1585년 – 1592년의 시기를 '잃어버린 시절'이라 부르며 그 후 1592년부터 1613년 그가 고향으로 돌아가기 까지 21년간 런던에서 배우로, 극작가로, 극장의 공동 소유주로 활동하면서 불멸의 주옥같은 38편의 희곡을 썼다. 그의 4대 비극작품으로 Hamlet, Othello, King Lear, Macbeth가 있고 '베니스의 상인' '쥴리우스 시저' '로미오와 쥬리엣' 등의 위대한 작품을 남겼는데 그의 작품의 특징은 역사, 신화, 전설, 이야기 와 기존의 극작품

등 다양한 출처로부터 작품의 소재를 가져다가 자신만의 독특한 성격을 지닌 작품으로 재창조한데 있다.

그의 작품은 당시의 사회 및 문화상을 반영하면서도 수백 년이 지난 지금까지도 독자들의 공감과 사랑을 받아 가장 많이 공연되고 있는 세계문학의 고전으로 알려지고 있다.

그는 오늘날 영국의 언어, 문화, 사회, 교육에 지속적인 영향을 미치며 여전히 살아있다. 또한 그의 작품은 100개 이상의 언어로 번역되었고, 전 세계 학생의 절반이상이 그의 작품을 배우고 있다.

동시대의 영국 작가 '벤 존슨'조차 셰익스피어는 한 시대에 그치지 않는다. 세대를 초월한 작가라고 말한바 있다.

그의 영향력은 언어에만 국한되지 않는다. 그가 쓴 대사와 줄거리 창조한 캐릭터는 지속적으로 영국문화와 사회 전반에 큰 감명을 주었다.

현재 영어가 세계적인 언어 문화권이 되고 있는 것은 셰익스피어의 고전적인 작품이 큰 영향을 주었을 것이라 생각이 되며, 영국이 해외 식민지 무역의 확대와 그로 인한 상공업의 발달과 도시가 번창하게 된 산업혁명의 발단도 영국 사회 전반에 끼친 셰익스피어의 영향이 주요한 몫을 하였다고 생각하는 것도 지나친 비약은 아닐 것이다.

영국의 토마스 칼라일은 인도와 셰익스피어 중 어느 것을 포기하겠느냐 묻는다면 당연히 인도라고 하였다고 한다. 영국이 세계를 식민지화 하는데 중요한 교도보가 된 인도의 필요와 가치가 지대함을 잘 알고 있는 영국인의 말에서 셰익스피어의 존재를 엿볼 수 있는 것이 아니겠는가!

넬슨 만델라는 로멘섬에 수감되었을 때 셰익스피어의 작품 쥬리

우스시저의

"겁쟁이는 죽기 전에 여러 번 죽지만 영웅은 오직 한번 죽는다."

는 구절을 인용한바 있다.

영국시인 케이트 템페스트의 시 '나의 셰익스피어(my shakespear)'에서 그가 지닌 영원한 가치를 '창문 끝에 홀로 있어본 모든 여인' '속삭이는 모든 질투 영면에 들지 못한 혼령에 존재 한다.'고 표현했다.

디킨스와 괴테에서 차이콥스키, 베르디, 브람스까지 또 뮤지컬 '웨스트사이드 스토리'에서 '쥐덫'에 이르기까지 셰익스피어의 영향력은 그야말로 문화전반에서 광범위하게 찾을 수 있다.

그가 세상의 모든 무대이며 그는 진정 그의 작품들과 유산을 통해 오늘에도 여전히 살아 있다고 전한다.

셰익스피어의 생가는 버밍햄 시 근처 스타포드라는 인구 40만정도 되는 시에 있는데 세계 각국에서 이 생가를 보기위해 수많은 관광객이 몰려온다고 한다.

그의 무덤은 생가 부근의 천 몇백년 된 교회 안에 있는데 그의 무덤을 보기 위해 찾아오는 관광객도 많다고 하며 셰익스피어 라는 한 유명한 철학자요 문필가 때문에 시 전체가 먹고 살고 있다고 하니 한 사람의 영향력이 실로 대단함을 느낀다.

우리나라에서도 지난 2014년에 셰익스피어 탄생 450주년 기념으로 게릴라 극장에서 해외 극 페스티벌 '셰익스피어 자식들'축제를 진행했는데 셰익스피어를 새롭게 해석한 연극을 선 보였다고 한다.

올해에 그의 서거 400주년 기념행사가 국내에서도 있을 예정이라 하는데 그 행사에 참여하고 가능한 그의 생가도 찾아서 그의 발자취를 찾아보는 기회를 가져보면 좋겠다.

아리랑

아리랑은 작가미상의 우리나라 민요로서 남녀노소 누구나 잘 알고 부르는 노래다. 우리는 흔히 아리랑을 사랑에 버림받고 한 맺힌 어느 여인의 슬픔을 표현한 노래로 생각하고 있다. 하지만 아리랑이라는 민요 속에는 담겨진 큰 뜻이 있다. 원래 뜻은 참 나를 깨달아 인간 완성에 이르는 기쁨을 노래한 깨달음의 노래라고 한다.

아리랑 고개를 넘어 간다는 것은 나를 찾기 위해 깨달음의 언덕, 피안의 언덕을 넘어 간다라는 의미다. 나를 버리고 가시는 임은 십리도 못가서 발병난다의 뜻은 진리를 외면하는 자는 얼마 못가서 고통을 받는다는 뜻으로 영욕을 쫓아 생활하는 자는 그 과보로 얼마못가서 고통에 빠질 것임을 뜻한다고 한다.

이러한 아리랑의 이치와 도리를 알고 나면 아리랑은 한의 노래나 저급한 노래가 아님을 알 수 있다. 아리랑이 세계에서 가장 아름다운 곡1위에 선정되어졌다고 하는데 영국, 미국, 프랑스, 독일, 이탈리아 작곡가들로 구성된 선정대회에서 82%라는 높은 지지율로 단연 1위에 올랐다. 특히 선정위원 중에는 한명의 한국인도 없기에 더욱 놀랐다고 한다.

미국 칼빈 신학대학교수인 버트폴먼 교수는 아리랑 멜로디를 가지고 1990년 미국찬송가 229장을 만들었다고 한다. 그는 미국찬송가 편찬위원으로서 활동하고 있으며, 캐나다의 찬송가 편찬위원들과도 협의하여 찬송가로 사용하고 있다고 한다.

20년에 한 번씩 투표에 의하여 찬송가를 바꾸고 있지만 아리랑만은 계속 불러지고 있다. 멜로디가 매우 아름답고 흥미롭다며 칭찬을 아끼지 않는다. 미국 미시건주의 한 장로교회 햇불트리니티 대학원 대학 김은희 교수는 평화통일과 화해를 위하여 남북이 함께 공감하며 소통할 수 있는 음악을 고민하여 연구 하던 중 8000만 민족의 애창가인 아리랑을 찬송가 곡조(hymn tune)로 찬송 작시 한바 있다.

아리랑 오르간 환상곡 연주와 아리랑 찬송가를 통하여 평화통일과 화해의 방안을 모색하고 있다. 아리랑은 통일 조국이 함께 부를 민족의 애창가이므로 비록 70년간의 사상과 이념이 다른 체제 속에서 살아왔지만 한 민족 한 동포임을 확인하게 해주는 곡이라고 한다.

우리고유의 아리랑은 한 많은 민속노래로써 괴로울 때나 슬플 때나, 즐겁고 흥거울 때 덩실덩실 춤을 추며 부른 노래 가락이다. 그 종류도 정선아리랑, 진도아리랑, 밀양아리랑 등 다양하게 불러지고 있는데 누가 작사 작곡을 했는지 궁금하여 많은 자료를 찾아보았지만 추측이나 가능성만 있지 확실한 작가는 알려져 있지 않다. 우리 민족들 사이에서 자연적으로 발생되어 불러진 노래라고 볼 수 있다.

아리랑은 본래 노동요의 성격을 갖고 있다. 농부, 어부, 광부들이 각자 그들 생활 속의 사연들을 아리랑에 담았다는 점에서 직업공동체 사회적 공동체의 문화적 독창성이 강한 노래가 되었고 민족이 위기에 처했을 때 민족 동질성을 지탱하는 가락으로 유지되고 전래된 것이 아닌가 생각된다.

아리랑은 1926년 조선 키네마 프로덕션의 제2회 작품 나운규 감독의 영화로 한국 역사상 가장 초창기에 제작된 명작으로 알려진 영화의 제목으로도 유명하다.

이 작품의 큰 감동은 작품 전체가 항일 민족정신을 높이고 민족 정신을 전통 민요인 아리랑과 연결하여 승화시킨 점이다.

근래에 와서도 연극 영화 뮤지컬 각종행사 등 세계 곳곳에서 아리랑을 소재로 한 작품들이 여러 분야에서 높이 평가 되고 있다.

아리랑에서 보듯이 우리 민요의 노래 가락은 흥겹고 부르기가 쉽다. 어떤 가사라도 흥겨운 가락에 맞추어 부르면 음악이요 우리의 고유의 정서가 담긴 민요다. 우리고유의 흥겨운 노래 가락과 춤이 있어서 중국과 동남아를 거쳐서 유럽과 아메리카 대륙을 열광케 하는 소위 한류 열풍이 우연한 것이 결코 아니다. 우리 민족혼에서 솟아 나오는 열정과 풍류가 한류 열풍을 오래전부터 잉태하여 내려온 결과다.

남북 동질감 형성의 모태인 아리랑에 대한 사랑과 성과는 남북통일을 염원하는 토대가 되길 소망한다.

버킷 리스트

　사람들은 나이가 들면 버킷리스트Bucket List를 떠올린다.
　살아온 날 보다 살아갈 날이 얼마 남지 않은 나이가 되면 죽기 전에 꼭 해보고 싶은 것들을 순위를 정하여 목록을 만들어 실천하는 사람들이 많아 졌다.
　요즈음 들어 경제적으로 생활이 나아지니까 버킷리스트의 목록을 작성하고 하나씩 실천해 나가는 사람들이 많아지고 있을 것이다.
　먹고 살기 힘겨운 서민들에게 버킷리스트는 배불리 먹을 수 있는 식량과 편안한 잠자리 그리고 의복 등의 의식주가 전부일 것이다. 그 옛날에도 자신이 죽을 때 비웃음을 사지 않고 마지막으로 사람으로서의 자존심을 갖추고자 장례비를 준비해 놓고 주머니에 넣고 다니는 사람들도 있다고 한다.

　버킷리스트Bucket List란 말은 '죽다'라는 뜻을 가진 속된말 'kick the Bucket'에서 비롯되었다고 한다. 중세 유럽에서는 자살이나 교수형으로 죄수를 처형할 경우에 목에 줄을 건 다음 딛고 서있던 양동이를 발로 찬 순간 목줄이 목을 매어 죽게 된다.
　그런데 버킷리스트가 대중에게 알려진 것은 2007년 영화 버킷리스트 '죽기 전에 꼭 하고 싶은 것들(The Bucket List)' 때문이었다.
　이 영화의 내용은 시한부 판정을 받은 두 주인공이 죽기 전에 하고 싶은 일들의 목록을 작성해서 함께 여행을 떠나는 이야기를 담고 있었다. 이 영화가 상영된 뒤부터 버킷리스트는 삶의 만족도를 높이기 위해 활용 되는 수단이 되었다.

사람들은 자신이 선호하는 관심사항이나 취미활동 등에서 자신의 버킷리스트를 정할 것이다. 종교에 심취한 사람들은 성지순례를 버킷리스트의 우선순위를 정할 것이고, 학문에 종사하는 학자는 자신의 학문적 업적을 이루는 것이 우선순위 버킷리스트가 될 것이다. 상기 언급한 것들은 정상적인 가정생활과 경제적으로 여유가 있는 사람들의 버킷리스트에 해당할 것이다.

그러나 일제 강점기에 나라를 빼앗겨 중국이나 러시아 중앙아시아에 흩어져 돌아오지 못하고 고향을 그리워하는 소위 디아스포라들에게는 버킷리스트는 고국의 고향땅을 밟는 것일 것이다. 이국땅에서 고국을 그리워하다가 오직 한 가지 소원인 고향땅을 밟아 보는 버킷리스트를 이루지 못하고 돌아가신 분들이 많았다. 그런데 6.25 전쟁으로 가족과 헤어져 오직 이산가족 상봉만을 기다리는 버킷리스트는 실현이 이제는 실현이 불가능한 일이기에 안타까울 수밖에 없다.

남북 적십자간의 합의로 1985년 9월 서울과 평양에서 최초로 이산가족 방문단과 예술 공연 교환행사가 이루어진 것을 기점으로 제1차 이산가족 상봉이 2000년 8월15일부터 8월 18일까지 그 후 2018년까지 21차례의 이산가족 상봉과, 2005년부터 2007년까지 7차례의 이산가족 화상상봉이 이루어졌으나 가족의 생사조차 모르게 되어 이산가족이 상봉하는 것을 버킷리스트 1순위로 정하고 기다리다가 이루지 못하고 돌아가신 분들도 많을 것이다.

사람들은 자신의 처지에 따라 종종 버킷리스트가 바뀌기도 한다. 아마도 코로나 바이러스로 인해 많은 사람들의 버킷리스트가 바뀌었을 것이다.

해외여행을 버킷리스트로 정했던 사람들은 버킷리스트가 미루어졌을 것이고 예정한 여행을 못하고 돌아가신 분들도 있을 것이다.

한치 앞을 모르고 사는 것이 우리의 삶이다.

코로나가 많은 사람의 버킷리스트를 지연시키거나 훼방을 놓고 있는 상황이다.

이런 상황일수록 잃는 것도 많고 버킷리스트를 실천할 수 없어 전전 긍긍하는 사람도 많겠지만 자신을 냉철하게 되돌아 볼 수 있는 계기가 되었을 것이다. 그리고 살아있는 동안 자신이 해야 할 일들이 무엇인지, 소중한 것이 무엇인지 깨달을 수 있는 기회가 되었을 것이다.

대부분의 사람들은 자기 자신을 잘 모르는 경우가 허다하다. 그래서 맹목적으로 남들의 버킷리스트를 따라서 정하는 경우가 많다. 여러 종류의 꽃들이 저마다의 모습과 향기로 꽃을 피우고 벌 나비를 불러들이는 것처럼 자신의 버킷리스트는 자신이 결정하는 것이지 남들이 하는 버킷리스트를 따라 할 필요는 없다. 그것은 마지막 회한으로 남을 수 있을 것이다.

버킷리스트를 이루지 못하면 편안하게 눈을 감을 수 없을 것이다. 코로나 시대에 또는 코로나 이후 시대에 걸 맞는, 그리고 자신의 나이를 고려하여 아주 적절하게 버킷리스트를 수정하는 것이 제명대로 살다가 편안히 죽음에 이를 수 있는 지혜일 것이다.

고향의 느티나무

느티나무는 우리나라 대부분의 지역에서 자라나는 낙엽교목이다. 오래된 것은 높이 20m 이상의 키에 지름은 3m가까이 된다. 제주도 성읍 민속촌 느티나무(천연기념물 161호)는 키가 30m, 줄기 둘레가 5m, 나이는 약1,000년이다(출처 한국식물학회 안진흥 씨의 글).

느티나무는 남한 전역에서 자라지만 북쪽으로 갈수록 수가 적어진다. 우리나라와 중국, 일본, 러시아 지역에 분포한다. 무늬와 색상이 좋아 고급목재로 쓰인다. 예로부터 느티나무는 고궁이나 사찰 짓는데 쓰였으며 관상적 가치가 높아 공원이나 학교 등의 공공건물에 심기며 가로수로 흔히 사용된다.

주로 타원형의 많은 잎이 잔가지에 어긋나게 달리는데 가장자리에 톱니가 있다.

성장속도가 빠르고 수명이 긴 장수목이다. 잎이 무성하여 가로수나 마을 입구에 심어서 마을 주민들의 휴식처가 되고 마을의 수호목 역할을 하는 사람들에게 친숙한 나무다.

나의 고향 마을에는 느티나무가 세군데 마을 삼곡리三谷里의 중심적인 위치에 있어 마을 사람들이 시장나들이나 마을 앞 전답을 경작하러 갈 경우에 반드시 거쳐 가는 길목에 서있다.

겨울을 제외하고 주민들이 활동하는 세 계절에는 어른에서 초등학생에 이르기 까지 대부분의 주민들이 머물 수 있는 휴식처요, 세 군데 지역에 떨어져 살고 있는 주민들이 만나기 좋은 만남의 광장 이기도하다.

특히 무더운 여름철에는 마을 앞의 넓은 들판에 갈 때에 시원한 나무 그늘에서 단잠을 자고 벼농사를 돌보러 갈수 있는 쉼터요, 비 가 내릴 경우 이외는 다 목적으로 사용할 수 있는 휴식 공간이다.

수령이 오래되고 큰 나무라서 줄기도 많고 잎이 무성하여 무더운 여름철에는 주변이 넓은 그늘이 되기에 피서지로 매우 적합한 곳이 다. 또한 세 마을의 중요한 요충지에 위치하여 의논할 사항이 있으 면 이곳에서 모여 의논도 하고, 애경사가 있는 경우에 여기에서 만 나서 전달도 하는 마을의 중심지이다.

느티나무는 5월에 잎이 나고 10월에 잎이 떨어지는데 길이는 약 간 길고 폭은 좁은 타원형의 잎이 많은 가지에 대단히 많이 달려서 나무 주변에 그늘을 만들어 무더운 여름에 쉼터를 제공하므로 길 가던 사람들이 쉬었다 가고, 주변사람들이 무더운 한 낮에 오수를 즐기는 여름철에 사람들에게 유익을 제공하는 사랑 받는 나무다.

건물을 짓거나 새집을 지으면 주변에 조경수로 가장 많이 심겨지 며 여러 모양의 의자 등 쉼터가 만들어 진다. 반면에 가을이 되면 나 무 주변을 노란 낙엽으로 지면을 덮어서 쓸어 모아야 하니 일손을 더 바쁘게 한다.

도시에서는 일단 쓸어 한군데 모아서 포대에 담거나 버려야 할 대상이다. 도시의 주택지 주변은 포대에 담겨서 적당한 곳에 쌓아 두면 가을철에 전부 치워가는 사람들이 있다. 그러나 고향의 느티 나무 낙엽은 나무 주변의 밭이나 논에 떨어지면 그것을 도시와 달 리 치우거나 포대에 담아 다른 곳으로 이동시켜서 버려야 할 대상이 아니다. 떨어진 낙엽은 논이나 밭에서 썩으면 그대로 논이나 밭의 밑 걸음이 되기에 잎이 떨어져도 도시와 같이 쓸어 모으거나 치워야 할 대상이 아니며 오히려 벼나 보리의 거름이 된다.

마을의 중심지요. 살뜰한 휴식처라서 필요시 주변을 정리하고 지켜야 할 필요가 있었다. 그리하여 마을의 한 어르신의 출가한 딸로 하여금 온 식구가 거주하며 관리 하도록, 집을 지어주고 농사지을 채전을 제공하여 주었다. 그리고는 느티나무 주변을 정리하고 청결하게 관리하도록 하였다. 그래서 여름철의 휴식처요, 마을의 대소사를 협의하고 결정하는 중심지가 되었다.
수 십 년이 지난 지금은 어른들이 안계시고 느티나무 그늘아래 쉬어가는 주민들이 점점 줄어들어 이곳을 찾는 발걸음도 잦아지고 느티나무만 외롭게 마을을 지키며 겨울철 눈보라와 된 서리를 망연히 견디며 여전히 마을의 수호 목으로 마을을 지키고 있다. 그러나 지난 시간은 다시 돌아오지 않고 인적도 사라져서 그립던 느티나무의 수호목의 역할도 점차 사라져 가고 있다.

영원한 상황이 존재 하겠는가?
또한 주민의 발자취도 계속 지속 되겠는가!
하지만 그때를 기억하고 그리워하는 주민들이 살아 있는 한 느티나무는 새봄이 오면 의연히 수많은 잎을 피우며 그들의 발자취를 기다릴 것이다.

여백의 아름다움

나는 소유의 부족함이 있거나 아쉬움이 비교적 적은 좋은 환경에서 자랐다. 어릴 적에는 부모님들이나 손위의 누님들이 필요한 것을 사주거나 만들어 주어서 부족함이 없이 자란 편이다.

팽이가 없으면 만들어 주고, 가지고 놀기 좋은 고무공이 없으면 부모님께서 시장에서 좋은 것으로 사주셨다. 그렇게 부족함이 없이 자랐건만 당장 쓸모가 없거나 적을 것 같다고 생각되는 것도 주위에서 보게 되면 집으로 가지고 오곤 했다.

아까운 것이 있으면 종이 한 장 플라스틱 통 하나도 잘 간직해두면 언젠가 쓸모가 있으리라는 생각에 구석구석 모아 두었더니 이제는 비좁은 집에 들어서면 집이 어수선하고 매우 답답한 생각이 들곤 한다.

집 살림은 아내가 알아서 잘하고 있는데도 여전히 보기 좋은 유리병 화분, 귀한 나무 재질의 박스, 이름다운 술병, 깨끗하고 튼튼해 보이는 주방용품, 잘 작동되는 선풍기, 쓸 만한 우산 등 버리기는 아깝고 남에게 줄 만한 물건은 못되는 잡동사니들이 먼지를 뒤집어쓴 채 잠자고 있다.

물론 그 동안 부질없는 욕심에서 모아 놓은 것 중에서 주방에서 요긴하게 쓰고 있는 것도 간혹 있기는 하다. 아마 쓰고 있는 것 중에는 아내의 배려로 써보고 있는 것도 있으리라. 그러나 대부분은 좁은 집안에서 공간을 차지하고 있는 것이라서 당장은 처분해야 될 것이라 생각된다.

　나는 책을 모으는데도 엄청난 집착력을 가지고 있다. 그 동안 책을 제법 많이 모으고 있었으나 몇 번 이사를 하는 바람에 많은 책을 버리거나 남을 주어 많이 없었다. 요즈음 몇 년을 아파트 관리사무실에서 근무하고 있는데 주민들이 수시로 많은 책을 버린다. 처음 글공부를 시작하는 어린이들의 책, 부동산 중개사 국가고시 준비를 하는 책, 종교와 관련된 책들, 기타 자격증을 얻기 위해 필요한 책들이다.
　폐지 재활용하기 위해 수거해가는 사람들에게는 수집대상이 되므로 그들은 수시로 가져간다. 그러나 책에 집착을 가진 내가 일부는 선점하여 근무하는 사무실에 필요한 것만 골라서 많이 정리 해놓고 수시로 읽어 보는데 역시 도움이 되는 책들이 있다. 책은 참고서나 소설책이나 종교서적이나 모두가 읽을 만한 가치가 있다. 좋은 책은 물론 집에 가져와서 수시로 읽어본다.
　책은 집필한 사람이 온갖 지혜와 정성을 다하여 만든 것이기에 언제 읽어도 가치 있는 것들이다. 고희가 훨씬 지난 나이지만 책을 수시로 읽는 모습을 보고는 책을 집에 가지고 오는 것에 대하여는 아내도 잔소리를 하지 않는다.

　내가 살고 있는 지역이 드디어 재개발 허가지역으로 공시 되었다며 여기저기에 현수막이 걸려 있다.
　10년이 넘도록 재개발이 된다고 알려진 곳이지만 지역 주민들에게는 오랜만에 듣는 희소식이다, 문제는 재개발이 시작되면 주민들과 우리도 이사를 해야 함으로 그동안 모아 놓은 책들과 가구와 살림 용품들을 없애야 하는 고민에 빠지게 되었다.

이주한 후에 단독주택, 연립주택, 아파트 등을 재개발하기 위해 모두 허물어 멸실하고 아파트를 지어야 하는데 짧아야 5~6년 길면 7~8년 후에야 새집으로 오게 될 것이나 그동안은 가까운 어딘가로 이주하여 살아야 한다. 그러면 조만간 이사를 준비해야 하는 걱정이 앞선다.

이사를 다닐 때마다 이삿짐의 대부분이 책이었다. 그 무거운 책 상자를 묶고 나르고, 다시 풀어 정리할 때엔 매우 힘들고 고통스럽다. 지금은 그동안 모아놓은 책과 살림용품이 많이 증가하여 이삿짐이 전에 비유할 바 아니다.

벽마다 책장에 가득이 들어있는 책을 바라보면서 고통의 신음소리가 나도 모르게 새어 나오는 것이다. 내가 구입하였거나 가져온 이후 수년이 지나도록 한 번도 안 본 책들이 많은 것을 확인하였을 때에는 이 모두가 허망 된 욕심이 낳은 터무니없는 것들임을 고백하지 않을 수 없다.

이 헛된 욕심이 소유를 낳고 소유가 고통을 낳는 악순환 속에 갇혀 있는 자신을 처절하게 느끼게 되었다.

'소유는 고통이다.'라는 진리를 일찍이 깨닫기는 하였으나 그 이치를 절감하여 무소유를 다짐하고 또 다짐하기 까지는 많은 세월이 흘러가고 말았다. 다시 인생을 돌이킬 수 있다면 새털 같이 가볍게 살 텐데!

또한 내 몸무게를 줄인다는 것이 얼마나 힘들고 고통스러운 일인지 깨달았지만 날아갈 듯 가볍게 살기가 여간 어렵지 않다.

그러나 자신을 돌아보면 가끔씩 제법 단출해진 것을 확인 할 수 있어서 기쁠 때도 있다. 이제는 얼마 되지 않을 기간에 모두가 이주하여 꿈에도 그리던 이곳이 개발의 힘찬 질주가 시작 될 것이다. 이제는 버릴 것은 미련 없이 버리고 몇 년간 소유라는 고통을 버리고 단출하게 살아서 깨끗하고 넓은 새집에서 홀가분하게 살아야 하겠다고 다짐하고 하등의 미련 없이 정리 할 것은 확실히 정리하려고 한다.

소유는 고통이다. 욕심에서 비롯된 부질없는 것이다, 나는 서두에서 언급한 바와 같이 부족함이 없는 환경에서 자랐지만 어린 시절에도 남의 집에 있는 좋은 장난감이나 팽이채, 잘 날아가는 방패연, 그리고 복숭아, 알밤, 홍시 등에 대하여 가지고 싶은 강한 욕심이 있었다.

먹는 것들에 대한 욕심은 건강한 식욕 때문이라고 변명도 해보지만, 물건에 대한 소유는 관리하고 때로는 적절히 처리해야할 고통의 대상이다.

남이 버린 읽을 만한 책, 깨끗한 그릇 등의 주방용품, 우산 등을 집에 모으는 행위는 쓸 만한 것에 대한 아까운 생각, 재활용에 대한 관심과 절약 정신이라고 미화하고 싶은 심정이 있기도 하다. 그러나 시간이 지나고 보면 처리해야 하는 고통을 겪어야 하는 필요 없는 욕심의 발로일 뿐이다. 강한 소유욕을 수반하는 것은 아끼고 절약하고자 하는 정신의 발로요, 젊음의 표시라고 자신을 변명해 보아도 별 효과가 나타나지 않는다.

온 세상이 더 많은 것, 더 좋은 것을 차지하려고 치열한 경쟁을 하고 있어도 욕심에서 벗어날 때 진짜 해방감을 즐기고 자유로움을 만끽할 수 있다는 것을 나는 경험을 통해 알고 있다.

사실 무소유란 자유로움 에서 마음의 평안을 얻을 수 있으리라 확신한다. 소유를 포기할 때 여백이 생기고 여백에서 우리 정서의 아름다움이 숨 쉴 수 있으며, 우리 정신의 자유로운 상상력이 마음껏 비상할 수 있을 것이다.

그러기에 화폭에 꽉 찬 서양화를 볼 때보다는 여백이 많은 우리 동양화에서 평안함과 여유를 얻는 경험을 갖게 되는 것이 아닐까?

주위를 돌아보면 우리사회가 조금 더 큰 것, 조금 더 좋은 것을 자기만 가지려고 서로 다투고 해를 끼치는 것을 보면서 답답함을 느낀다.

넘치는 상품과 과소비의 풍조 속에서 우리가 과연 진실한 행복을 얻을 수 있을까? 차라리 적게 갖고 적게 쓰며 서로 나누는 생활의 자유롭고 아름다움을 이제는 실천 할 때가 되지 않았는가.

대한민국 인구의 25%가 몰려 사는 서울이 도시 공간으로 적합하지 못한 것은 너무 밀집하여 여백이 적기 때문일 것이다. 도심가운데 시원한 숲과 공원이 넉넉하였다면 아마도 훨씬 매력 있는 도시가 되었을 것이다.

땅값 비싼 것을 아까워하여 고층 빌딩을 사방에 짓다보니 도시가 더욱 삭막해졌기 때문이다.

이제 지방화 시대가 되고 있으니 새로 발전하는 지방 도시는 고층 빌딩을 자랑하지 말고, 공원과 호수 등의 여백의 아름다움을 자랑하며 즐길 수 있으면 매우 좋아질 것이라고 생각해 본다.

누나 생각

    내가 초등학교 2학년 때에 담임선생님이 강철수 선생님 이셨는데 이분은 축구. 배구를 잘하시고 수염이 약간 많고 튼튼하셔서 겉으로 보기에는 약간 무섭게 보였지만 자상하시고 인자하신 분이셨다. 이분에게서 배웠던 애절한 노래의 가사를 똑똑히 기억하며 아직도 가끔씩 불러 보기도 한다.

    등 너머 콩밭 갈러 가신 엄마가 오신다는 그 날도 해가 저물어 누나를
    붙잡고 목놓아 울며 들에 가신 엄마를 기다렸다오.
    백리길 읍내 장에 가신 엄마가 오신다는 그날도 해가 저물어 누나를
    붙잡고 목 놓아 울 때 은행 열매 따주며 달래었다오.

    선생님으로부터 상기의 가사와 홍난파 선생님이 어렸을 적에 살기 어려웠던 내용을 들은 기억이 있었지만 확실한 내용을 알아 볼 길이 없어서 여럿 자료를 확인하여 본 결과 김수향 작사, 홍란파 작곡 "은행나무 아래서" 가사를 찾았고 작곡가 홍란파 선생은 1898년 경기도 남양군(현 화성시 남양읍) 아버지 홍준, 어머니 전주 이씨에서 4남2녀 중 차남으로 태어났다. 본명은 홍영우로 바이올린 연주자이자 작곡가, 지휘자로 활동 하였다는 내용을 알게 되었고 또한 일제강점기 많이 불러서 익숙하던 "봉선화" "고향의 봄"의 작곡가임을

알게 되었다. 따라서 누나를 붙잡고 목 놓아 울며 들에 가신 엄마를 기다린 노랫말의 주인공은 홍란파 선생이 아님을 알게 되었다.

초등학교 2학년 때(나이 10살 때) 애절한 노래를 배우고 그 후로 즐겨 부르던 노래를 기억하며 홍란파 선생의 이름을 잊지 않았다. 그분은 암울하던 일제 강점기에 활동하던 43년의 짧은 생애를 산 훌륭한 작곡가임을 알게 되었다.

실로 어릴 적 열 살 때에 배우고 오랜 기간 불러왔던 가사와, 작곡자에 관한 진실을 고희를 넘긴 지금에라도 알게 되어서 기쁘고 자랑스럽게 생각된다.

"이제 은행나무 아래에서"란 제목으로 김수향 작사가의 가사를 기록하며 불러 보고자 한다.

등 너머 콩 밭 갈 던 엄마 더딜 때 누나하고 저녁 밥 지어 두고서
뒤 동산 은행 남게 (나무에) 기대앉아서 들에 가신 엄마를 기다렸다오.

오늘 밤은 시월에도 달이 밝은 밤 은행나무 잎사귀 단풍 들어서
바람에 한 닢 두 닢 떨어지는 데 멀리 가신 누나가 그리웁다오.

오래전에 배웠던 동요를 불러보며 열심히 가르쳐주시던
스승님이 많이 그립다.